SIS

丹沢湖駐在 武田晴虎Ⅱ 聖域

鳴神響一

ハルキ文庫

角川春樹事務所

本書はハルキ文庫の書き下ろしです。
本作品はフィクションであり、登場する人物、団体名など
架空のものであり、現実のものとは関係ありません。

SIS

Special
Investigation
Squad Ⅱ

Sanctuary

Contents

序章　青い夜

満月の光で、あたりは海の底のように蒼《あお》く沈んでいた。
一陣の秋風が吹いて、鏡のような水面《みなも》にさざ波が立った。
澄《す》んでいた水面の月影が一瞬にして崩れた。
「ぜったいに許せないっ」
女の顔が醜《みにく》く歪《ゆが》んだ。
両目を剝《む》いて白い歯を剝き出している。
こんなに醜い女だったろうか。
次の瞬間。
右腹に激痛が走った。
熱いものがほとばしる。
いったいなにが起きたんだ。
混乱した意識のなかで気づいた。
女の手に、月光で銀色に輝くものがある。

(ナイフだ……)
腹の痛みはますます激しくなった。
熱いものは自分の血だった。
右腹から血液が激しく噴き出ている。
視界がかすんでくる。
全身を寒気が襲ってきた。
「あんたなんて死んじゃえばいいんだ」
部屋に女の金切り声が響いた。
ふたたび女がナイフを振りかざした。
怖い。
怖い。
とにかく怖かった。
景色がぐるぐると回った。
ひどいめまいに襲われる。
女の顔が間近に迫ってくる。
このまま死ぬのか……。
それきりなにもわからなくなった。
遠くで夜鳥が鳴いていた。

第一章　西丹沢の亡霊

【1】

西陽《にしび》が山の端に近づいていた。

山あいでは驚くほど早い時刻に太陽が山に隠れてしまう。

だが、日没時刻は午後七時一〇分前くらいなので、あたりはしばらく明るいはずだ。

ホンダ・ディオの一一〇ccエンジンはいつもと変わらず快適に廻《まわ》っている。

焼けた県道のアスファルトは太陽の匂いがする熱気を残し、あたりは湿度の高い盛夏の空気に包まれている。

それでも、中川橋《なかがわばし》に近いこのあたりまで坂を下ると、左手の河内川《かわちがわ》からひんやりと吹く風が杉林の香りを運んで晴虎《はるとら》の鼻腔《びこう》を心地よくくすぐった。

武田《たけだ》晴虎は、西丹沢《にしたんざわ》登山センターから北川《きたがわ》温泉付近を巡回して、丹沢湖駐在所に戻る途中だった。

上《うえ》ノ原《はら》集落を右に見て、中川橋への坂を下りてゆくスクーターのタイヤは路面によく吸いついてくれる。

山あいに『七つの子』が跳ね返って響き始めた。

山北町《やまきたまち》の防災行政無線チャイムが流す午後五時の合図だった。

あと一五分で勤務が終わることにもだいぶ慣れてきた。

カーブを曲がると、前方に丹沢湖の湖面が白く輝いている。

（あれれ）

中川橋のバスベイにダークシルバー・メタリックのＳＵＶが停《と》まっていた。

リアゲートの後ろで、大柄の男がなにやら作業している。

バスベイは駐停車禁止なので、警告する必要がある。

バスを待つ乗客の姿はないが、そういう問題ではない。

スクーターのスピードを落として、晴虎はＳＵＶに近づいていった。

男はクロスレンチを手にしていた。スペアタイヤの樹脂カバーが外されているので、タイヤを外そうとしているのだろう。

（パンクか……）

晴虎は納得した。

バス左手の杉の木々で鳴くヒグラシの声がヘルメットを通して聞こえてきた。

停まっているのは、メルセデス・ベンツのＧクラスだった。

一九七二年にＮＡＴＯ（北大西洋条約機構）の依頼を受け、ドイツのダイムラー・ベンツ社とオーストリアのシュタイアア・プフ社が共同開発した軍用車両がある。これがルーツとなっているクロスカントリー四輪駆動車である。

スクエアなボディは、ほかに例を見ないようなスパルタンなデザインで、悪路走破性も抜群だった。

しかも、ウルトラ高性能版のＡＭＧ63というタイプである。クロスカントリー四駆のかたちをしたスポーツカーと言ってもいいクルマだった。たしか、二千万円以上もする高級車だ。

晴虎はスクーターを路肩に停めると、Ｇクラスのリアゲートに歩み寄った。

「どうしました？」

男は、ハッとした顔つきで晴虎を見た。

四〇歳くらいの眉《まゆ》が太く、ぎょろっとした目の男だった。

白いワイシャツから出た両の腕は筋肉が盛り上がっている。

「ああ、おまわりさん。どうも」

男は肩をすぼめて頭を下げた。

「ここはバス停なので駐車禁止ですが、クルマのトラブルですよね」

晴虎はなるべくやわらかい声を出そうとつとめた。

「すみません、パンクしちゃったみたいなんです」

男は照れたように笑って、左の後輪を指さした。

星形スポークのアルミホイールには、もともとかなり扁平《へんぺい》したタイヤが装着されている。

だが、ゴムの部分がぺちゃんこになって、ホイールが路面にくっつきそうになっていた。

この状態では動かすことは無理なので、違反切符を切るわけにもいかない。

このあたりの神奈川県道76号線は、幅員がそれほど広いわけではない。その上に急なカーブの連続だ。バスベイを避けて停車していては、かえって追突の危険が増える。

晴虎は時計を見た。五時五分だった。

あと二〇分ほどで新松田《しんまつだ》駅行きのバスが来る。

できれば、その前にこの場所を空《あ》けてほしかった。

今日の勤務ももう終わる。晴虎はタイヤ交換を手伝うことにした。

「お手伝いしましょうか」

「本当ですか。助かります」

顔の前で手を合わせて男は言葉を継《つ》いだ。

「ロードサービスに電話したんですけど、けっこう時間が掛かるみたいなんですよ。246までもけっこう遠いですからね」

男はいかつい顔をほころばせて頭を下げた。

「この県道が清水橋《しみずばし》の交差点で246号線に出るまで、だいたい九キロはありますからね……わたしがスペアタイヤ外してますから、ジャッキ出してください」

「わかりました」

男はうなずくと、クロスレンチを晴虎に渡した。

晴虎はレンチでスペアタイヤを固定しているボルトをゆるめ始めた。

男はリアの左側ドアを開けて、遠慮《えんりょ》深げな声を出した。

「社長、すみません。ジャッキ、リアシートの下にセットされてるんです……」

ドアから一人の男がぴょんと飛び降りてきた。

社長と呼ばれたこの男は、運転手らしき男性よりも若い。

三〇代に入ったくらいだろうか。

小顔で目が細く唇《くちびる》が薄く目鼻立ちは整っていて、女性的で神経質そうな感じがする。

男はあえてラフに刈《か》った髭《ひげ》を顎《あご》に生《は》やしていた。

Tシャツにハーフパンツというラフな恰好《かっこう》だった。

白無地のシャツは〝1895 BERLUTI PARIS〟という黒いテキストが入っているだけのシンプルなデザイン。黒のハーフパンツは黄系の〝THE NORTH FACE〟のロゴが入っている。左右のサイドに赤と緑のラインが施《ほどこ》してあった。

アウトドアブランドかと思ったが、よく見るとその下に〝GUCCI〟の文字が見える。

「申し訳ありません。これからジャッキアップします。社長はしばらく車外に出ていてください」

男は遠慮がちに頼んだ。どうやら、この若社長の運転手らしい。

「なんだよ。安西《あんざい》、暑いじゃん」

若社長は子どものように口を尖《とが》らせた。

「車内にいらしては、ジャッキアップできません」

安西と呼ばれた運転手の男は苦笑いして答えた。

若社長は晴虎に気づいて、一瞬、目を大きく見開いた。

「あれ、おまわりさんがいる」

安西の言葉を無視して、若社長は素《す》っ頓狂《とんきょう》な声を出した。

「丹沢湖の駐在です」

晴虎はいちおう名乗った。

「ふぅん、駐在さんか」

若社長は気抜けしたような声を出した。

「タイヤ交換を手伝ってくださってるんです」

安西の言葉に、若社長はこくんと頭を下げた。

「そりゃあ、どうも」

「いえ、ここはバス停ですので、早く移動しないとなりませんし」

晴虎の言葉を無視して、若社長は安西に顔を向けて無茶なことを訊《き》いた。

「外は暑いよ。どっかに涼《すず》しいとこないの？」

道路の先を見ても、このあたりに店舗などないことはわかりそうなものだ。

「涼しいところと言われましても……」

安西はとまどいの顔で答えた。

昼間の暑さは残っているが、すでに堪《た》えられないほどではない。

それ以前に、他人の晴虎が手伝っているのに、この若社長は完全に他人《ひと》ごとといった顔をしている。と言うより、自分は災厄《さいやく》に襲われた被害者という態度だ。

「六〇〇メートルほど下って焼津《やけず》のボート乗り場に入ったところにレストランがありますが、五時で閉店ですので間に合いませんね」

若干《じゃっかん》の皮肉を込めて晴虎は言った。

「暑いのにそんなに歩けないよ」

「杉の木陰《こかげ》にいれば、河内川からの川風がけっこう涼しいですよ」

皮肉ではなく、晴虎なりのアドバイスのつもりだった。

「そうかなぁ……とにかく、おまわりさん、早くお願いしますよ」

若社長はせかすように言った。

さすがにムッときた。

「ロードサービスは、わたしの仕事ではないのですが」

晴虎は若社長の目を見てはっきりと言った。

「あ、そうなの。じゃあ、ギャラ払わなきゃね」

若社長はポケットから四つに畳《たた》んだ一万円札を取り出して晴虎のほうに差し出した。

「そういうものを頂くわけにはいかないのです」

あぜんとして晴虎は断った。

「へぇ、カタいこと言うんだね」

鼻の先にしわを寄せて笑いながら、若社長は紙幣《しへい》をポケットにしまった。

どこまで本気で言っているのかもよくわからない。

あまり会ったことがないようなタイプの男だ。

安西は後部座席のドアから車内に首を突っ込んでいる。

「あ〜あ、今日はついてないよなぁ。こんなとこで足止め食っちゃうんだから」

若社長は空を見上げて独《ひと》り言《ごと》のような調子で嘆《なげ》いた。

Gクラスの後部へ廻ると、晴虎はクロスレンチで五本のボルトを外す。

最近はテンパータイヤのように薄いスペアタイヤや、甚《はなは》だしくは修理キットしか積んでいないクルマも増えてきた。

だがさすがにクロスカントリー四駆の代表選手だけあって、Gクラスのスペアタイヤはほかの四本と同じ規格のしっかりしたものだった。

四駆用としてはかなりおとなしいパターンで、高速走行性を重視したタイヤだ。

晴虎はかなり重いタイヤを抱えて、アスファルトの地面に下ろした。

幸いにもこのスペアタイヤはそれほど汚れておらず、晴虎の制服に泥《どろ》はつかなかった。

リアシートを倒してゴソゴソやると、安西は黒い小型の油圧ダルマジャッキを取り出してきた。

純正のジャッキのようだ。このくらいの重量のあるクルマはパンタグラフ・ジャッキでは支えきれない。

四本に分かれている黒いハンドルを収納袋から取り出すと、安西は手早く一本に継いだ。

なかなか手慣れた手つきで安心感がある。

「スペアタイヤ下ろしときましたよ」

晴虎は安西の背中に声を掛けた。

「あ。すみません。助かります」

安西は振り返って、にっと笑った。

「ジャッキポイントわかりますよね」

「ええ、ひと通りマニュアルは読み込んでありますので」

安西は自信ありげに言って、ボディの下を覗《のぞ》き込んだ。

「ああ、あのあたりだな」

安西はクルマの下にうつ伏せに潜《もぐ》り込んでジャッキを置いた。

「これを」

晴虎がハンドルを手渡すと、安西は本体に固定した。

「社長、念のため、クルマから離れていてください」

クルマの下から出た安西は若社長に声を掛けた。

万が一、ジャッキが外れるなどして、クルマが暴走したら大変なことになる。

安西は慎重《しんちょう》な男のようだ。

若社長は返事もせずに、歩道を二〇メートルほど坂の下の方向へ歩いて避難した。

「じゃあ、上げますよ」

安西はハンドルを上下に動かして、ボディを持ち上げた。

晴虎はスペアタイヤを両手で抱えてボディの左後部へと運んで地面に置いた。

「これくらい上がればいいでしょう。レンチをください」

晴虎がレンチを渡すと、安西は左後輪のボルトを次々に手際《てぎわ》よく外した。

タイヤが地面に下ろされる。

安西はウェスで五本のハブボルトの汚れをかるく拭《ぬぐ》った。

晴虎はスペアタイヤを抱え上げて、左後輪のハブボルトに装着する。

安西がすかさずレンチでボルトを締めてゆく。

あっという間に左後輪にスペアタイヤが装着された。

安西がジャッキを下ろしている間に、晴虎は外したパンクタイヤを後部へ運んだ。

「パンクタイヤをキャリアに固定しますよ」

車体が地面に下りるのを確認して、晴虎は安西に声を掛けた。

「お願いします。ジャッキをしまったらそっち行きます」

パンクタイヤをキャリアに固定し終わるのと同時くらいに、安西が後部に現れた。

「原因はあれですよ」

晴虎はパンクタイヤの一箇所《いっかしょ》を指さした。

トレッド部に二センチほどの金属片が埋まっている。

「あちゃ、こんなの踏《ふ》んじゃってたのか」

安西は照れ笑いを浮かべて頭を掻《か》いた。

「空気はゆっくり抜けたんでしょう」

「どこで踏んだのかな……」

「いずれにしても人為的なものとは考えにくいですね」

晴虎の言葉に、安西の眉が吊《つ》り上がった。

「いたずらですか？　そんなことあるわけないですよ」

声の調子が尖っていたので、晴虎はちょっと驚いて訊いた。

「どうかなさいましたか」

「あ、いえ……。ありがとうございました」

ばつが悪そうに安西は頭を下げた。

安西はスペアタイヤの樹脂《じゅし》カバーをさっと取り付けた。

「もうすぐバスが来ますんで……」

停留所には相変わらずバスを待つ乗客の姿はなかった。

「すぐにクルマ動かします」

晴虎は安西をちょっと制止した。

「いちおう日報に記載したいので、運転手さんのお名前を確認したいんですが」

「免許証が必要ですか」

「いや、違反キップを切ったわけではないので、お名前だけわかれば」

「免許はクルマのなかなんで、これを」

安西はポケットから黒革のカードケースを取り出すと、一枚の名刺を引き抜いて晴虎に渡した。

ロゴの入った横書きの名刺には「株式会社ピラト　総務課長　安西有人《あんざいありと》」の文字と会社の連絡先が記載してあった。本社は横浜市のみなとみらいとある。

なんの事業なのかは社名からは推察できなかったが、そんなことは日報に記載する必要はない。

「ありがとうございます。わたしは丹沢湖駐在所の武田です」

晴虎は礼を言いながら、名刺を受け取った。

「こちらこそ、本当に助かりました」

「安西さんが運転なさっていたんですね。クルマの所有者は？」

「うちの社長です」

安西は離れたところで、道路際のアルミフェンスに身をもたせ掛けている若社長へあごをしゃくった。

若社長はつまらなそうな顔で、足もとの小石を蹴《け》っている。

「わかりました。クルマのナンバーも記録させてください」

「どうぞ……」

晴虎は手帳を取り出してGクラスのナンバーをメモした。横浜ナンバーだった。

「それじゃ、おまわりさん、失礼します」

「気をつけてお帰りください」

安西はふたたび頭を下げると、社長の立つ場所に駆け寄った。

「お待たせしました。もう大丈夫です」

「お腹空《なかす》いたよ。どっかに美味《おい》しいお店ないの？」

若社長は駄々っ子のような口調で訊いた。

「店は探しますんで、とにかくおクルマへどうぞ」

安西はなだめるような口調で言った。

社長はフェンスからぴょんと身を離すと、Gクラスの後部座席へと早足で歩み寄った。

安西は小走りに後を追ってドアを開けた。

Gクラスはすぐにバスベイから県道へと出ていった。

独特な低いエンジン音とともに、ダークシルバーに光るボディが走り去っていく。

カーブへ消える後ろ姿を見ながら、ワガママいっぱいの若社長の雰囲気《ふんいき》がつよく印象に残った。

上りの新松田行きバスが反対側のカーブから現れた。

相変わらず停留所には乗客は現れず、バスはそのまま通過していった。

晴虎はディオにまたがり、バスの少し後を走って坂道を下っていった。

下り坂がゆるやかになると、左手に輝く湖面が現れた。

夏の光のまぶしさを楽しみながら、晴虎は駐在所への帰路を急いだ。

【2】

白い三角形の単塔が目立つ永歳橋《えいさいばし》を渡って神尾田《かみおだ》集落を抜けると、コンクリート打ちっぱなし二階建ての丹沢湖駐在所の建物が近づいてくる。

入口のところに小学生くらいの子どもが、三人並んで座っていた。

かたわらには三台の子ども用自転車が置いてある。

三人ともおのおのゲーム機を手にしていたが、晴虎に気づいて立ち上がった。

晴虎はエンジンを切ったスクーターを押しながら、ゆっくりと子どもたちに近づいていく。

「帰ってきた」

「ハルトラマンだ」

「待ってたよぉ」

子どもたちは口々に叫んで、晴虎のところへ駆け寄ってくる。

まん中にいるのは、北川温泉北川館の一人息子、甘利《あまり》泰文《やすふみ》だ。

六月に川の岩場に取り残された泰文を晴虎は救助した。

それから泰文は、すっかりなついて自分のことをハルトラマンと呼ぶようになっている。

「スクーターをしまってくるから、ちょっと待っててくれ」

晴虎はできるだけやさしい声を出すようにつとめた。

ディオを建物横のカーポートに駐《と》める。

ヘルメットを脱《ぬ》ぐと、ヒグラシの鳴き声が大きく聞こえてきた。

湖畔《こはん》のヒグラシは淋《さび》しくもの悲しく響く。

だが、いまは子どもたちのさざめきが立ち勝っていた。

子どもたちはなにかに興奮しているようだ。

「三人とも、なかに入って」

晴虎が入口のガラス戸を開けると、子どもたちはぞろぞろと建物内に入ってきた。

執務机の正面にはパイプ椅子《いす》が二つ並べてあり、晴虎は壁際から一脚を取り出して横に置く。

「まずは座ってもらおうか」

晴虎の言葉に、三人は次々に椅子に腰を掛けた。

三人の顔つきは緊張感を漂《ただよ》わせているが、生命や身体に危機が迫っているような事態が発生していないことはわかった。

まずは晴虎は安堵《あんど》した。

「ハルトラマン、事件なんだよ」

まん中に座った泰文が息せき切って訴えた。

「その前に友だちを紹介してくれないか」

あえて晴虎はのんきな調子で尋《たず》ねた。

「みんな五年なんだ。土屋昌弘《つちやまさひろ》と」

泰文は左に座ったちょっと太った丸顔の子どもを指さした。

「僕は浅利寛之《あさりひろゆき》です」

右に座った痩《や》せて銀色のメガネを掛けた子どもは自分で名乗った。

「土屋くんに、浅利くんだね」

晴虎はにこやかに言った。

「ヤッチンとヒロって呼んでるんだ。俺《おれ》はマサリン」

昌弘は自分を指さしてのんびりとした調子で答えた。

この二人に泰文が受け容《い》れられていることが伝わってきて晴虎は嬉《うれ》しかった。

「事件のこと話したいんだけど」

泰文が口を尖らせた。

「ああ、いったい何が起きたんだい?」

晴虎はゆったりとした調子で訊いた。

「幽霊だよ。幽霊が出たんだ」

声をうわずらせて泰文は言った。

「いや、あれは亡霊というべきだよ」

寛之が冷静な調子で横から口を出した。

「魔界から来た奴《やつ》らだ」

昌弘はゆっくりと言いながらも、恐ろしそうな顔つきになった。

世の中に幽霊だの亡霊などがいるはずがない。

それに警察官が幽霊を取り締まることができるわけでもない。

だが、子どもたちは嘘《うそ》を吐《つ》いてはいない。

三人の目つきは真剣そのものだった。

なにかしらおかしなことが起きたものに違いない。

「なにがあったのか、はじめから話してくれないか」

晴虎は穏《おだ》やかな口調を保って尋ねた。

「僕たち、ゆうべ中川隧道《なかがわずいどう》に行ったんだよ」

泰文が緊張した顔つきで口火を切った。

「中川隧道だって？」

晴虎は念を押した。

中川隧道は昭和五三年に神奈川県が掘削《くっさく》したトンネルである。県道から中川橋で河内川を対岸に渡り、川沿いに細い舗装道路が北へ続いて西丹沢中川ロッヂというキャンプ場で終わっている。がけ崩れが発生して落石の危険もあるため、現在はトンネルの入口付近で車両通行止めとなっている。

このキャンプ場には北側の畑《はた》集落付近からも進入路があるので問題はなく、車両が通行できるようになる目処《めど》は立っていない。

通行車両もないことから晴虎もパトロールの範囲には入れていない。

「中川隧道のあたりは落石の危険があるから、あの林道は入っちゃダメだろう」

つい叱責《しっせき》口調になってしまった。

「でも、おまわりさん。トンネルの入口には『一般車両進入禁止』という標識しかないです。僕たちは歩いて入ったんです」

寛之の理路整然とした反論には一言もなかった。

あの林道の通行止めについての判断は神奈川県が行っている。歩行者も通行禁止にできないか、担当部署に連絡してみようと晴虎は思った。

「そうだったな……でも、あの林道は危ないんだ。落石でもあったら大変だからな。もうトンネルには近づかないでほしい」

晴虎はやさしい口調で注意した。

「わかりました」

三人は口をそろえて答えた。

「怖いから、もうあそこには行かないよ」

昌弘がまじめな顔で言うと、ほかの二人もうなずいた。

「ところで、君たちはどこに住んでるんだい？」

「ヒロは僕とおんなじ湯沢《ゆざわ》で、マサリンは畑《はた》」

左右に首を巡らして泰文は答えた。

湯沢集落も畑集落も北川温泉と呼ばれている地区である。

「中川隧道は北川温泉からだとずいぶんあるよな。どっち側から入ったんだ？」

「中川橋のほう」

泰文の答えに晴虎は驚いた。

「じゃあ二キロ以上あるんじゃないか」

寛之が住んでいるという畑集落でも一・五キロくらいはあるだろう。

「チャリで行ったからたいしたことないよ」

昌弘はのんびりとした口調で答えた。

「なるほど自転車ならそれほどでもないか」

「チャリだとこっそりでも目立ちます。キャンプ場に勝手に入ったら怒られますから」

寛之はしたり顔で答えた。

この子は丁寧語《ていねいご》を使うし、ほかの二人より少し大人びている。

「それで中川橋からアプローチしたというわけか……で、何しに行ったんだい？」

「肝試《きもだめ》しだよ」

康弘はすました顔で答えた。

「中川隧道には地縛霊がいて、幽霊が出るって有名なんだよ」

昌弘がふたたび身を震わせた。

「ネットにも心霊スポットだっていう情報がいっぱい載ってるんだ」

泰文はいくぶんうわずった調子で続けた。

「僕はそんな馬鹿なことはないって言ったんです。この世に幽霊なんていないって。そしたらこの二人は絶対にいるって言い張るんです。それで、実際に行ってみようって話になって」

なるほど、大人びた雰囲気を持つだけではなく、寛之は合理的なものの考え方をするようだ。

「でも、出たんだよ」

泰文は興奮した口調でつばを飛ばした。

「なにが出たんだ」

「白い着物を着た幽霊が出たんだよ」

昌弘は言葉を出しながらぎゅっと目をつぶった。

「中川隧道に出たのか？」

「そうだよ。三人の落ち武者だよ」

「落ち武者っていうとどんな姿なんだい？」

「禿《は》げてるロン毛。よくテレビとかで見るヤツ」

昌弘は両手を自分の頭の左右に持って髪をなでるような仕草を見せた。

髪を結《ゆ》ったままでは兜《かぶと》がかぶれない。鎧《よろい》武者は髷《まげ》を解いて髪をおろす。敗《ま》け戦となって逃げ出すときには兜や烏帽子《えぼし》を放《ほう》り出していったため、月代《さかやき》の目立つ下ろした髪は落ち武者の頭と思われている。禿げてるロン毛とは、兜を脱《ぬ》いだ武者の頭を言っているのだ。

「そうそう、三人ともその髪だった」

泰文は大きくうなずいた。

「刀を持ってるサムライもいました」

目を瞬《しばたた》きながら寛之はつけ加えた。

「何時頃《ごろ》の話だ？」

「登山センター行きの終バスを小塚《こづか》のバス停あたりで見たから、六時半は過ぎてたよ」

昌弘が即答した。

小塚というバス停は、中川橋のバス停と北川温泉の間にある。中川橋からは一・五キロほどの距離だろうか。自転車ならばすぐだ。

「でも、その後、中川橋でトンネルに入るのに、みんな怖いって、ずいぶん迷っていたじゃないか」

寛之が横から口を出した。

「正確にはトンネルに入ったのが、午後六時五〇分だよ」

泰文は左腕を上げて得意げに淡いブルーのベビーGを掲げた。

「そんな遅い時間か……君たち、まだ小五なんだろう？」

子どもたちは三人とも不機嫌《ふきげん》そうに黙った。

「夕飯食べてから出かけたのか」

三人はいっせいにうなずいた。

「家の人が心配しないのか」

「心配なんてしないよ。遠くに行かないって言ってあったし」

昌弘は小さく首を横に振った。

「そうだよ、いまは夏休みなんだから、それくらい自由にしてもいいじゃん」

泰文は生意気な口調で答えた。

「まぁ、小学生にとっても生の経験は大事ですからね」

寛之がしたり顔で言う。

「だいたい、家にいると兄ちゃんがうるさいしな」

「兄ちゃんがうるさいのか」

「中二のくせにえらそうに勉強しろ、ゲームやるなとかうるさいんだよ。部活終わってそろそろ帰ってくる頃だからね」

昌弘は顔をしかめた。

「だけど、その時間だともう薄暗いだろう?」

晴虎の問いに、泰文は口を尖らせた。

「だって明るいときに行ったって、肝試しになんないじゃんか」

小学生が夜遊びすることを心配している晴虎に対する反論としては論点がずれている。

だが、晴虎はあえて放っておくことにした。

保護者が承知しているのならば、これ以上追及すべきことではない。

「念のために訊くけど、見間違いじゃないのかい」

三人の真剣なようすから、晴虎は見間違いとは思ってはいなかったが、あえて念を押してみた。

「そんなことはありません。二〇メートルくらい先に三人の亡霊がたしかに見えたんです」

寛之は真剣な顔で訴えた。

「だけど、あのトンネルには照明がないはずだよ」

「ぼーっと青白く光ってたんだ。俺、はっきり見たんだよ」

昌弘は食って掛かるように答えた。

この子たちが、落ち武者のような姿の者たちを見たことは間違いないだろう。

誰かの悪質ないたずらだろうか。

「しかし、信じられないなぁ」

しつこいと思ったが、晴虎はもう一度、疑いの言葉を発してみた。

「僕たち三人が嘘を吐いていると言うんですか」

眉をひそめて寛之は言った。

「いや、君たちが嘘を吐いてるなんてまったく思ってはいない。そうじゃないけど、誰《だれ》かのいたずらじゃないのかな」

「そうならいいんですけど」

子どもらしからぬ皮肉っぽい口調で寛之は答えた。

「いたずらじゃないって、どうして思うんだい？」

「あのトンネルの向こう側になにがあるか知っていますか」

寛之は眉を寄せて訊いた。

「ああ、中川城という戦国時代の城があったんだよね」

晴虎はそれほど歴史には詳しくないが、管内の歴史的な遺構はいちおう勉強していた。

中川城は武田《たけだ》の侵攻に備えた後北条《ごほうじょう》氏の前線基地であり、豊臣秀吉《とよとみひでよし》の小田原征伐《おだわらせいばつ》の後に廃城となったと聞いている。

ここ山北町は相模《さがみ》、甲斐《かい》、駿河《するが》三国の境界線近くにあって、戦国時代は相模の北条氏領であったが、甲斐の武田氏が奪おうと常に機会を窺《うかが》っていた土地である。もっとも、中川城自体はたいした規模ではなく、狼煙台《のろしだい》に毛の生えた程度だったらしい。

「そうです、中川城は北条氏の城でしたが、武田信玄《しんげん》と勝頼《かつより》に二度も攻められています。激しい戦いだったそうです。そのときに死んだ武田武者の亡霊だと思います」

寛之は真剣な目つきで淀《よど》みなく答えた。

「へぇ、浅利くんは歴史に詳しいんだね」

晴虎は感心して訊いた。

「この夏休みの自由研究で、西丹沢の歴史を調べたんです」

嬉しそうに寛之は答えた。

「なるほど、中川城の戦いの亡霊か……」

少なくとも、この子たちは亡霊と信じ切っている。

「それだけじゃないよ」

横から昌弘が口を挟んだ。

「ほかにもあるのか」

「いまから一五年くらい前に、北川温泉の奥で怪しい幽霊が何度か出てるんだ」

ぶるぶるっと身体《からだ》を震わせて昌弘は言った。

「本当かい。北川温泉のどこなんだ？」

この話も晴虎は聞いたことがなかった。

「北川の貯水池あたりだよ」

代わって泰文が答えた。

北川の貯水池は、北川館のあたりよりずっと東側で、目抜き通りをいちばん奥まで進んだ車道が消えるあたりにある。

「だからさ、それはきっと北川まで逃げてって殺されたサムライだよ」

昌弘は言葉に力を込めた。

晴虎は三人の子どもたちを見まわしてゆっくりと口を開いた。

「君たちの言うことを信じよう。おまわりさんは中川隧道のあたりを巡回ルートに入れるよ。しばらく夜もパトロールしてみよう」

晴虎の言葉に、三人はほっとしたように表情をゆるめた。

「ねぇ、ハルトラマンが退治してよ」

泰文は熱っぽい口調で頼んだ。

「そうだな、退治できるものなら退治するよ」

まずは正体を明らかにすることが先だが、とりあえず泰文の気持ちを受け容れよう。

「できれば逮捕《たいほ》してほしいな」

寛之が賢《さか》しげに言った。

「なんだって」

「だって逮捕すれば、幽霊が実在することが証明できるじゃないですか」

寛之の理屈には驚いた。

「幽霊は逮捕できないよ。逮捕状に名前が書けない。氏名がないと裁判官が発給してくれないんだ」

吹き出しそうになりながら、晴虎はまじめな顔で答えた。

「そう言えばそうですね」

ところが、寛之は納得したようだ。賢いと言っても五年生の子どもだ。

「とにかく君たちは、家に帰りなさい。夕飯に遅れると、家の人が心配するぞ」

晴虎は笑いをこらえつつ厳しい声音で言った。

「じゃあ、帰るけど、ほんとに幽霊退治してよね」

泰文は下から覗き込むような目つきで頼んだ。

「まぁ、わたしの前に幽霊が現れたらね。とにかくパトロールは強化する。これは約束しよう」

晴虎は力強く言い切った。

「お願いだよ。ハルトラマンだけが頼りなんだ」

「ハルトラマンは無敵だよね」

「おまわりさんを信じてます」

三人の子どもたちは口々に言って立ち上がった。

「君たちを怖がらせる者は放ってはおけない。この西丹沢の平和を守るのがわたしの仕事だからね」

照れくさいのを我慢《がまん》して、晴虎は晴れやかな声で言い放った。

子どもたちを安心させ、地域と警察のきずなを強くするためにも、これくらいの言葉は口にしなければならないだろう。

「カッコイイ〜」

三人は口をそろえて叫んだ。

「暗くなってきたから、クルマには気をつけるんだよ」

晴虎はにこやかに言って、三人を送り出した。

子どもたちの応対にも少しは慣れてきたような気がする。

ＳＩＳの班長だった頃とは何という違いだろう。

晴虎は苦笑せざるを得なかった。

特殊捜査第一係に異動する前には刑事課の強行犯畑が長かった。いずれにしても凶悪な犯人を相手にしてきたのだ。こうした対応は初任の交番《ハコバン》勤務以来だ。

だが、これがいまの自分の仕事なのだ。

時計を見ると、六時まで一五分ほどだった。

子どもたちとの約束を守るために、晴虎は今夜から中川隧道付近のパトロールをすることに決めた。

泰文が言っていた六時五〇分頃に中川隧道に行ってみよう。駐在所からは二・三キロほどに過ぎないので、あっという間に着く。勤務時間外だからといって骨惜《ほねお》しみをすべきではない。

時間の余裕がないので、制服姿で冷凍炒飯《チャーハン》と冷凍唐揚げ、カップ中華スープで簡単な夕食をとった。

六時三〇分を少し過ぎた頃に、晴虎はスクーターにまたがって駐在所を出た。

すでにあたりは薄青い闇に包まれている。

日没時刻はまだなのだが、太陽はとっくに西丹沢の稜線《りょうせん》の向こうに沈んでしまっていた。神尾田集落の家々には灯《あか》りが点《とも》り始めている。

永歳橋を渡ると、左右の丹沢湖の湖面に夕風がさざ波を立てている。

湖沿いに県道76号線を北上してゆくと、右手に空色に塗られた中川橋のアーチ橋脚が近づいて来た。

五時頃にパンク修理を手伝った中川橋のバス停は、橋の方向へ右折せずに県道を直進して六〇メートルほどの位置にある。が、カーブの向こうに隠れて見えない。

晴虎は中川橋へと右折して、橋に入ったところでいったんスクーターを停めた。

右、つまり南側は丹沢湖のほぼ北端部分にあたり、右手には焼津集落の灯りが瞬《またた》いている。

左の北側は急に湖の幅が狭くなり水量が減って河内川と呼ぶにふさわしい様相を呈していた。この場所には小さな堰堤《えんてい》が築かれていて水が墜《お》ちている。

右手の対岸には中川隧道から出てきた林道が西丹沢中川ロッヂの方向へと続いていて白いガードレールがぼんやりと見えている。中川城跡はこの場所からは見えなかった。

対岸の林道にも橋上にも、自動車も二輪車も一台も見えなかった。

晴虎は橋上でしばらくようすを見ていたが、むろんなにが起きるわけでもなかった。怪しい人影などは現れるはずもない。

県道の坂下からディーゼルエンジンの音が響いてきた。

駐在所のある丹沢湖バス停を六時三五分に通過する下り西丹沢登山センター行きの最終バスが姿を現した。

十人ほどの乗客が乗っていた。この時刻に中川橋のバス停で下りる者はいないだろう。

晴虎はふたたびスクーターのエンジンを掛けて、中川橋を対岸へと渡った。

突き当たりはT字路で、クルマがじゅうぶんに旋回《せんかい》できる広さになっている。

T字路を右へ曲がれば、県道の対岸を丹沢湖東端の玄倉《くろくら》地区まで続く玄倉中川林道となっている。

この湖畔《こはん》の林道は舗装されてはいるが、道幅が狭くすれ違いも困難なので一部を除いて一方通行路となっている。ここは出口で進入禁止となっていた。

また、夜間は鉄扉を閉めて林道自体を閉鎖してしまう。

左へ曲がると、すぐに「西部治山事務所」と白文字で表示されたトラ色の木製バリケードが並んでいる。さらに黄色い路面表示用塗料で「進入禁止」と大きく書かれていた。道路の右端には寛之の言葉通り「一般車両進入禁止」の標識が立っている。

さらに「この先、崖地《がけち》崩落通行不可」の表示も見られた。

晴虎は路肩にスクーターを停めた。

すでにあたりは真っ暗に暮れ落ちていた。

小さな橋が架《か》かっていて、右手の山側からは沢水が勢いよく流れ出し、左手の河内川へと流れ込んでいる。

ここからは徒歩でいくしかない。

スマホでざっとデータを調べると、中川隧道は長さが一四二メートル、幅員は五・二メートル、高さは五メートルとある。まぁ、歩いてもたいした距離ではない。

フラッシュライトのスイッチを入れて晴虎は歩き始めた。

バイクのヘッドライトほどの照度を持つライトにトンネルポータルが浮かび上がってきた。「中川隧道」の抗口銘板もよく読み取れる。

このライトも支給品でなく、晴虎の私物だった。

トンネル内に入っても、沢音が大きく響き続けていた。

使われていないトンネルだが、路肩に多少の落葉が蓄積している以外は比較的きれいな状態を保っている。

沢音と晴虎の足音だけが暗闇に響き続けた。

出口が近づくと、左右の壁にペンキの落書きが目立ってきた。

だが、とくになんの異常もなく、晴虎はトンネルの反対側へ出た。

誰もおらず、もちろん人間が隠れる場所などもなかった。

予想された結果だが、いたずらをする者が毎晩現れるというものでもあるまい。

徒労に過ぎぬかもしれないが、晴虎はしばらくの間、こうしたパトロールを毎晩続けようと決めた。

晴虎はスクーターを中川橋へと向けた。

駐在所へ戻ると、制服を脱いでシャワーを浴びる。

八時を待ってリビングダイニングでイェヴァー・ピルスナーを飲み始めた。

高岡《たかおか》市の職人が作った錫《すず》製の小さなタンブラーに細かな泡が弾ける。

リリカルだが明るく知的なハンク・ジョーンズのピアノトリオをBGMとして選んだ。

一本目を飲み終える頃になって、泰文の言っていた「ネットにも心霊スポットだっていう情報がいっぱい載ってる」という言葉が気になった。

リビングのテーブルでPCを起《た》ち上げる。

「中川隧道」「心霊スポット」などの言葉で検索をかけてみると、出るわ出るわ。

YouTubeの動画配信や、ツイキャスを使ったライブ配信なども見られた。

こんなおかしな知名度が高くては、いたずらをする者が現れてもおかしくないかもしれない。それにしても、水難事故の犠牲者の霊の仕業《しわざ》とする記述が多いのにはあきれかえった。

河内川で二〇一四年に水難事故死があったのは、北川温泉よりはるかに北の西丹沢登山センター付近であり、中川隧道からは直線距離でも五キロは離れている。

さらに一九九九年に発生した玄倉川水難事故死の犠牲者の霊だとする記述には開いた口がふさがらなかった。

直線距離は近いものの、まったく違う水系であって山向こうである。いくらなんでも犠牲者に失礼な話だ。

これならまだ、武田家の落ち武者の霊とする寛之の説のほうがマシな気がした。

いずれにせよ、ネット上にあふれている無責任な与太話《よたばなし》のせいで、小学生たちが夜間にあんな場所に遊びに行くのは芳《かんば》しい話ではない。

とはいえ、規制に該当するような内容ではない。ネット上の情報の真偽をしっかりと判断できるスキルを身につけさせるリテラシー教育が重要だということだろう。

児童の教育について考えを巡らす自分がおかしくて晴虎はひとり苦笑していた。

風もほとんど吹いておらず静かな夜だった。

エアコンの作動音とピアノの旋律《せんりつ》だけが部屋を埋めている。

リビングのキャビネット上にある警察固有の電波を用いるPSW無線端末も静まりかえっている。たまに入電する署活系の無線もほとんどが定時連絡で、異常事態を告《つ》げるものはなかった。

いつものように三三〇ミリ瓶を二本ゆっくりと飲んでから、晴虎は二階の寝室に引き上げた。

警察官専用のスマホとも言えるPSD型データ端末は、当然ながら二階まで持って上がった。

だが、こちらも鳴りをひそめている。

晴虎は落ち着いた気持ちでベッドに潜り込み、読みかけの推理小説の文庫本を開いた。

しばらくすると眠気が襲ってきて、晴虎は照明を消した。

リビングのテーブルを挟んで二人は座っている。

ライトブルーとホワイトの大柄チェックのテーブルクロスには、伊万里《いまり》の華やかなコーヒーカップがふたつ並んでいた。妻と行った九州旅行で買ってきた自分たちへのお土産《みやげ》だ。

「そんなのぜんぜん晴《はる》ちゃんらしくない」

沙也香《さやか》は口を尖らせた。

「だけど、俺はもう部下を持ちたくないんだ」

晴虎は懸命に訴えた。

いくら説明しても一向にわかってくれない沙也香に、晴虎は腹を立てていた。

「晴ちゃんの気持ちはわかる。だけど、つらいことから逃げ出しても、幸せになれるはずがないよ」

眉根を寄せて沙也香は反駁《はんばく》した。

「君にはわからないんだ」

どうして自分の気持ちに寄り添ってくれないのか。こんな妻ではないはずだ。

「そりゃあ、わたしは晴ちゃんみたいに、人の上に立ったことはない。でもね、だからこそ、晴ちゃんの部下の人の気持ちがわかるの。怪我《けが》した駒井《こまい》さんだって、晴ちゃんがずっと班長でいてほしいって思ってるはずだよ。晴ちゃんが班長の立場から逃げ出したら、駒井さんだってつらいと思う」

沙也香は真剣な調子で言った。

そのことは自分も何度も考えた。まじめな駒井が、自分自身を責めてつらい思いするのではないかと不安にもなった。

だが、面と向かって駒井にそんなことを訊けるわけはなかった。

「これは俺自身の問題なんだ」

晴虎は苦しい声を出した。

「苦しみから逃げ出す晴ちゃんなんて、わたしの好きな晴ちゃんじゃない」

沙也香は唇を震わせた。

「なんでわかってくれないんだっ」

晴虎は手にしたカップを壁に投げつけた。

カップは割れずに床に転がった。

沙也香はいまにも泣き出しそうな顔で立ち上がると、黙って部屋を出ていった。

行かないでくれ。

ハッと気づいた。

窓の外は明るくなっている。

ミンミンゼミの声が賑《にぎ》やかに響いていた。

丹沢湖駐在所には平和な朝が訪れていた。

「沙也香、なぜ行ってしまったんだ……」

晴虎は低い声でうめいた。

夢だったのか。

晴虎のこころをたとえようのない空《むな》しさが襲った。

あまりの淋しさにしばし起き上がる気にもなれなかった。

沙也香とはこんなに激しい口喧嘩《くちげんか》をしたことはない。

ささいな喧嘩でもすぐに二人は仲直りしていた。

もちろん、沙也香にものを投げつけたことなど一度もない。あるはずがない。

寝ぼけ頭がはっきりしてきた。

ようやく晴虎は気づいた。

喧嘩をしていた相手は沙也香の姿をしてはいるが、沙也香ではなかったのだ。

あれは自分自身だ。

SISの班長から逃げ出して、この丹沢湖駐在所に赴任《ふにん》した自分を否定する潜在意識の自分が喧嘩相手だったのだ。

なぜ、沙也香がこんなかたちで夢に出てきたのかはわからなかった。

落ち着いてみると、起きたときの空しさ淋しさとは異なる感情がわき上がってきた。

喧嘩の夢でも、久しぶりに沙也香に会えたことが嬉しくなってきたのだ。

いさかいをしていてもいいから、夢にまた沙也香が出てきてほしかった。

【3】

翌日の昼食前、晴虎はいつものパトロールで北川温泉に立ち寄ることにした。

県道76号線の右手に立つ「西丹沢北川温泉郷」のゲートを潜って、急な坂道を下る。きれいな和風旅館である《湯《ゆ》ノ沢館《さわかん》》の前を通り過ぎて新湯沢橋を渡った。

ここからは河内川に注ぎ込む小さな清流を左手に見ながら、奥まった閑静《かんせい》な二軒の高級旅館、《みやま亭》と《霞家旅館《かすみやりよかん》》の入口を通りすぎて北川温泉のメインストリートを進む。

客を送り出した後の時間帯なので路上には人影はなく、あたりは静まりかえっている。

左手に廃業した旅館を見て小さな橋を渡ると、いままで車道の左側にあった清流は右側に移る。ちょっとした広場を終端部分として車道は終わっている。

その奥には泰文が一五年くらい前に幽霊が出たと言っていた北川の貯水池の堰堤が見えていた。清流はこの貯水池から流れ出しているのである。

晴虎は広場の端にスクーターを停めた。

広場の左手には大きな建物があった。

RC構造二階建てのスクエアなデザインで、グラスエリアが大きくとってある。開放的な雰囲気のある建物だった。

白く塗装された壁の随所《ずいしょ》や、軒の内側などには装飾《そうしょく》のためか木の板が貼《は》られていた。

二階の中央部分には広いバルコニーも持っている。

平屋根の右隅からはマントルピースの煙突《えんとつ》が突き出している。

広場に面しているこちら側にはブラインドが下ろされていて内部は見通せなかった。

背後はうっそうとした雑木林の斜面だが、ＲＣの建物が意外と溶け込んでいるのが不思議だった。

個人の別荘だそうだが、有名な建築家の手になる建物だと聞いたことがあった。

ただ、何年も手入れされていないようで、白い壁にはうっすらと緑色の苔《こけ》のような汚れが目立っている。木製の部分も脂《あぶら》を失って白っぽくかさついていた。あたりも草ぼうぼうである。

さらにガラス窓の一部が破損していて、ベニヤ板が貼《は》ってあった。無防備だとも思ったが、そもそもこんな空き家に忍び込む者もいないのだろう。

エントランスの階段の下に立つ二人の男が、図面をはさんでなにやら打合せをしていた。

薄緑色の作業服にネクタイ姿の三〇代の男と、ヘルメットをかぶって紺《こん》色の作業服を着た年輩の男だった。

晴虎はゆっくりと男たちに歩み寄っていった。

「おはようございます」

「ああ、おまわりさん、おはようございます」

ネクタイの三〇代の男は快活な声で反応した。

隣に立つ年輩の男はにっこり笑って黙って頭を下げた。

「丹沢湖の駐在です。お仕事ご苦労さまです」

晴虎は明るい声を出した。

「なにかありましたか」

ネクタイ男が不安げに訊いた。

「いえ、通常のパトロールですので、ご心配なく」

晴虎はなるべくのんきな声を出すようにつとめた。

「ご苦労さまです。ここの工事の現場責任者の小宮山《こみやま》と申します」

小宮山は横浜に本社のある建築会社の名刺を差し出した。一級建築士の肩書きがあった。

「工事が始まるのですね」

丹沢大山《おおやま》国定公園内なので新築には規制が多いだろうが、改築はまた別なのかもしれない。晴虎にはこのあたりの法的知識はあまりない。

「ええ、お盆明けから改修工事を予定しています。各方面に届出はしていますが、駐在所にもごあいさつに伺《うかが》う予定でした」

「それはどうも……」

「工事車両が出入りしますからね。もちろんご面倒をお掛けしないように努《つと》めますが」

小宮山は如才《じょさい》なく笑った。

「大規模なものになるのですか」

「躯体《くたい》を残して、残りはほとんど建替えになる予定ですね」

となると、この建物の面影《おもかげ》はほとんど残らないだろう。

「わりあいきれいなのに、ちょっともったいない気がしますね」

「まぁ、それでも築三〇年は越えてますので、いい機会かもしれませんね」

「一九八〇年代の建物ですか」

晴虎は意外に感じた。もっと新しい建物のような気がする。

「ええ、バブルの頃に新築された別荘ですね。所有権者が何度か変わっているんですが、ここしばらくは手入れされていないのでちょっと荒れています。庭も修復する予定です」

「庭があるのですか」

広場からはちょっとした生垣《いけがき》が境となっているが、庭らしい庭はない。

「はい、建物とあの斜面の間に百坪近い細長い庭があるんです」

小宮山は建物背後の雑木林を指さした。

「ああ、反対の北側が庭なんですね」

「長い間、放りっぱなしだったんで、雑草が林のようになってしまっています。また、かつての持ち主の希望で残した天然木のミズナラが大木となって有効利用を阻害《そがい》していました。さらに裏山から清水を引いた池も濁《にご》ってしまって美観を損ねています。これらを伐採して池も埋めるなどして、整備された庭園に変える作業も予定しています」

小宮山は理路整然と説明した。

「そうでしたか。安全第一でお願いします」

「もちろんです」

微笑《ほほえ》みを浮かべて小宮山はうなずいた。

「なにか困ったことがありましたら、いつでも駐在所にご連絡ください」

「ありがとうございます。よろしくお願いします」

小宮山と隣に立つ現場監督らしい男はそろって頭を下げた。

「では、失礼します」

一五年くらい前に、ここの貯水池でも亡霊を見た者がいるという昌弘と泰文の言葉が気になっていた。

晴虎は踵《きびす》を返して、貯水池の堰堤へと向かった。

堰堤の左手には、岸辺に上るコンクリートの階段が続いている。

上ってみると、緑色に沈む貯水池が目の前にひろがっている。

まわりは杉林に囲まれて、山深い雰囲気が漂っていた。

アブラゼミとミンミンゼミの鳴き声があちこちから響いてくる。

細長い池の水面に、谷風が吹いてさざ波が立った。

堰堤は、いつ頃造られたものかはわからない。農業灌漑《かんがい》用の貯水池のようである。

堰堤近くに六畳ほどのスペースがあったが、釣りをしているような者もおらず、もちろんとくに変わったことはなかった。

貯水池の左側の池畔には細道がつけられていた。

晴虎は細道を歩き始めた。左手の斜面は植林されたものか杉の木が多かった。

まわりからはミンミンゼミにクマゼミ、アブラゼミと何種類ものセミの鳴き声が重なって響き、やかましいほどだった。

足もとの雑草からはバッタが次々に跳ねてくるぶしにぶつかる。

細道の終わるあたりは広場になっていて、巨大な杉の木がそびえ立っていた。

樹齢二〇〇〇年といわれる箒杉《ほうきすぎ》にはとてもかなわないが、数百年は経《た》っていそうな巨木だった。植林されたほかの杉の木とはまったく雰囲気が違った。

杉の木の根元には石仏らしきものが見られたが、摩耗《まもう》していてよくわからなかった。

かたわらには二畳ほどの広さの作業小屋があった。

かなり古いものと思われ、朽《く》ちかけていた。

右手の池はこのあたりで終わっていて浅瀬になって上流へと流れが続いている。

とくに怪しいものは発見できなかった。

晴虎はパトロールに戻ることにした。

スクーターの鼻先を元の方向へ戻した。

新湯沢橋のたもとを右へ曲がって河内川の左岸沿いの道へ出る。

瀬音が静かに響いている。

泰文の母親が女将《おかみ》をしている「山紫《さんし》水明《すいめい》の宿　北川館」の前まで来ると、紅《べに》色のお仕着せ和服姿の仲居が前庭を掃除していた。

四〇前後の仲居は晴虎の姿を見ると、箒を捨てて両手を振った。

「駐在さぁん」

晴虎はスクーターを北川館の前で停めた。

「今日も暑くなりましたね」

晴虎があいさつすると、丸顔で人のよさそうな仲居はぺこりと頭を下げた。たしか土屋《つちや》という名前の北川集落に住んでいる女性だった。

「女将さんが駐在さんに聞いて頂きたいお話があるそうなんです」

仲居は建物のなかを指さした。

「こちらでお待ちしていますよ」

「あの……駐在さんがお通りになったら、ご案内しなさいと女将さんに言いつかっていまして」

「長いお話になりそうなんですね」

「たぶん、そうなんだと思います。とにかくお上がりください」

仲居は踵《きびす》を返すと、先に立って歩き始めた。

晴虎は仕方なくヘルメットを脱いで建物の中へと入っていった。

「ロビーでお待ち頂けますか」

仲居はさっさと奥へ入ってしまった。

玄関まではいると、帳場カウンターの内側に座っていた番頭の山県《やまがた》が立ち上がって歩み寄ってきた。

白シャツにネクタイ姿で、血色の悪い四角い顔を持つ七〇近い男である。

「どうもご足労をお掛けして……そちらにお掛けください」

山県は慇懃《いんぎん》な調子で、ダークグレーのレザーソファへ手を差し伸べた。

「お邪魔します」

晴虎はヘルメットを小脇に抱え、靴《くつ》を脱いでロビーに上がった。

淡いピンクに細かい草花を織り込んだカーペットが足裏にくすぐったく感ずる。

昼という時間帯のせいもあるのか、ロビーには誰もおらずがらんとしていた。

高い天井には、蜘蛛《くも》の巣を丸めたような個性的なデザインの白い照明器具があちこちに下がって、やわらかい光を放っている。

言われたとおりソファに座ると、山県は一礼してカウンターへと戻っていた。

「いらっしゃいませ」

玄関のところで呼び止めた女性とは別の若い仲居がアイスコーヒーを持って来てくれた。

仲居はコースターとグラスをカフェテーブルに置いて去った。

口をつける間もなく、女将の雪枝《ゆきえ》が薄紅色の和服姿で現れた。

夏の花が華やかに描かれた着物は、痩《や》せぎすの雪枝によく似合っていた。

「武田さん、お忙しいところ申し訳ありません」

雪枝は深く身体を折った。

「いいえ、地域の皆さまのお話を伺うのは仕事ですから」

雪枝はかるく頭を下げて正面に座った。

「ありがとうございます。氷が溶けないうちに召し上がってください」

微笑みを浮かべて雪枝はアイスコーヒーをすすめた。

「いただきます」

これくらいは差し支《つか》えあるまいと、晴虎はしずくのついたグラスを手にした。

「昨日は泰文が押しかけてご迷惑をお掛けしたそうですね」

雪枝はちょっと申し訳なさそうに言った。

「ええ、七時前頃に二人の同級生と来ました」

「あの子もようやく、ここの学校に慣れてきてお友だちもできたので、わたしも嬉しく思ってるんです」

雪枝は明るい瞳で微笑んだ。

「よかったですね。一昨日《おととい》に中川隧道に肝試しに行ったとかで」

「すみません、遅い時間だとは思ったんですが、お友だちの土屋くんも浅利くんも、とってもいい子なんで心配ないと思いまして」

ちょっと困った顔つきで雪枝は答えた。

「たしかに、みんないい子たちだとは思いました。ただ、中川隧道付近は落石などの危険があるので、子どもたちだけで行くのは心配です」

言ってしまってから、しまったと晴虎は思った。

雪枝は恐縮した顔になった。

「はい、もうあのあたりには行かないようにと、きつく言っておきます」

こわばった声音で雪枝は答えた。

「あ、いや、約束してくれましたから、わたしは彼らを信じています。お母さんからは決して叱らないでください」

少しだけ語気を強めた口調で晴虎は雪枝に釘《くぎ》を刺した。

約束したのに、母親から叱られたのでは泰文がひねくれるかもしれない。

「はぁ……わかりました」

「ところで、泰文くんたちは、中川隧道で怪しい人影を見たと訴えてきました」

「その話はわたしも聞いています。幽霊だとか亡霊だとか言うので、まじめに取り合わなかったんですが……」

雪枝は眉を寄せた。

「泰文くんたちが嘘を吐いているとは思えません。いたずらをしているような連中がいることは間違いないと思います」

「いたずらならいいんですが……」

晴虎の言葉に雪枝は小首を傾《かし》げた。

「実は……同じことが、昨夜、この北川でも起きまして」

眉間《みけん》にしわを刻《きざ》んで雪枝は言った。

「と言うと、つまり幽霊や亡霊のような姿をした者たちが現れたのですか」

晴虎の声はいくぶん裏返った。

立て続けの亡霊騒ぎとは驚かざるを得ない。

「はい、ニレの湯の駐車場あたりに、落ち武者のような姿をした人が現れたんです」

「どちらの駐車場ですか」

山北町立《北川温泉ニレの湯》は、日帰り入浴施設だが、建物の北側に舗装された入浴客用の駐車場があり、南側には川遊び用の砂利《じゃり》の駐車場がある。県道76号線からは別の道路を入ってゆく。

「うちから近いほうです。湯の沢橋のところの駐車場です。あそこはニレの湯のお風呂《ふろ》の灯りがあるので、陽が暮れてからも薄ぼんやりとあたりが見えるんです」

ということは、川遊び用の照明のない駐車場だ。夜間は閉鎖されているが、入口はロープが掛かっている程度だった。

北川館前の道は河内川沿いの岸辺を遡《さかのぼ》って湯の沢橋という小さな吊り橋に続いている。橋を渡ると、この駐車場に出る。

「何時頃のことですか」

「七時五分前くらいですね」

「なんですって！」

晴虎の声は裏返った。

自分はいまどんな間抜《まぬ》け面《づら》をしているだろうかと晴虎は思った。

「どうかなさいましたか」

雪枝は不思議そうな顔を見せた。

「いえ……その時間は、中川隧道のパトロールをしていたので……」

「そうだったんですか、泰文がお願いしたんでしょうか」

「いえ。でも、泰文くんたちに幽霊を捕まえると約束したので」

中川隧道をチェックしている間に裏をかかれたのだろうか。

だが、自分が昨夜中川隧道にパトロールに行くことは、誰も知らないはずだ。

泰文たちにだって、あれから中川隧道に行くとは言っていない。

亡霊が晴虎の行動予定を知るはずはない。

「今夜は北川温泉もパトロールするように致します」

「ありがたいです……実は……」

雪枝の顔に翳《かげ》りが生じた。

「湯の沢橋から幽霊を見たというのが、うちのお客さまでして……」

「なるほど……夕食後ですか」

「ええ、夕食がお済みになってから、散歩に出るとおっしゃって」

「川沿いをぶらぶら行けばすぐに湯の沢橋ですからね」

「星も見え始める時刻でしたから、おすすめしたんです」

六月の事件で大森愛美《おおもりまなみ》という女性が拐取《かいしゅ》されたのも、湯の沢橋からニレの湯の駐車場に入ったところだった。

だが、あの事件は晴虎の奮闘で完全に解決したし、個人への怨恨《えんこん》を動機とした特別な事情によるものだった。

ニレの湯の駐車場がとくに防犯上危険な場所というわけではない。

以前と同じように雪枝が宿泊客に案内していても不思議ではなかった。

「こちらのお宿からは五〇メートルほどしか離れていませんものね」

晴虎の言葉に雪枝はさえない顔でうなずいた。

「そうなのですが、ちょっと困ったことが起きてしまいまして……」

雪枝は帯に挟んでいたスマホを取り出してタップすると、端末を晴虎に渡した。


——亡霊温泉、北川温泉。二度と行くか！

晴虎の目にいきなり過激な言葉が飛び込んできた。

ヨシくんというアカウント名による大手SNSツィンクルへの投稿だった。

丹沢湖の写真とともに、興奮気味の投稿が続いている。

——丹沢湖の奥座敷とかいう北川温泉
ゆうべ彼女と泊まったんだけど、落ち武者の霊出た！！！
ネタじゃないって。七時前に髪振り乱した落ち武者三人、駐車場に出たんだ！
彼女ビビって帰りたがるし雰囲気最悪。二度と行くか！

「これは……」

晴虎は低くうなった。

いいね！のハートマークが三〇〇は超えている上に、シェアも二〇〇くらいあった。

かなり拡散されている。

「二時間ほど前に投稿されたのですが、若い仲居が気づきまして。幸いにもうちの名前は書いてないのですが……」

弱り声で雪枝はつけ加えた。

「昨夜こちらに泊まったお客さんの投稿なんですね」

「間違いありません。お散歩から帰っていらしてから、ずいぶんと怖がっていたんで……」

雪枝はきっぱりと言い切った。

「ここにも『彼女がビビって帰りたがる』と書いてありますね」

「三〇前くらいの若いカップルのお客さまなんですが、女性のお客さまは震え上がっていたようにも思います」

「亡霊だと信じ込んでしまったのか……」

誰かのいたずらとは思わないのだろうかと、晴虎はちょっと不思議な気がした。

だが、世の中には死霊《しりょう》や地縛霊《じばくれい》といった存在を信じている人は決して少なくはない。

死霊の存在を信じない晴虎の感覚が、すべての人に通ずるわけではない。

「昨夜のお客さまはお散歩から帰っていらしてから、番頭や仲居たちに真剣に亡霊を見たと訴えていらっしゃいました。うちは朝夕とも部屋食なんですが、ふだんは仲居に任せっぱなしなんです。でも、わたし、気になったんで、朝食のときにわたしがお給仕に出たんです。そうしましたら、朝食のときはお二人ともすごく不機嫌でいらして、わたしが話しかけてもロクにお返事も頂けませんでした。朝食後はすぐにチェックアウトなさいました。終始無言でした」

「宿側の皆さんとしては、あまり気分のいいものではありませんね」

「わたしたちもこころを込めておもてなししております。やはり、ご満足してお帰り頂きたいと願っております」

「しかし、北川館さんのサービスなどに問題があったわけではないのですから、いわば、とばっちりですよね」

晴虎の言葉に雪枝は大きくうなずいた。

「その点は救いなのですが、きっとここに書かれているように女性のお客さまが早くお帰りになりたがったのではないでしょうか」

雪枝は暗い顔で言った。

「せっかく二人で楽しみに来た温泉で、嫌な思いをしてしまったというわけですね。しかし、この投稿は芳しくないですね。北川温泉全体が影響を受けかねない」

晴虎の言葉に雪枝は大きくうなずいた。

「リプ欄もご覧ください」

晴虎はリプライに目を通した。

――最悪～幽霊と一緒に風呂入りたくないし。

――例の心霊スポットとも近いしな。祟《たた》られている温泉なんだよ。

――不吉温泉だぁぁあ。近寄らぬが吉。

不安を煽《あお》るようなリプが続く。

一方で、心霊マニアなのだろうか。喜び勇《いさ》んだリプも少なくなかった。

――マジか。行く行く！

――情報提供感謝！

――これは心霊探検隊、出動の要ありですな。

ヨシくんという投稿者は一件、「みんな見てくれてありがとう」というリプライを返しているだけだった。

「うーん、まったく無責任なものですね」

晴虎はうならざるを得なかった。

「実は……この投稿が原因だと思われるんですが、先ほど二件のキャンセルの電話が掛かってきました」

雪枝は眉を寄せた。

「キャンセルですって！」

晴虎は驚きの声を上げた。

「はい、理由は仰せになりませんでしたが、今週の土曜日のお客さまが二組、六名さま分がキャンセルとなりました」

「実害が出てしまったのですね」

きわめてまずい事態となっていると言わざるを得ない。

「警察のほうでは、こういう投稿をなんとかしては頂けないのでしょうか」

雪枝が晴虎を招き入れたのは、これが訊きたかったからなのだろう。

だが、晴虎は雪枝の望んでいるような答えを返すことはできなかった。

だからこそ、この投稿者の実名を尋ねなかったのだ。

「この件で考えられるのは刑法233条の偽計業務妨害罪《ぼうがい》か234条の威力業務妨害罪です。ですが、正直言って、この投稿を両条項によって捜査の対象とするのは難しいですね」

晴虎はゆっくりと言った。

「けれども、世の中に亡霊なんていないですよね。それを見たなんて言い張ってもいいんですか」

それでも雪枝は食い下がった。

「言論の自由の範囲内だと考えられます」

晴虎は静かな声で答えた。

「なんか変な気がします。うちは実際に二件のキャンセルが出てしまっているんです。それでも、罪に問われないんですか」

雪枝は納得できないという声で訊いた。

亡霊のせいでキャンセルされたかは、いまの時点ではわからない。業務妨害が起きたかも不明だ。だが、それ以前に233条と234条が適用されることは難しいだろう。

「この罪が成立するためには『虚偽の風説を流布《るふ》し、または偽計を用いて、人の業務を妨害する』ことが要件となっています。『虚偽』には根拠のない噂《うわさ》も含まれます」

「亡霊だなんて言ってるんですから根拠のない噂じゃないですか」

「ところが、今回のケースでは、投稿者のヨシくんさんは、実際に怪しい者たちの姿を見ているわけでしょう。落ち武者姿という外見からも泰文くんたちが目撃した連中と同じだと思われます」

「でも、霊だなんて馬鹿げています」

雪枝は頬《ほお》をふくらませた。

「霊の存在についてはもちろん科学的根拠はありません。ですが、本人は亡霊を見たと信じ込んでいるのです。嘘を言っているという自覚があったり、自分が根拠のない噂を言っていると思っているわけではないのです。つまり、この投稿では233条の故意を欠《か》いている可能性があるので、偽計業務妨害罪は成立しないおそれがあります」

晴虎はなるべくわかりやすい言葉を選んで説明した。

「一方、威力業務妨害罪ですが、こちらはSNS等の投稿でも該当《がいとう》する可能性が高いです。ですが、ここでいう『威力』とは『人の意思を制圧するに足《た》りる勢力を示す』ことだとされています」

「どういう意味ですか？」

雪枝は首を傾げた。

「その発言等のために、人がある行動をするときなどに、その意思が抑えられてしまうことです」

必ずしも正確ではないが、この程度の説明でよいだろう。

「じゃあ、当てはまるんじゃないんですか。キャンセルした人が出てるんですから」

雪枝は勢いづいた。

「SNSの投稿などの場合の判例の基準は『一般人を基準として誤解させるような虚言』なので、当てはまる可能性があります。しかし、ここでも233条と同じことが問題になります。ヨシくんさんは実際に怪しい落ち武者を見ているのですから、『虚言』とは言いがたいです。刑法230条の名誉毀損《きそん》罪も北川館の名前などを出しているわけではないので該当しにくいですね。丹沢湖の写真がもし、どこかの旅館さんの写真だったら、まだ検討する余地はあるのでしょうけれども……いずれにしても警察としては捜査に乗り出すことはないでしょう」

晴虎はゆっくりと説明を終えた。

「よくわかりました」

雪枝は息を吐いた。

「わかって頂けてよかったです」

晴虎は静かに言った。

「わたしも少し冷静さを失っていたみたいです。まさか、こんなとばっちりを受けるとは思っていなかったので……」

「お気の毒に存じます。この一回の投稿だけでは、正直言って我々は捜査できないですね。でも、亡霊たちは別です」

「そうなんですか」

雪枝は身を乗り出した。

「ええ、亡霊たちを業務妨害罪の罪で立件できる可能性があります。少なくとも軽犯罪法の『悪戯《いたずら》による業務妨害』の罪には該当します」

これはほぼ間違いがない。軽犯罪法は1条31号で「他人の業務に対して悪戯などでこれを妨害した者」を拘留《こうりゅう》または科料に処すると規定している。

「本当ですか」

「先に言った、人の意思を制圧するに足りる勢力を示すことにほかならないですし、亡霊の恰好をして人を脅《おど》かしているわけですから、明確な故意があります」

「ぜひ、武田さんのお力で捕まえてください」

雪枝はつよい口調で言った。

「北川温泉の皆さまのためにも、放っておくわけにはいきません。西丹沢の住民の皆さんに不安な思いが続くようでは困りますから」

晴虎は気負《きお》いなく答えた。

「ありがとうございます。さすがは武田さんですね」

雪枝は頰をうっすらと染めた。

「今夜から中川隧道と北川温泉の両方を、毎晩七時前後にパトロールをしてみます。たかだか二キロちょっとです。五分もあれば移動できますから。ですが……」

晴虎は声をひそめて言った。

「どうぞよろしくお願いします」

礼を言いつつ、けげんな顔で雪枝はカフェテーブルに手をつく。

「ひとつお願いがあります」

「はい、なんでしょうか」

「わたしのパトロールの予定については、ほかの方には話さないでください」

「わかりました。でも、なぜですの？」

「裏をかかれたくないのです。昨夜はわたしが中川隧道に行っている間にニレの湯の駐車場に現れたわけですから」

「つまり、武田さんは落ち武者に化《ば》けている犯人はこの北川温泉の周辺の人間だとお考えなのですか」

雪枝は眉をひそめて不安そうに訊いた。

「いえ、決してそう考えているわけではありません。ですが、噂とはどこからどう伝わるかわかりません。念のためです」

雪枝の不安を取り除こうと、晴虎は明るい声で答えた。

「お約束します」

晴虎の目をまっすぐに見て雪枝は言った。

「伺いたいことがあります」

「はい、なんなりと」

雪枝はにこやかに答えた。

「泰文くんから聞いたのですが、一五年ほど前に北川の貯水池でも亡霊を見た人がいるという話ですが……」

晴虎の問いに、雪枝は困ったような顔になった。

「申し訳ありません。わたしは去年の春にこちらへ参ったので……」

「お母さまが亡くなってこちらのお宿を継ぐために、山北町に戻って来られたのでしたね」

以前にそんな話を聞いたことがあった。

「ですので、一五年くらい前のことはほとんど存じあげません。泰文が誰からその噂を聞いたのかはわかりませんが」

雪枝は小さく頭を下げた。

「そうでしたか……ほかの方に伺ってみることにします」

「ちょっとお待ちください……」

雪枝は立ち上がって、帳場カウンターに向かった。

すぐに山県を連れて戻ってきた。

「番頭さんが少し知っているようです」

「はい……噂を聞いただけのことですが……」

表情を動かさずに山県は答えた。

「それはよかった。お掛けください」

晴虎の言葉に山県は頭を下げてソファの端に座り、正面にはさっきと同じように雪枝が座った。

「一五年ほど前の秋のことですが、奥の貯水池で白い着物姿の人影を見たという者が何人かおりました」

山県はゆっくりと口を開いた。

「夜間のできごとでしょうか」

昼間とは考えにくいが、晴虎は念を押した。

「もちろん夜のことです。あの池ではブラックバスを釣る人がいくらかはおります。バス釣りは夜のほうがよく掛かるそうですな。目撃したのはその釣り人たちです」

のんびりとした調子で山県は言葉を継いだ。

「池畔には街灯がありませんので、目撃したのは月光の明るい晩だったそうです。長い髪の女が池の対岸をふらふらと歩く姿を見たという人たちがおります」

「では、目撃されたのは落ち武者姿ではないのですね」

「ええ……女だとのことで、落ち武者とは聞いておりませんね」

「中川城の戦いとは無関係な話だったのですね」

「さぁ、そのあたりはわたしにはなんとも……戦いに巻き込まれて死んだ女の亡霊だという人もいたようですし」

山県は言葉を呑《の》み込んだ。

怪異譚《かいいたん》などには尾ひれがつきものである。

そもそもが科学的根拠のない話なのだから、理屈もなにもあったものではない。

「さらに、もっと不可解なことがあったのです」

血色の悪い顔に山県はあいまいな笑みを浮かべた。

「どんなことですか？」

「池畔の堤の上に女性の履《は》き物がそろえて脱ぎ捨てられていました。すわ身投げと地元の人間たちは騒ぎました。警察や消防の方々が見えるようなことにもなったのです」

もし自殺の話が真実となると、そもそも怪異譚でもなくなる。

なにかで悩んでいた女が貯水池に身投げした可能性はある。

「松田署などは捜索したのですか」

「いいえ、遺書もないし、自殺したと思われる人間も見つからないことから、単なるいたずらだろうということになりました」

小さな池でも捜索するとなると大ごとだ。ダイバーによって池のなかを調べ尽《つ》くすことになる。だが、こういう場合の警察の判断は慎重なので、間違いはないのだろう。

そもそも死体は相当な重さのおもりでも付けていない限り、腐乱すると体内に溜《た》まったガスのために必ずと言っていいほど水面に浮上してくる。

要は何者かのいたずらだったのに違いない。

「ちなみに貯水池の下の別荘はどんな状態でしたか」

晴虎は念のために尋ねた。

貯水池に近い別荘住人がなにか関係があったり、あるいはなにかを目撃していたことはあり得る。

「ああ、あの別荘ですね。何度か持ち主が変わったのですが、その頃は誰が使っていましたか……ちょっと覚えていません」

山形はあまり関心がなさそうに答えた。

「その後は怪しい人影の目撃者などは現れなかったのですか」

「ブラックバスの夜釣りをする人も減りました。なんだかフクロウがいるらしいので、ごくたまに写真を撮りに来る方がいるようですが……」

「あのあたりは森が深いですからね」

晴虎の言葉には反応せずに山県は続けた。

「いずれにしても、幽霊の目撃談もすっかりなくなり、近所の者もいつの間にか忘れておりました。ですが、なにやらインターネットで、北川の貯水池に幽霊が出ると触れ回っている者がいるらしいですな。それで北川周辺でも妙な噂が流れ始めています」

眉をひそめて山県は答えた。

「なるほど、ネットが原因で最近も噂になっているのですね」

晴虎は北川貯水池の噂に触れたサイトには辿《たど》り着けなかった。

昌弘や泰文も、中川隧道ばかりでなく北川貯水池の噂もネットで知ったのだろう。

子どもたちが自分の住む地域のことを調べるのはとてもよいことだと思う。だが、こうしたマイナス現象も起きてくるわけだ。

「困ったものです。うちとしてはそんなくだらぬ噂話を広めてほしくないのです。さらに、今回の話はもっと困ります。現にキャンセルが二組も出てしまっております。駐在さんのお力で、なんとか解決してください」

山県は最後の言葉に力を込めた。

「お役に立てるように力を尽くします」

晴虎はこう答えるのが精いっぱいだった。

本署に連絡しても、いまの段階では手を打ってくれるとは思えない。晴虎一人でなんとかするほかはない。少なくとも、二回現れたという落ち武者たちと出会わなければ、解決への糸口は見えてこない。

「くれぐれもよろしくお願いします」

山県は一礼して立ち上がると、帳場カウンターへと戻っていった。

「今夜こそ出会えるといいのですが」

「捕まえてください」

熱い眼差《まなざ》しで雪枝は両手を合わせた。

「わたしがパトロールすることで、その怪しい連中がもう出なくなれば、それでもいいと思っています」

だが、晴虎は内心では出くわしたら捕まえてやろうと思っていた。

「武田さんにお話しして本当によかったです」

雪枝はやわらかい笑みを浮かべた。

晴虎は残っていたコーヒーを飲み干《ほ》すとヘルメットを手にして立ち上がった。

「それでは、失礼致します」

「あの、お昼を召し上がっていってください。鮎《あゆ》を焼かせますので」

続いて立ち上がった雪枝が引き止めた。

「お気持ちはありがたいですが、駐在所に戻らなければなりませんので」

コーヒーくらいならいいが、昼食をご馳走《ちそう》になるのは賄賂《わいろ》にあたりかねない。

「そうですか……」

名残惜《なごりお》しそうに言う雪枝は言った。

「申し訳ないですね。では、失礼します」

晴虎は靴を履《は》くと建物の外へと出た。

雪枝は玄関まで見送ってくれた。

つよい陽光が降り注いでいるが、河内川からそよぐ風とまわりの木々のおかげでずいぶんと涼しい。

河内川の瀬音にも負けじとアブラゼミの声があたりの木々から喧《やかま》しく響いている。

ヘルメットをかぶりスクーターにまたがってエンジンを掛ける。

深々と身体を折る雪枝を残して、晴虎は北川館を後にした。

念のために、昨夜、落ち武者が出たというニレの湯の駐車場にも立ち寄ってみた。

だが、なにも怪しいものは残されていなかった。

勝負は今夜だと思って、晴虎は駐在所にスクーターの鼻先を向けた。

【4】

夕食を簡単に済ませた後、晴虎は中川隧道へ向かった。

六時四〇分に晴虎は隧道の入口に到着した。

トンネル内を二度往復してみた。

人影は見当たらず、なにも怪しい問題はなかった。

今日は続いてニレの湯の駐車場に向かうことにしている。

晴虎は中川橋を渡って県道76号線に戻ると、スクーターを北に向けた。

県道から細い急な坂道を下って、ニレの湯の駐車場に辿り着いた。

晴虎は目を見張った。

二〇人近い人が駐車場内のあちこちでスマホをいじったり喋《しゃべ》ったりしている。

あたりは薄暗いがニレの湯の建物内からの灯りで、人々の姿ははっきり見えた。

「この駐車場は、夜間は立入禁止です」

晴虎は声を張り上げた。

「なんだ、警官かよ」

「幽霊じゃなくて、おまわりが来やがった」

「ちっとも幽霊なんて出ないじゃないか」

ヨシくんのツィンクルへの投稿を見て集まってきた野次馬というか、心霊ファンらしい。

ほとんどは若い男性だが、中高年や女性の姿も見られた。

さすがにここにクルマを停めている者はいなかったが、騒ぎが大きくなれば北川温泉が迷惑する。

町外者ばかりのようだ。晴虎が見知っている者はいなかった。退出を迫る旅館の従業員や町職員の姿も見られなかった。

「すぐに退場してください」

ふたたび晴虎は大きな声で呼びかけた。

だが、野次馬たちは簡単に立ち去るようすがなかった。

「わさわざこんな山奥まで来たのに」

「別に追い出さなくてもいいだろう」

不満を口にする者が少なくなく、晴虎の指示に従って出て行った者は半分くらいだった。

いまどきは、警察官の指示にすぐに従わない市民も少なくはない。

「こんなに人が大勢いては幽霊などは出てきませんよ」

晴虎は語り口を変えてやわらかく呼びかけた。

残っていた者たちは失笑した。

「たしかにおまわりさんの言うとおりだわ」

「誰だよ。ここへ来れば幽霊に会えるなんて騒いでたヤツは」

人々は笑いながら、駐車場の出口へ歩き始めた。

「みなさん、山北町自慢のニレの湯に、ぜひ入っていってくださいね」

晴虎は立ち去る人々の背中に向かって明るい声を出した。

一方で死霊を恐れて北川館をキャンセルする客もいるかと思えば、こうして心霊現象を期待して集まる暇人もいる。

人間の心理とは、人それぞれに異なるものだなと、晴虎はあらためて感じた。

いずれにしてもこの野次馬たちが北川温泉に泊まってくれることはないはずだ。

彼らが宿を潤《うるお》す存在になればよいのだが、それは期待できないだろう。

こんな騒ぎが明日も明後日《あさって》も続くと困るなと思いながら、晴虎はスクーターにまたがった。野次馬を退出させるのに手間取ってすでに七時一五分を過ぎていた。

県道に戻った晴虎は、ニレの湯の入浴客用の駐車場も見てくることにした。さっきの連中の居残り組がいないか確認するつもりだった。

風呂に入ってくれるのは一向にかまわないが、ふたたび南の駐車場に戻ってもらっては困る。

こちらの駐車場は山荘風のニレの湯の建物の前から始まっている。

見渡したところ、一〇台ほどの車が駐まっているが、立ち話をしている人などもいなかった。野次馬たちは帰ったか、あるいは風呂に入っているのだろう。

ホッとした晴虎は次の行動に移ることにした。

ニレの湯のフロントで話をして、管理者に川遊び駐車場の夜間閉鎖を確実に行うように要請《ようせい》するつもりだった。晴虎は建物の入口へ向かって歩き出した。

「あれ、武田さん」

聞き覚えのある声が響いた。エントランス前でジャージ姿の若い男が微笑んでいた。

「板垣《いたがき》さん、風呂かい」

晴虎はシートにまたがったままでスクーターのエンジンを切った。

茶色く染めた長めの髪と日焼けした顔につや消しシルバーのメガネが似合っている。

玄倉地区にある緑仁《りよくじん》会西丹沢診療所所長の板垣信哉《しんや》医師だった。

所長と言っても医師は二八歳の彼一人だし、看護師も若い女性が一名配置されているだけだった。

板垣とは何回か飲んだことがあって、数少ないこの地区の友人の一人と言えた。

「そうだけど……武田さんも大変だねぇ。亡霊騒ぎでこんな時間まで働いてるのか」

言葉通りには受け取れない。板垣はにやにや笑っている。

「仕方ないよ。わたしの管轄《かんかつ》区域だからね」

「そうだよなぁ、ニレの湯に続いて、下のヴィラ西丹沢でも亡霊騒ぎだもんな」

「なんだって！」

晴虎は驚きの声を上げた。

「おい、知らないのか」

今度は板垣が驚いた。

「わたしはニレの湯の駐車場に集まってた野次馬を追っ払ってたんだ」

晴虎の声はかすれた。

「そうだったのか……いま風呂に入ってたら畑集落のおじさんが入って来て、ヴィラ西丹沢に三人の落ち武者が出たって騒いでるって。そのおじさん、あの宿でバイトしてるんだ」

ヴィラ西丹沢は、ある公益法人が保養所として使っていた建物と敷地を、大手レジャー会社が買い取って数年前から営業している、北川温泉ではもっとも新しい宿泊施設だった。

「本当か」

「嘘言ってどうするんだよ。あの施設にグランピングエリアがあるだろ」

「ああ、本棟からちょっと離れて川に面したところに、常設テントがいくつか張ってあるな」

ヴィラ西丹沢には、離れを持つ温泉ホテルのほかに、最近のブームを反映して常設テントサイトを持つグランピングエリアが設置されていた。

「エリアの南側に芝生《しばふ》の広場があるじゃんか。亡霊はあの広場に出たらしい」

板垣はまじめな顔で言った。

「ヴィラ西丹沢に行ってみる」

晴虎はエンジンを始動させると、板垣の返事を待たずにハンドルを県道方向へ向けた。

「どうせなら美人の幽霊を逮捕してこいよ」

背中から板垣の声が飛んできた。

五分も経たないうちに、晴虎はヴィラ西丹沢の建物に足を踏み入れていた。

古い施設を改装したロビーは今風のデザインではないが、じゅうぶんにきれいだった。

フロントには五〇歳前後の男性と二〇代なかばくらいの女性が立っていた。

男性は白ワイシャツ姿で、女性は白シャツに制服らしき千鳥格子《ちどりごうし》のタイトスカートを穿《は》いている。

「こんばんは、丹沢湖駐在の武田です」

晴虎があいさつすると、フロントの二人はそろって頭を下げた。

「いらっしゃいませ」

「なんでも、こちらのグランピングエリアに怪しい者が出没したということなんですが」

ゆっくりはっきりと晴虎は告げた。

「もうお耳に入りましたか」

年輩の男性が目を見開いて驚いた。

「ええ、ニレの湯にパトロールに行きましたところ、地域の方から伺いました」

晴虎の言葉に男性はとまどいの顔つきで答えた。

「たしかにそのようなことを仰せのお客さまがいらっしゃいましたが、勘違いかもしれないということで納得して頂けました」

いささか無茶な解決法と言わざるを得ない。

「あなたがこちらの責任者でいらっしゃいますか」

晴虎の問いに年輩の男性は頭を下げた。

「失礼しました。わたし、支配人の多田《ただ》と申します」

「目撃したというお客さんから、いちおうお話を伺いたいんですが」

「その必要がございますか」

多田は困惑顔で言った。

この宿としては騒ぎを大きくしたくないものに違いない。

「昨夜はニレの湯の駐車場で同じような騒ぎがあって、ネットで拡散されたために、今夜は野次馬が押しかけていました。あちらは夜間閉鎖なので、先ほど駐車場から退出してもらったところです」

「野次馬が……ニレの湯さんに……」

多田は絶句した。

「はい、ですから、警察としてはこれ以上の騒ぎを防ぎたいと思いまして動いております」

「わかりました……上原《うえはら》くん、例のお客さまをこちらにお連れして」

多田は若い女性に声を掛けた。

上原と呼ばれた女性は動き出そうとした。

「はい、ただいま」

「待ってください。現場《げんじょう》を見たいと思うのですが」

晴虎は上原を押し留《とど》めた。

「警察の方がサイトに入られると、ほかのお客さまが驚くかもしれませんので……」

多田はますます困ったような顔になった。

たしかにテントサイトは、この時間も外で食事したり酒を飲んだりしている人もいるだろう。くつろぎの場に警官がずかずかと入りこむのはどうかとも思う。

もちろん、これが傷害事件でもあれば話は別だ。しかし、立件できるかもわからない事案で派手《はで》な動きをするわけにはいかなかった。

「わかりました。では、そのお客さんを芝生までご足労頂くということでどうでしょうか。怪しい人影はサイト南の芝生に現れたと聞いていますので」

「仕方ありません。君、駐在さんを芝生エリアにご案内して、さっきのお客さんをお連れしてください」

「わかりました。駐在さん、いったん玄関から外へ出て頂きますね」

上原はキビキビとした声で言った。

「お手数をお掛け致します」

晴虎は上原の後について、玄関から外へ出た。

建物の横につけられている細道を通って静かに敷地の南側へと進む。

左手の河内川沿いには離れ棟が点在している。さらに進むと、向こう側にグランピングエリアが見えた。

テントサイトには八張ほどの白い常設テントが洒落《しゃれ》たウッドデッキの上に張られている。たぶん綿布のテントだろう。三メートルくらいの高さを持つ大型のテントで四人家族ならゆったり過ごせそうだ。もちろん、電源が供給されている。

グランピングはキャンプのアウトドア感とコテージの快適さを併《あわ》せ持つ宿泊スタイルとして人気があるが、晴虎はふつうのテントのほうが性に合うような気がしていた。

すべてのテントに灯りが点っており、外のテーブルでは食事をしたり、談笑する家族たちの姿が見えた。誰もが西丹沢の夜を楽しんでいる。

この道からは一〇メートルくらい離れているので、晴虎の制服姿に気づく者はいないようだった。

上原は晴虎をグランピングエリアに接する広い芝生まで案内した。

かつては運動場だった場所だ。経営側はなにか別の用途を考えているのかもしれない。

「お客さまをお呼びして参りますので、しばらくお待ちください」

かるく頭を下げて上原はサイトへと去った。

——いつか晴ちゃんとキャンプなんかにも行きたいな。

ぼんやりとサイトを眺めていたら、そんなことを言っていた妻の言葉を思い出した。

自分が退職したら一緒に行こうというような答えを返した記憶がある。

遠くから聞こえる家族連れの楽しそうな声に、晴虎は淋しさを禁じ得なかった。

上原が三〇代半ばくらいの青いTシャツにハーフパンツ姿の男性を伴って帰ってきた。

「どうも……わざわざ来てくださって」

男性は恐縮したようすで頭を下げた。

「ご足労頂いて恐縮です。丹沢湖駐在の武田と申します」

晴虎は丁重《ていちょう》な言葉を選んであいさつした。

「世田谷《せたがや》から来た石黒《いしぐろ》と言います。家族であのテントに泊まっているんですが……」

サイトのいちばんこちら側のテントを指さして石黒は言葉を継いだ。

「夕飯を済ませて、外のテーブルのところで妻とビールを飲んでたんです。子どもたちは、僕の母が風呂に連れて行ってました。そしたら、ちょうどあの木のあたりです」

石黒は、河内川の方角に生えているクヌギの大木を指さした。

「あのクヌギの木ですね」

「あれはクヌギなんですね。とにかくあの木のところから三人の、白い着物を着て髪を下ろした落ち武者が現れたんです」

その木のあたりは街灯の光があまり届いていないのでサイト内に比べるとはるかに薄暗い。だが、人が立てばじゅうぶんに見える明るさはあった。

「男だったんですね」

「ええ、体格からは女の人には見えなかったですね。みんなざんばら髪でなんだか刀のようなものを持っているヤツもいました」

「なるほど、男たちはそれからどうしましたか」

「芝生の端をふらふらと歩いて、あっちの林のほうに消えていきました。あそこは暗いので、最後はどっちへ行ったかちょっとわかりません」

石黒はクヌギの木とは反対側、つまり河内川とは離れた雑木林を指さした。たしかに林のあたりはほとんど照明が届かず薄ら闇となっていた。

「では、声を出すなどはなかったのですね」

「とくに声は出していなかったですね。僕が見たのはそれだけですが、妻も見ていたので見間違いなんかじゃありません」

石黒はつよい口調で言い切った。

「見間違いとは思っていません。だから、こうしてお話を伺っているんです」

晴虎の言葉に石黒は表情をゆるめてうなずいた。

「よかった。信じてもらえないんじゃないかと思って……」

「そんなことはありません。ところで、お二人のほかに、怪しい人影を見た人はいなかったでしょうか」

「ほかのテントはちょっと離れてますし、みなさんそれぞれに楽しくやっていたみたいなんで気づいた人はいないようです」

「しつこいようですが、その三人は落ち武者のように見えたんですね」

晴虎の問いに、石黒は戸惑いがちに口を開いた。

「僕もただのいたずらだと思ってたんです。けど、ネットで調べたら、昨日もこの上のニレの湯ってとこで亡霊が出たってのが見つかって……中川城の戦いっていうので死んだ武田武者の霊が出るとか見たんで、いちおうフロントに言いにいったんですよ」

石黒はちらっと上原を見た。

「はい、石黒さまがお見えになっていまのようなお話をなさったんで、従業員二名で敷地内をくまなく探しましたが、とくに怪しい人はいなかったんです」

上原はハキハキと答えた。

「実害があったわけじゃないし、まぁ、僕は別にいいんですけど、あんなのがたびたび出てくると、こちらの宿も困るんじゃないかと思いましてね。まぁ、フロントの支配人さんは平気みたいでしたけど」

上原に遠慮してか、石黒はフロント係の対応については文句を言わなかった。先ほどの発言からすると、多田支配人は石黒を言いくるめようとしたのだろう。

上原はあいまいな顔つきで言葉を発しなかった。

「ところで、肝心《かんじん》なことなんですが、怪しい人影が現れた時間を覚えていますか」

「はい、六時五八分頃です」

「はっきりと覚えていらっしゃるんですね」

晴虎はちょっと驚いた。

「ええ、実はスマホで写真を撮ろうとしたんです。だけどあわててたから間に合わなくて。ヤツらは出現してから一、二分であの林に消えてしまいました。そのときスマホで時間見たんですよ」

「そうですか。時間がわかると助かります」

晴虎は答えながら、また、裏をかかれた気持ちだった。

その時刻はちょうどニレの湯の駐車場で野次馬の対応をしていた。

昨夜に続いてこれで二度目だ。落ち武者たちは晴虎の動きを読んで行動しているようにさえ思える。

「ありがとうございました。大変参考になりました。ご協力に感謝致します」

晴虎は丁重に頭を下げた。

「いえ、役に立ててよかったです」

石黒は嬉しそうに微笑《ほほえ》んだ。

「ひとつお願いがあるんですが、この件についてはネットなどにアップしないで頂きたいのです。犯人を刺激したくないので」

晴虎はいちおう釘を刺した。本当は北川温泉の風評被害のほうが恐《こわ》いのだが、口にした理由も間違ってはいない。

「僕はそういう趣味はないんで、ご心配なく」

明るく笑う石黒を見ていると、信用できそうだ。

「連絡をとる必要もないと思いますが、いざというときはフロントに連絡先を伺ってもかまいませんか」

「ええ、かまいません」

「では、楽しいグランピングを」

晴虎は片手を上げて、もと来た道へと踵を返した。

上原が小走りについてきた。

「あの……警察では事件にするんですか？」

上原は不安そうに尋ねた。

「事件として取り扱うことはないと思いますが、昨日の件でほかからも苦情が出ています。いたずらをやめさせたいとは思っています」

「あまり大ごとになると困ると支配人が言っていましたので」

晴虎はちょっと感心した。まだ若いのに、上原はきちんと宿の考えを口にしている。

「その点については配慮します。北川温泉の集客などに影響がないように対策を講ずるつもりです」

晴虎はきっぱりと言った。

「どうぞよろしくお願いします。うちもいまがかき入れ時なので……」

「夏休みですものね」

「そうなんです。ゴールデンウィークと、これからお盆くらいがいちばんお客さまが見えるんです」

「北川温泉はこの地域にとって丹沢湖と並ぶ大切な観光資源ですからね」

「ありがとうございます」

晴虎の言葉に上原は明るい声で答えた。

それにしてもＳＩＳにいたときには、市民とこんな会話をすることになるとは思ってもいなかった。刑事警察とはなんという違いか。晴虎は内心で笑いをかみ殺していた。

フロントの多田に簡単にあいさつして晴虎は駐在所へ戻った。

今夜も平和な夜だった。ＰＳＷ無線端末も鳴りをひそめている。

だが、二度もパトロールの裏をかかれた晴虎は悔しさを抑えることができなかった。

八時を過ぎたが、ビールの栓を開ける気にはなれなかった。晴虎はリビングのテーブルに座って大学ノートをひろげた。

《Ａ》七月二七日（月）午後六時五〇分頃　泰文たち三人　中川隧道
《Ｂ》七月二八日（火）午後六時五五分頃　北川館の宿泊客二人　ニレの湯南側駐車場
《Ｃ》七月二九日（水）午後六時五八分頃　ヴィラ西丹沢の宿泊客二人　施設内芝生広場

晴虎はノートに三件の目撃情報を記した。

続けてこの地域の地図を取り出してひろげると、目撃地点に青いボールヘッドのピンを刺してみた。

南からＡ、Ｃ、Ｂの順で並んでいる。ＡとＢの距離は二キロほどだろうか。

いずれにしても県道76号からそう離れていない場所だった。

この目撃地点はなにを意味しているのだろうか。

県道から離れてしまうと人目につかないから、脅かす相手もいないわけである。

さらに言えば、県道に近くとも、夜間は誰もいない場所がある。

これより北の箒杉やバスの終点の県立西丹沢登山センターなどは、昼間はある程度の観光客や登山客がいる。しかし、夜間となるとどちらも人影を見ることはあまりない。

落ち武者たちが北川温泉の周辺で二回出現したのは、自分たちの姿を人目にさらしたかったからに違いない。

そうだとすると、わからないのはA地点だ。

今回はたまたま泰文たちが肝試しに来ていたので脅かすことができた。しかし、ふだんは日暮れどころか、真っ昼間だって人気《ひとけ》のない場所である。

そうか……もしかすると、落ち武者たちは泰文たちが肝試しに来ることをあらかじめ知っていたのかもしれない。

そうだとすれば、犯人は案外身近なところにいるはずだ。泰文たちの周辺にいる人物に違いあるまい。

「しかし、なぜ、同じ時間帯なんだ……」

晴虎は独り言を口にした。

午後六時四五分から五八分の間。わずかに一三分というきわめて狭い時間帯で三回の事件は発生している。

いまの日没は一八時五〇分前後、あたりはまだ完全に暮れきっていない時間帯だ。

なぜ、犯人はあと一五分くらいでも遅い時間帯にしなかったのか。そうすれば、完全に暮れ落ちる。

中川隧道内はその時間でも真っ暗だから、犯人はなんらかの照明器具で自分たちを照らしていたと思われる。ニレの湯の駐車場は、施設内部からの明かりでぼんやりとだが照らされている。ヴィラ西丹沢には街灯の明かりがある。

いずれにしても暮れ落ちてからのほうが逃げるにも便利だろう。

晴虎はこの時間に集中していた不思議を感じていた。

最後の疑問は、犯人たちは晴虎の裏をかいて行動できたのかということだ。

これは難しいことではないのかもしれない。

昨夜は一昨夜の出没地点である中川隧道にいるときにニレの湯に現れた。

今夜は昨夜の出没地点のニレの湯にいるときにヴィラ西丹沢に現れた。

つまり、犯人たちは晴虎のパトロール先を予想しているのだ。

それにしても、今夜はいいとして昨夜に関しては疑問が完全に消えたわけではない。

この夜間パトロールは、泰文たちから頼まれて急に決めたものだ。

なぜ、犯人たちは昨夜、晴虎が中川隧道をパトロールすることを知っていたのだろう。

泰文たちから漏れたのだろうか。それにしては素早すぎる行動のようにも思える。

まるでどこからか、自分の動きを見ていたような素早さだ。

晴虎はしばし考えていた。

ふと、壁に貼ってある。バスの時刻表が目に入った。

山梨県と隣接しているためか、この地域には富士急行《ふじきゅうこう》系列の富士急湘南《しょうなん》バスの路線バスが走っている。

西丹沢登山センターを出発し箒沢《ほうきざわ》、北川を経て、ここ丹沢湖のバス停を通って小田急《おだきゅう》電鉄小田原線の新松田駅まで行くバスが一日に七便ある。

そういえば、昨夜は西丹沢登山センター行きの終バスが中川橋のたもとを通過するのを見た。

——登山センター行きの終バスを小塚のバス停あたりで見たから、六時半は過ぎてたよ

一昨夜の事件についての昌弘の言葉が頭をよぎった。

壁の時刻表を見ると、下りの終バスは丹沢湖が六時三五分、北川温泉の入口にあたる北川が六時四三分だ。

晴虎はハッと気づいた。

もしかすると、犯人たちはこの終バスに乗っていたのではないだろうか。

そうだとすれば、晴虎が中川橋のところにいるのを車内から見て、目的地を変えたのかもしれない。

晴虎が中川隧道にいるのであれば、すぐにニレの湯にやって来ることはないからだ。

そう考えると、A、B、Cのいずれの出没地点もバス停の近くだ。

Aには中川橋、Bには北川、Cにはヴィラ西丹沢入口というバス停がある。

バスから下りて落ち武者の扮装《ふんそう》へ着替える支度《したく》に一〇分前後を要したと考えれば、通過時刻と出現時刻のつじつまは合う。

バスに乗っていた者を割り出すのは比較的簡単な話だろう。

あのときも乗客は一〇人くらいしか乗っていなかったはずだ。

この地域ではほとんどの人間がクルマで移動している。

バスに乗るのはほとんどが老人だ。

落ち武者に化けそうな者たちを探し出すのは難しくないはずだ。

明日は昨日の下り終バスの運転手に話を聞いてみようと思った。

晴虎は冷蔵庫からイェヴァー・ピルスナーを取り出してテーブルに置いた。

ようやくのどを潤す気になってきた。

遠くでサギらしき鳥が寝ぼけてひと声鳴く音が響いた。

第二章　北川温泉の憂鬱《ゆううつ》

【1】

　翌日、朝一番で富士急湘南バスの新松田駅前案内所に電話を掛けて一昨日の下り終バスの運転士が前島《まえしま》という名であることを聞き出した。今日、前島運転士は九時三六分に西丹沢登山センターに到着するバスに乗務し、九時五〇分にセンターを出発することもわかった。

　休憩《きゅうけい》時間に悪いが、西丹沢登山センターで話を聞こうと思い、晴虎は駐在所を出た。

　途中でニレの湯に立ち寄って、昨夜騒ぎのあった川遊び用駐車場を、夜間は完全に閉鎖することを要請した。

　管理人の曽根《そね》は指定管理者である山北町観光協会に所属する三〇代終わりくらいの男性である。明るくひょうきんな男だが、ちょっとシニカルなところもある。

　曽根は閉鎖した上で、県道76号線側にも夜間は南側駐車場には立入できない旨《むね》の掲示をすることを約束してくれた。

　登山センターには九時二〇分頃に着いた。

　建物と県道を挟んだ反対側にバス終点の広場がある。

ベンチも二基ほど設《もう》けられているが、この時間に上りに乗る者はいなかった。

晴虎はセンターの駐車場端にスクーターを駐《と》めて入口へと向かった。

戸口の左側に設置された公衆電話を拭《ふ》き掃除している男がいる。

「おはようございます」

「ああ、武田さん、おはようございます」

振り返って明るい声で返事をしたのは、登山センターの秋山康男《あきやまやすお》主任だった。

登山シャツにクライミングパンツ姿の引き締まった長身がたくましい。

大学時代は山岳部に所属し、海外遠征で数々の高峰に登頂した経験を持つ登山のエキスパートである。

晴虎は春から何回か秋山と丹沢の山々を歩いていて仲がよかった。六月の事件ではおおいに協力してもらっている。

主任というのは巡査のような行政職員の階級を指す言葉で、神奈川県では主事と主査の間に位置する職階である。実際には秋山はこのセンターの責任者を務《つと》めている。

「パトロールにしちゃ早いですね」

秋山は不思議そうに訊《き》いた。

登山センターにはいつも一〇時過ぎに立ち寄っている。

「こっちに九時三六分に着くバスがあるでしょ」

「下りの第二便ですね」

「運転している前島さんという方に用があるんですよ」

「あれ、交通事故とかあったんですか？」

秋山は驚きの声を上げた。

「いえ、いま抱えているある事案でちょっと伺いたいことがありまして」

「そういえば、昨夜と一昨夜、ふた晩続けて北川温泉に落ち武者が出たそうじゃないですか。その関係ですか」

「もうお耳に入ってましたか」

驚くには当たらない。昨夜に限っても、ニレの湯の駐車場には野次馬が集まるし、ヴィラ西丹沢の騒ぎの噂《うわさ》も地元出身の従業員によって板垣たちにもたらされていた。

「僕は北川に住んでますからね。近所じゃけっこうな騒ぎになってますよ。中川城の戦いで死んだ武田武者の霊だとか言って年寄りたちは怖がったりおもしろがったり……話題の少ない地域ですからね」

真っ黒に灼《や》けた細長い顔に白い歯が輝いた。

「わかるような気がします」

「ただ、北川館さんではキャンセルが出たんですよね？」

秋山は眉《まゆ》をひそめた。

「よくご存じで……」

これにはいささか驚いた。

北川館の雪枝や山県が触れ回るはずはないし、やはり人の口に戸は立てられないということか。

「北川温泉が風評被害に遭《あ》ったら困りますよねぇ」

秋山は鼻から大きく息を吐いた。

「わたしもそのことを心配しています。噂には尾ひれがつきものですから」

「武田さんのお力でなんとしても防いでください」

「自分としては、とにかくいたずらをしている者たちを特定することを急ぎます」

そんな話をしているうちに、ディーゼルエンジンの力強い音が遠くから聞こえてきた。

カーブを曲がって薄緑色に緑のストライプの入った路線バスが姿を現した。

バスは広場に入って停車し、プシューとパーキングブレーキの音が響いた。

トレッキングウェアに身を固め小型のザックを背負った登山客が一五名ほど下りてきた。

ほとんどがシニア層で、女性が七割程度だろうか。楽しそうな明るい笑い声が響く。

半分くらいは県道を北へと歩き始めたが、残り半分は道路を渡ってこちらにやってくる。

「おっと忙しくなってきた。あとでまた」

秋山はぞうきん片手にセンターの建物に駆け込んでいった。

登山客は二基設置されているウッドテーブルの椅子《いす》に座ったり、建物に入ったりしている。

誰もいないベンチに制服姿の運転士が座ってポケット灰皿片手に一服やっている。

晴虎は県道を渡って、運転士に近づいていった。

「前島さんですね？」

「ええ、そうですが……」

前島は驚きの顔で晴虎を見た。

髪は真っ白で六〇前後か、ゴツゴツした顔の気まじめそうな男だった。

「丹沢湖駐在の武田と申します」

「あの……わたし、なにかやったんでしょうか」

前島はオドオドした声で答えた。

晴虎のことを知らない市民に話しかけると、時おりこうした反応を受ける。

自分としてはなるべくやわらかい声を出すように努めている。だが、刑事畑が長かっただけにどこかにコワモテの雰囲気が残っているのだろう。

「とんでもない。わたしが抱えている事案の関係で、ちょっとお話を伺いたいだけなんですよ」

晴虎は右手を顔の前で振って明るい声を出した。

「よかった。日頃から警察にお世話になるようなことはしていないですから。まぁ、掛けてくださいよ」

ホッとしたのか、前島は急に親しげな態度に変わった。

「それじゃ、失礼して」

晴虎はひと一人分くらいのスペースを空けてベンチに腰を掛けた。

「コーヒー飲みますか」

前島はポケット灰皿をしまうと、ベンチに置いてあったふたの開いていない缶コーヒーを差し出した。缶にはしずくがついているので、クーラーボックスかなにかで冷やしていたのだろう。

「いえ、お気遣《きづか》いなく」

「で、どんなことでしょうか」

前島はちょっと不安そうに訊いた。

「昨日、下りの終バスを運転なさいましたね」

「新松田駅五時四五分発のバスですよね。ええ、わたしが乗務しました。ここには四分遅れで七時ちょうどに着きましたけど、まさかそれで逮捕されるんじゃ」

冗談《じょうだん》めかした声で前島は笑った。

思ったよりも陽気な男らしい。

「あははは、我々は犯人を逮捕することなんて滅多《めった》にないんですよ」

晴虎も調子を合わせて笑った。

捜査一課にいたときには何度も逮捕状を執行《しっこう》した。だが、駐在所員のとなったいまは逮捕状を手にすることはないだろう。

「まぁ、駐在さんには刑事さんみたいな怖いイメージはないですからね。なんて言うか地域の味方っていう感じですね」

こういう発言は大変にありがたい。

晴虎も地域住民によいイメージを持たれるように努力したいと思った。

「ありがとうございます。それで、わたしが伺いたいのは、その便の乗客のことなんです」

「乗客ですか……」

前島は目をしょぼつかせた。

「そうです。いつもと違うような、目立つような乗客はいませんでしたか」

しばらく空を仰《あお》いで前島は考えていた。

「さぁ、新松田駅から山北駅くらいまではけっこう混んでましたんで。そう言われましても……」

「では、丹沢湖から先はどうでしょうか」

「それはないですね」

前島は即答した。

「素早いお答えですね」

「ええ、この登山センター行きの下りバスはいまの時間帯だと登山客が多いですが、最終便はまったく違います」

「登山客が乗るのは反対方向の上りですよね」

「最終の上りはここを六時五八分に出ますんで、山から下りてきた人はその前のバスを使うことがほとんどですが、下山が遅くなった人はいくらかは乗っています。でも、下りの最終便はがらっと雰囲気が違います」

「どんな乗客が多いんですか」

「下りは国道２４６号を縫《ぬ》うように走っているときと、県道76号に入ってからでは別の路線と言ってもいいんですよ。２４６周辺では通勤や通学客がかなりいますが、県道に入ると、まったくのローカル線です。お客さんのほとんどがご老人ですね」

「丹沢湖から先は何人くらい乗っていたんですか」

「そうですね、昨日は一〇名程度でしたかね。シルバー定期券や定期券の乗客ばかりだったですね。そもそもこのあたりではバスカードも現金もあまり扱いません。昨夜の最終便もいつもと同じでした。さらに言えば、顔を知らない人は誰も乗っていませんでしたよ」

前島はさらっと答えたが、これはきわめて重要な情報だった。

「全員が顔見知りだったんですか。詳しく話してください」

晴虎は身を乗り出した。

「まずは丹沢湖のバス停で下りたお客さんですが……」

ゆっくりと前島は話し始めた。

前島の答えは、晴虎にとっては大きな衝撃だった。

ただ、落ち武者たちがバスに乗っていたとする仮説が正しければの話ではあるが……。

それでも、晴虎は自分の考えが間違っているような気がしなかった。

一昨日の中川橋で、落ち武者たちはバスのなかから晴虎の姿を見ていたのだ。

今夜こそ、落ち武者たちを捕らえてみせる。

前島運転士に礼を言って立ち上がった晴虎の決意は固かった。

だが、いったいどうやって犯人に迫るべきか。

落ち武者たちが現れる場所で待ち構えるといっても、いつどこに出没するかを予想するのは困難だ。

晴虎はひとつの方法を思いついた。

ただ、この方法には誰かの助けがいる。

本署に応援を求めるべき事案ではないと晴虎は判断していた。

晴虎は秋山に相談することにした。

センターの建物内に入ると、秋山は登山客の応対にひと息ついたところだった。

この施設ではドリンクなどの販売はしていないが、登山届も受理するし登山客の質問にも答える。

談話スペースには数人が残って談笑していたが、用事は済んだようである。

「秋山さん、ちょっとお願いがあるんだ」

「武田さんの頼みなら、何なりと」

秋山は明るく笑った。

「ええ、いつもお世話になってますから」

かたわらで、登山センター主事の内藤美輝《ないとうみき》がにこやかに答えた。

小柄で華奢《きゃしゃ》な彼女は、この登山センターのルーキーだ。この春、都内の私立大学を卒業して神奈川県職員として採用された。

まったく山の経験がないのに、なぜか登山指導員に配置されて戸惑っていると聞いている。隣の松田町の出身なので、こんな山奥に配置しても問題ないと県の人事委員会が考えたのだろうか。いまは秋山について、一から山のことを学んでいる。

「同期生にそう言ってもらうと嬉《うれ》しいですよ」

この西丹沢では、公務員として晴虎の同期生ということになる。

「なに言ってんですか、県警のたたき上げの刑事さんが」

美輝は笑顔を浮かべた。

「ただの刑事じゃないよ。特殊捜査係の班長だったんだ」

秋山が横から口を挟んだ。

六月の事件のときに手伝ってもらった関係で、秋山は晴虎の前歴を知った。

別に隠すことでもないので、晴虎は秋山がこの話題に触れることを放《ほう》ってある。

「でも、ぜんぜんそう見えない。武田さんってすごくやさしそうですよね」

美輝はえくぼを浮かべた。

「警察官は誰だって善良な市民にはやさしいんですよ……ところで、落ち武者の見当がついたんです」

「本当ですか！」

秋山と美輝は顔を見合わせた。

「ええ、確証があるわけではありませんが、前島さんから話を聞いて、まずこの線だなと思っています」

「話してくれますか」

興味津々という顔で秋山は言った。

「もちろんです。そこで、イタチをあぶり出すのに、秋山さんにもお手伝い頂きたいんですよ」

晴虎の言葉に秋山はまじめな顔でうなずいた。

「北川温泉の名誉を守るためであれば喜んで。わたしも北川集落でお世話になっている一人ですから」

「うわ、イタチ狩りですか。わたしもお手伝いしたい」

二人とも声を弾《はず》ませて請《う》け合ってくれた。

「助かります。よろしくお願いします。ちょっとお時間を頂くことになりますが……」

晴虎は二人に今夜の作戦を話し始めた。

午後六時三五分、日暮れが迫っていた。

晴虎は県道76号線から分岐しているヴィラ西丹沢への導入路付近にいた。

今夜はスクーターではなく、ジムニーパトに乗っている。

アイドリングを止めているので、蒸し暑いが仕方がない。

まわりの草むらからたくさんの虫の鳴き声が響いてくる。エンマコオロギ、カンタン、アオマツムシ、カネタタキ……引っ越す前の横浜のアパートの周辺とは比べられぬ賑やかさだった。山深い西丹沢の夏の夜をあらためて感じずにはいられなかった。

黒いTシャツにデニムという私服に着替えている。警察手帳を除く一切の装備は駐在所に置いてきた。これは晴虎にとって勤務外の活動である。

神奈川県警の警察官は勤務外でも原則として警察手帳を携帯する。神奈川県警の警察手帳取扱細則第8条の2には「警察官は、規則第6条の規定に基《もと》づき、勤務外の場合又は勤務の都合により必要があると所属長が認める場合は、警察手帳を携帯しないことができる」と定められている。

私物のスマホのメッセージ着信音が鳴った。

——現在、丹沢湖。マルタイは予定通り北上中。

晴虎は「了解」のメッセージを返した。

マルタイは警察用語で捜査や護衛の対象になる人物を指す言葉である。今回の作戦のために美輝に教えた。

もちろん、落ち武者たちを指す言葉だった。

メッセージは下り終バスに乗り込んだ美輝が送ってくれている。

晴虎の読みでは、いまバスに乗っている乗客のなかにマルタイがいるわけだ。が、マルタイが落ち武者であるという確証はまだ得られてはいなかった。

三分ほどしてふたたび着信が響いた。

――マルタイ、中川橋バス停付近で動揺している模様。下車しません。

中川橋バス停には派手な黄色いパーカーを着た秋山が誘導灯を持って立っているはずだ。赤い光に動揺しているとなれば、彼らが落ち武者である可能性は高い。

さらにしばらくして、着信音が鳴った。

――マルタイ、ヴィラ西丹沢入口のバス停を通過。

晴虎はスマホをテキスト自動読み上げモードに入れると、ジムニーパトのイグニッションを廻した。

彼らがヴィラ西丹沢入口のバス停で下りてこの道に入って来れば、この場で捕まえるつもりだった。だが、晴虎の予想通り、ふた晩続けてここを襲うつもりはないようだ。

美輝に「これよりクルマで移動するので、応答不可になります」とメッセージを送った。

美輝からは了解の返事が来た。

エアコンが入ったので、ウィンドウを閉めてゆっくりとアクセルを踏んだ。

急いではいけない。パトカーがバスから見えては台なしだ。

晴虎はじゅうぶんな間合いを保って、県道へと走り出た。


——小塚バス停を通過。マルタイは三人でなにかを話し合っています。

読み上げ音声が美輝のメッセージを伝えてくる。

——マルタイ、北川バス停で下りる模様。わたしも下車します。


「やはりな……」

晴虎はつぶやいた。

この奥には箒沢集落のほかはほとんど人家はない。北川バス停から箒沢までは三キロ近く離れている。落ち武者たちのいままでの活動範囲、すなわちA、B、Cの三地点は北川バス停から南へ二キロの範囲にある。

晴虎は、落ち武者たちは北川周辺の居住者であろうと踏んでいた。

遠くにバスのテールランプが見えてきた。今夜の乗務員も前島運転士なのかもしれない。

ふたたび、着信音が鳴った。

——マルタイはニレの湯の方向に歩いています。

——ニレの湯の警備状況に焦っている模様。三人で相談しています。

登山センターの帰りにニレの湯に立ち寄って曽根に二、三人を配置するよう要請した。おもに町外から来る野次馬を追い払う役割と二役をこなしているわけだ。もちろん、赤色誘導灯は手にしているはずだ。

北川の畑集落が見えてきた。晴虎はあらかじめ頼んでおいた特養ホームの駐車場にジムニーパトを乗り入れた。

施錠《せじょう》して車外に出て時計を見た。六時五〇分だった。

七つ道具のうちから最低限の装備を入れた小さな黒いボディバッグを斜めがけにした。

美輝に音声電話を掛けると、すぐに耳もとで若々しい声が響いた。

「お疲れさまです」

「どんな状況ですか？」

「県道をバス停の方向へ戻っています」

間違いない。彼らは湯沢集落の方向へ歩くはずだ。

もし、晴虎の読みが間違っていて、上りの乗りバスに乗るとしても七時一一分だ。

バスに乗る場合には、彼らはしばらく、この北川温泉周辺で時間をつぶすしかない。

「わかりました。この後はわたしが引き受けます。秋山さんに一報入れておいてください」

「はい、秋山さんが拾ってくれることになってます」

秋山は中川隧道近くにクルマを停《と》めているはずだ。

「お忙しいところありがとうございました。ご協力にこころより感謝します」

「いえ、わたしはいいんですけど……でも……」

美輝は不安そうな声を出した。

「大丈夫。任せてください。ご心配になっているようなことにはなりません」

晴虎はあえてのんきな声で言った。

「安心しました」

明るい声に戻って美輝は電話を切った。

晴虎は裏道から北川バス停のある三叉路《さんさろ》に向かった。

三叉路に着いた。

この北川のバス停には畑の隅《すみ》に掘っ立て小屋のような小さな待合所がある。晴虎は待合所の裏側のコンクリート積み擁壁《ようへき》の蔭《かげ》に隠れた。

すぐ横に民家があるが、灯《あか》りが落ちていて留守《るす》のようだった。

晴虎は刑事だった時期が長いので、こうした張り込みは得意だった。

すでにほとんど顔が見えぬほどに薄暗くなっている。

幸いにもこの周辺には街灯がなく、民家の灯りも少ない。

あたりには人気《ひとけ》はなくたくさんの虫の声が響いている。

マルタイは必ず県道を下ってくるはずだ。

と思う間もなく、三人の男がカーブの向こうからだらだらと坂道を下ってきた。

三人の表情には大きな動揺が見られた。

後ろを振り返ったり、あたりを見廻したりしてどこかビクビクしている。

自分たちを追いかける者がないかを確かめているのだ。

この連中だと晴虎は確信していた。

中川橋とニレの湯の警戒《けいかい》態勢に怖《おそ》れをなしたに違いない。

警戒にあたったのは二、三人に過ぎないし、実はたいした態勢ではないのだが、ぱっと見には厳重に見えたのだろう。

彼らは北川のバス停には立ち寄らなかった。

上りの最終バスに乗る予定はないと思われる。

目の前を通り過ぎてしばらく待ってから、晴虎は静かに県道に歩み出た。

一〇〇メートルほど先に、彼らの背中が小さく見えている。

左カーブを曲がってその姿は消えたが焦る必要はない。

晴虎は走り出した。彼らとの距離はあっという間に縮められる自信があった。

カーブから抜けると、彼らが「歓迎　武田信玄の隠し湯　西丹沢北川温泉郷」のゲートを潜《くぐ》ってゆく姿が目に映った。

予想通り彼らは湯沢集落へ向かっている。

左手の崖《がけ》が作る影に身をひそめながら、五〇メートルほどの距離を空けて晴虎は彼らを尾行した。

尾行もさんざん経験を積んでいる。素人《しろうと》に気づかれる怖れはない。

やがて彼らは湯ノ沢館の前を通り過ぎて新湯沢橋を渡った。北川館のほうへは曲がらずに、みやま亭や霞家旅館の前を通ってメインストリートを貯水池の方向に進んでいる。さらに廃業した旅館の前も通り過ぎて小さな橋を渡った。

晴虎には彼らの目的地の予想がついた。

予想に違わず、彼らは空き別荘へと歩みを進めていった。

建物の右横にまわって彼らの姿は消えた。

奥の貯水池あたりの林から「ホッホッ、ホッホッ」というもの淋《さび》しい泣き声が響いてくる。

晴虎は彼らの後を追って建物の横へと回り込んだ。

かなり暗いが、彼らに気づかれる怖れがあるので、まだライトを点《つ》けるわけにはいかない。

灰色のストーンタイルが敷き詰められた通路を進むと、すぐに掃《は》き出し窓が現れた。

広場側でも見られたが、ここも下半分のガラスが割れて応急処置のベニヤ板が貼《は》られている。

「ここか……」

晴虎は屈《かが》み込むとベニヤ板にそっと手を掛けた。

ベリリッと音を立ててベニヤ板は剝《は》がれた。

どうやら最初の補修を改造して、別のテープを貼ったように見える。

彼らが細工《さいく》した可能性が高い。

つまりこの空き別荘は彼らのアジトなのだろう。

晴虎はぽっかりと開いた破損部分から、這《は》うようにして室内に入り込んだ。

ほこりっぽく湿っぽい臭いが鼻を衝《つ》いた。

室内は真っ暗に思えたが、目を凝《こ》らすと遠くのほうからうっすらと灯りが漏れている。

奥の部屋でフラッシュライトかなにかを点けているようである。

閉じられたドアの隙間《すきま》から漏れる光と思われた。

こうなれば、こちらが弱い灯りを点けても相手に気づかれる怖れは少ない。

小さなＬＥＤライトをボディバッグから取り出すと、晴虎は注意深くスイッチを入れた。

入り込んだ部屋は一〇畳ほどの家具のないがらんとした部屋だった。

あるいは納戸のような場所なのかもしれない。

晴虎は足音を忍ばせて、灯りが漏れてくる方向に近づいていった。

隣の部屋からささやくような音量の会話が聞こえてきた。

「おい、信彦《のぶひこ》、やっぱり今夜はやめとこうぜ」

一人がまるい声で不安げに言った。

「なに言ってんだ。このままスゴスゴ退却なんて。昌佳《まさよし》は悔しくないのかよ」

信彦と呼ばれた男がトーンが少し低めの声で訊き返した。

「そりゃあ俺《おれ》だって悔しいさ」

昌佳と呼ばれた男はまるい声で同調した。

「あの駐在だろ。邪魔してるのは。生意気なんだよ、あのジジイ」

甲高《かんだか》い声の三人目の男が言った。

生意気なジジイ扱いされて、晴虎は噴き出しそうになった。

彼らから見れば生意気なジジイに違いあるまい。

「おい、盛雄《もりお》、ジジイだなんて言うとおまえ逮捕されるぞ」

昌佳がからかった。

「だけど、警察が動くほどのことかよ」

信彦が吐き捨てるように言った。

「ほんとだよな。あのクソおまわりめ」

三人目の盛雄と呼ばれた男が、憤懣《ふんまん》やるかたないという調子で同意した。

だんだん声が高くなっていることに三人とも気づいていないようである。

事情を少しでも詳しく知りたい晴虎は、しばらく三人の会話を聞き続けることにした。

「とにかく、着替えようぜ」

信彦が低めの声で促《うなが》した。

ジッパーが開いてなにかを床に置くような音が響いた。

「だけど、どこでやるんだよ？」

昌佳のまるい声が聞こえた。

「北川温泉の前をふらふらしてたら、誰かが見つけるだろ」

信彦はちょっといらついたように答えた。

衣擦《きぬず》れのような男が聞こえる。落ち武者への変装を始めたようだ。

「だけど、ニレの湯で見張ってるヤツらがいるんだぜ」

「だからニレの湯には近づかないで、北川館とかのまわりでやろうぜ」

「どうやって逃げるつもりだよ」

昌佳はふたたび不安げな声を出した。

「そうだよ、昨日のヴィラはまわりにいくらでも暗いところがあるから逃げ放題だったじゃんか。一昨日はあのカップルが逃げなかったら、俺たちが遊歩道から新湯沢橋のほうへ逃げられた。だけど、北川館の前でやったら、ニレの湯の方向には見張ってるヤツがいるし、県道へ逃げるのも無理があるんじゃないか。まわりの家とかからもし誰かが出てきたらバレバレだぜ」

盛雄が理屈っぽい調子で賛同した。

「うーん、逃げ道なしか」

信彦がうなった。

「だいたい、もう無理なんじゃないのか。最初のカップルは亡霊だって信じてネットにアップしてたけど、昨日のヴィラの反応はゼロだよ」

昌佳は残念そうな声で言った。

「じゅうぶんに脅かせたと思ったんだけど、あのキャンプしてたヤツ、ツィンクルとかにアップしなかったな」

信彦は言葉に悔しさをにじませた。

「俺たちの計画は失敗したんだよ」

盛雄が声を落とした。

「亡霊話なんて警察が真に受けると思わなかったからな」

昌佳は嘆《なげ》くように言った。

「亡霊や幽霊を信じるのなんて馬鹿なネット民だけだと思ってたよ。警察は放置プレイという予想だったんだけどなぁ」

盛雄に信彦は反駁《はんばく》した。

「いや、警察は亡霊話を真に受けてるわけじゃないだろ。ただ、悪質ないたずらと思って取り締まるつもりなんだよ」

まぁ、信彦が言っていることが正しいわけである。

いつの間にか着替えの音は止まっていた。

「どっちにしても、もうあかんやつですよ。これは」

盛雄はあきらめたように言った。

「冗談じゃないよ、まだステージ1じゃないか。本番はこれからだよ」

信彦は憤《いきどお》りの声を出した。

「俺は捕まりたくない」

「俺だって嫌だよ。家から追い出されちゃうよ」

昌佳も盛雄も尻込みした。

信彦がリーダー格であるように思えた。

計画の継続について三人の間に微妙な温度差が生じていることもわかった。

だが、彼らがこんな馬鹿げたことを繰り返した動機が見えてこない。

晴虎としては、彼らの真の意図を聞きたかった。

「だけど、このまま放っておいていいのかよ。俺たちの聖域《サンクチユアリ》が壊されちゃうんだぞ」

信彦は激しい口調で言った。

「それは絶対に嫌だ」

昌佳もつよい口調で賛意をみせた。

晴虎は聞き耳を立てた。

サンクチュアリは、聖域あるいは鳥獣保護区を意味する言葉だが、ここでは前者を指しているのだろう。

彼らは自分たちの大切ななにものかを守ろうとしているのだ。

「でもなぁ、やっぱりこんな手がうまくいくとも思えないんだよなぁ」

盛雄は自嘲《じちょう》的な口調で言った。

「おい、おまえいちばん最初に賛成したじゃないか」

信彦の声が尖《とが》った。

「状況が変わったんだよ。俺はおりるよ」

盛雄はかるく突っぱねた。

「盛雄、おまえ卑怯《ひきょう》だぞ」

信彦の声が震えた。

「信彦はいいよな。親がしっかりしてるし、いざ捕まっても弁護士とかもつけてもらえるだろ。親父《おやじ》は非正規なんだ。俺が捕まったら、親父だってクビになっちまうかもしれないんだよ」

皮肉っぽい口調で盛雄は言った。

「おい、そんな話持ち出すなよ」

信彦ははっきりと怒りの口調に変わった。

「だって本当のことじゃないか」

「だからなんだって言うんだよ」

「おまえみたいなお坊ちゃまにはつきあえないって言ってんだよ」

「このやろうっ」

信彦が盛雄につかみかかっていったらしい。

ドタバタと争う音が始まった。

「二人ともよせよ」

昌佳が止めに入ったが、喧嘩《けんか》は続いている。

晴虎はさすがに黙って話を聞いているわけにいかなくなった。

ドアに手を掛けて晴虎は思いきり開けた。

晴虎は部屋の入口で仁王《におう》立ちになった。

「警察だっ、動くなっ」

壁が震えるほどの大声で晴虎は叫んだ。

その広い部屋は中央に置かれたＬＥＤランタンで照らされて意外に明るかった。

二十畳ほどもある広い部屋だったが、家具は置かれておらず、フローリングの床には一面に埃《ほこり》がたまっていた。

取っ組み合っていた二人が彫像《ちょうぞう》のように動かなくなった。

北川のバス停で、ちらっと顔を見たときから思っていたが、三人は一五歳くらいだろうか。

三人そろってワルには見えない。むしろ真面目《まじめ》そうな少年たちだった。

一人の男が白い着物を身につけていた。ズボンは穿《は》いたままだった。

もう一人は白シャツとグレーのズボン姿である。

向原《むこうはら》中学校の制服だった。

この二人のどちらかが信彦、もう一人が盛雄なのだろう。

かたわらで落ち武者のカツラをかぶった姿で凍っているのが昌佳に違いない。

三人の珍妙な姿に晴虎は噴き出しそうになった。

だが、あえてコワモテを作って呼びかける。

「三人ともおとなしくそこに座るんだ」

「ち、駐在さん……」

昌佳がかすれ声で言った。声と同じようなまるい顔はどこかで見た記憶があった。

あわてて昌佳はカツラを脱いだ。地味なショートカットの頭が現れた。

「そうだ、生意気なジジイのクソおまわりだよ」

晴虎は冗談めかして言った。

「聞いてたんすか」

甲高い声で答えたのは制服姿の男だった。これが盛雄だ。

盛雄は細長い顔の神経質そうな少年だった。

「密談ってのはな、もっと小さい声でやるもんだぞ」

盛雄は首をすくめた。

「わたしは丹沢湖駐在の武田だ。早く座りなさい」

晴虎は静かに言ったが、三人はしゃちほこばって正座した。

「君たちが落ち武者に化けていたんだな。少し話を聞かせてもらう」

晴虎が凄《すご》むと、三人は震えて俯《うつむ》いてしまった。

「黙ってないで返事をしなさい」

「そうです」

白い着物姿は低めの声で答えた。信彦に違いない。

「俺たち逮捕されるんですか」

盛雄が不安そのものの表情で訊いた。

「君は何年生だ？」

「中学二年です」

まじめな顔で盛雄が答える。

「さぁて、微妙なとこだな。刑事未成年って知ってるか？」

三人は首を横に振った。

「刑法41条で一四歳未満の者は、刑法上責任能力がないものとして扱われるんだ」

「うわっ、俺、七月七日が誕生日だよ」

盛雄はかるく仰《の》け反《ぞ》った。

「となると、刑事未成年ではないな。ほかの二人はどうだ？」

晴虎は少し意地悪な口調で訊いた。

「俺は五月生まれです……」

「俺は四月……」

昌佳と信彦もかすれた声で答えた。

「では、みんな刑事責任は免《まぬか》れない」

晴虎の言葉に、三人はいっせいにうなだれた。

「逮捕するかどうかは、君たちがやったことについて取り調べた上で決めなければならない。はじめに、君たちのことについて聞かせてくれ」

晴虎はボディバッグから手帳とボールペンを取り出した。

少年たちの顔に緊張が走った。

「君たちは中学生だな。どこの中学校だ？」

「向原中です」

信彦がふてくされたような声で答えた。

この街には中学校は一校だけしかないが、晴虎はあえて訊いた。

「姓名や住んでいるところの自己紹介をしてくれ」

わずかの間ためらっていたが、やがて信彦が口を開いた。

「下条《しもじょう》信彦、家は畑」

「仁科《にしな》盛雄、俺は湯沢です」

「土屋《つちや》昌佳、畑に住んでいます」

立て続けに名乗った三人に漢字を聞きながら、晴虎はメモをとった。

三人とも北川地区の居住者だった。

「下条くんに、土屋くん、仁科くんだね」

三人は黙ってうなずいた。

「待てよ……君は弟がいないか？」

まるい昌佳の顔を見て間違いないと思いつつも、晴虎は訊いた。

「はい、丹沢湖小の五年生です。昌弘と言います」

昌佳は素直に答えた。

やはり、この少年の弟は泰文の同級生だった。

「顔が似ていると思ったんだ」

「弟を知ってるんですね」

「ああ、駐在所に遊びに来てくれたことがある」

「俺たちのことをチクりに行ったんでしょ？」

「正しくはないな。君たちに脅かされて怖がって駆け込んだんだよ」

昌佳は気まずそうな顔でうつむいた。

「ところで、三人はどういう仲間なんだ？」

晴虎は三人に向かって訊いた。

「俺たち、みんな向原中の吹奏楽部なんです」

盛雄が胸を張った。

なるほどブラバン少年たちだったか。

ワルガキっぽくないばかりではなく、たしかに体育会系にも見えない。

「そうか、それはいいな。仁科くんはなんの楽器をやっているんだ」

「俺はボーン、あ、いやトロンボーンです」

誇らしげに盛雄は答えた。

「じゃあ、下条くんは」

「俺はトランペットです」

信彦は照れ隠しに横を向いた。

トランペットはブラスバンドのなかでは花形の存在ではあろう。

「土屋くんは？」

「ユーフォニアムです」

昌佳は嬉しそうに答えた。

最近は小説やアニメの影響ですっかり有名になった楽器だ。

「なるほど、みんな金管だな。その楽器が好きで選んだのか」

あまり意味のある質問ではないかもしれない。

だが、少年たちにこころを開かせなければ、真実を話してくれないだろう。

晴虎には生活安全課少年係の勤務経験はなかった。

こうした会話もひとつひとつ手探りするしかない。

「入部したときに、顧問の先生が体格とか見て空いている楽器パートを割り当てるんですよ。俺は本当はサックスがやりたかったんです」

盛雄がきまじめな調子で答えた。

そう言われてみれば、担当している楽器と少年たちのイメージは似合っている。

「こころやさしきブラバン少年たち。君たちが何をやったのか、話してくれ」

ふたたび厳しい声音になって晴虎は訊いた。

三人は黙りこくった。

奥の林から「ホッホッ、ホッホッ」とフクロウらしき夜鳥の鳴く声が響いてきた。

「君たちにいいことを教えてやろう。一生覚えておいたほうがいいことだ」

晴虎はゆっくりと言った。

少年たちはなにごとかと身を乗り出した。

「警察には本当のことだけを言ったほうが得だ」

なんだ、そんなことかという顔を信彦が見せた。

「真面目に聞け。警察に捕まったときに自分がやったことは素直に言ったほうが絶対に得になる。これは本当の話だ。反対に警察官からどんなに脅されても説得されても、自分がやってないことは絶対にやったと言っちゃダメなんだ」

「やってないことは、絶対にやったと言っちゃダメなんですね」

盛雄が眉をヒクヒクさせて言った。

晴虎は大きくうなずいて言葉を続けた。

「こわい話をしてやろう。証拠中心主義であるべき警察のなかにも、残念だが昔ながらの自白至上主義の警察官が存在する。こうした警察官は自白させようとやっきになる。ところが、いったん自白をしてしまうと、起訴されたときにこれを裁判で覆《くつがえ》すのはとても難しい。だから、やってもいない罪で有罪になるおそれが強い。繰り返すが、自分がやっていないことをやったと言っていけない」

晴虎は三人の顔を見廻《みまわ》しながら言った。

まるで弁護士の発言だが、彼らは未来ある少年たちだ。

「やったことはやったと言ったほうがいいんですね」

昌佳が肩をすぼめて訊いた。

「真実はいつかは明らかになる。無駄な時間を掛けても、やったことを隠しおおせるものではない。警察はね、徹底的に調べ尽くすんだよ。だから、やったことをやっていないと言い張ると取調官の心証が非常に悪くなる。裁判で不利益を被《こうむ》るかもしれない」

三人は真剣な顔つきで聞いている。

「さぁ、君たちのやったことを全部話してくれ」

晴虎は三人に向かって声を張った。

「俺たち、月曜日に中川隧道で、一昨日はニレの湯の駐車場で、昨日はヴィラ西丹沢で、落ち武者の恰好《かっこう》をして、たくさんの人を脅かしました」

いちばん素直そうな昌佳がしょげ顔で答えた。

「それぞれの現場にはどうやって移動したんだ？」

「バスを使いました。今週は部活の強化練習が毎日入っているんです。で、部活が終わると三人で中学校前から下りの終バスで帰ってきます」

「部活帰りは終バスになってしまうのか？」

「登山センター行きのバスは中学のわりあい近くで停まるんですけど、一本前は四時頃なんで早すぎるんです。練習は五時頃までだから」

一日七便しかないから、不自由ではあろう。

「だけど、腹減らないか？」

「そりゃ減ります。だから、学校からバス停に行く途中のチンケなスーパーでパンやおにぎり買ってそこのベンチで食います。バスが少ないんで先生も公認です」

昌佳がふっくらとした身体《からだ》を揺すってまるい声で言った。

「そうだよなぁ、こっちへ戻ってくると、七時前だもんな」

「それで……山市場《やまいちば》からこっちは向原中の生徒は俺たちだけなんです」

盛雄が引き継いだ。

山市場は国道246号線から県道76号線に入って二キロちょっとの位置にある集落だ。清水駐在所の管轄区域になるが、この先丹沢湖駐在所のある神尾田《かみおだ》までは三キロ強だ。

「どこで下りたんだ？」

「初日は中川橋で、次の日は北川、昨日はヴィラ西丹沢入口のバス停です」

盛雄は目を瞬《しばた》きながら答えた。

「バスを下りてからどうした？」

「人目につかない場所を探して着替えました。あとは誰かに見つかるようにウロウロしてました」

言いながら盛雄は少し恥ずかしそうな表情を見せた。

すでに気づいていたが、この少年たちは大人に向かってきちんと話せる。若者言葉なども避けているようだ。教育がしっかりしている少年たちだと晴虎は思った。

こんな馬鹿げたことを三晩も続けた理由を聞き出さなければならない。

「初日に中川隧道に行ったね。あの場所はあまり人気《ひとけ》がない。小学生たちが肝試しをすることがわかってたんだね？」

「俺が弟から聞いていました。だから、まずはあいつらを脅かしてやろうと思って」

昌佳の言うことは予想通りだった。

「最初はそんなにうまくいくと思ってなかったから、初日はお試しというか……」

信彦が考えながら言葉を継いだ。

「……でも、一日目が大成功だったんで、これはいけると思ったんですよ。だから、二日目も中川隧道でやるかという話になってました」

「では、二日目はわたしがあそこで見張っていたから、ニレの湯に場所を移したのか」

信彦は黙ってうなずいた。

「あそこは人気がない。まったくの無駄足になるかもしれないじゃないか」

晴虎の問いに盛雄が答えた。

「中川隧道は心霊スポットとして有名だから、意外と人が来るらしいんです。着替え場所にも逃げ場所にも困らないし……まぁ、誰も来なかったら、それはそれで帰ればいいかと思って」

「それにもともと中川城の戦いの話があるから、脅かせば効果が高いと考えたんです」

盛雄がつけ加えた。

「では、二日目はなぜニレの湯を狙ったんだい」

「本当は最初から北川温泉でやりたかったんです。でも、中川隧道のほうがぜんぜん安全だし……」

「捕まりにくいという意味だね」

「そうです、やっぱりいいことじゃないし、捕まるとヤバイから」

盛雄はうつむいた。

彼らの会話を聞いていたときにも、盛雄は捕まることをいちばん恐れていた。

彼らの答えを聞いていると、最初は戸惑いつつ落ち武者に化けていたようだ。

「二日目のニレの湯があんまりにもうまくいったんで、ネットでも拡散できたし、これはいけるということになりました。だから、三日目もニレの湯でやろうと思ってたんです。だけど、野次馬が集まっているって情報をツィンクルで見たので、ヴィラ西丹沢に変えたんです」

信彦が賢《さかし》らな顔で答えた。

「今日は三箇所とも警戒が厳しかったからここへ逃げ込んだというわけか」

三人はいちようにうなずいた。

これで少年たちの三日間の行動の概要がわかった。

「衣装はどうやって手に入れたんだ？」

「こんなの通販でいくらでも売ってますよ。落ち武者コスプレとかいって」

信彦は生意気な口調で答えた。

「カツラも着物もか」

「着物ったってペラペラの安物です……刀だってほら」

盛雄がかたわらのザックから銀色に光るものを取り出して開いた。

鞘《さや》のない樹脂製の刀が現れた。

「それは日本刀じゃないな」

「折りたたみ式の青竜刀です。オモチャだから三〇〇〇円もしないです」

玩具刀《がんぐ》をしゅっとかるく振ってから、信彦はしまった。

「君たちはコスプレ用の衣装や刀を通学用のザックに入れて運んでいたというわけか……だが、通販で買えば、家の人が不審に思うだろ？」

「俺んちは父子家庭なんで、親父が夜勤の日に代引きで受け取ればバレません」

盛雄はさらっと答えた。

「さて、肝心なことを聞かせてもらおう。君たちはなんで落ち武者なんかに化けたんだ」

晴虎はゆっくりと三人を見廻しながら尋ねた。

三人はいっせいにうつむいて黙りこくった。

建物にあたる夜風の音が静かに響いた。

「さっきも言ったとおり、正直に話したほうがいい。ただ、人を脅かそうと思ったわけではないんだろ？」

それでも口をきく少年はいなかった。

「下条くん、君に訊きたい」

びくっと身体を硬くして信彦は晴虎を見た。

「さっき、サンクチュアリを壊されたくないという意味のことを言っていたね。いったいどういう意味なんだ」

信彦は強気の視線で晴虎を見返した。

晴虎は黙って信彦の瞳《ひとみ》を見つめていた。

しばらくの間、静寂《せいじゃく》が続いた。

信彦の瞳から力が失《う》せていった。

ベテラン刑事の目に逆《さか》らえる者は少ない。

「どうなんだ？」

重ねて尋ねると、あきらめたように信彦は口を開いた。

「ここには俺たちのサンクチュアリがあるんです。それがもうすぐ壊されちゃうんだ」

淋しそうな声音だった。

「サンクチュアリとはなんのことだ」

晴虎はゆったりとした声で訊いた。

「実際に見てください」

信彦は立ち上がった。

窓際に進むと、信彦はブラインドを上げ内鍵《うちかぎ》を外して窓を開けた。

あとに続いて晴虎も窓辺に歩み寄った。

ほかの二人も背後に立った。

「おお……これは……」

晴虎は目を見張った。

目の前には幻想的な景色がひろがっていた。

それは小宮山建築士の言っていたとおり、百坪くらいの細長い庭だった。

月の光に照らされた庭は、海の底のような澄《す》んだ蒼《あお》さに染まっていた。

庭全体に丈《たけ》の高い草が生えて夜風にさやさやと揺れている。

右手にはひと抱えもある幹を持つミズナラの大木が四方に枝を伸ばしていた。

無数の葉がさらさらと鳴って、豊かな香気を吐き出している。

ことに素晴らしいのはあちこちの宙で明滅しながら飛び交《か》っている緑色の光だった。十日月の光にも負けじと華やかに輝いている。

「ヘイケボタルだよ、庭の端のあの池で育っているんだ」

昌佳が左手を指さした。

かすかな水音が聞こえている。

小宮山が言及していた裏山から清水を引いた池に違いない。埋めてしまったらホタルは全滅だろう。

そのとき何度か聞いた「ホッホッ　ホッホッ」という鳥の声がミズナラの木のほうから響いてきた。

「アオバズクの鳴き声です。五月くらいに帰ってきて秋までこのあたりにいるんです」

信彦が楽しそうに言った。

「たしかに美しい庭だな」

晴虎は感嘆の声を上げた。

裏山から白い薄衣《うすぎぬ》をまとった妖精でも現れそうである。

「まぁ座れ」

晴虎が窓を背にあぐらを掻《か》くと、三人は対面に正座した。

「足を崩してもいいぞ」

三人は体育座りになった。

「素晴らしい庭だということはよくわかった」

「俺たちにとって大事な場所なんだ」

昌佳が語調に力を込めた。

「だけど、この別荘の工事が始まったら、すべてが壊されてしまうんですよ」

信彦の声は怒りに震えていた。

「よく知ってるな」

「工事の人から聞いたんです。あの木を伐《き》って池まで潰《つぶ》すなんてあり得ないし」

盛雄も声を震わせた。

「だから、亡霊騒ぎを起こして、工事を止めようとしたのか」

晴虎のあきれ声に、三人は気まずそうに口をつぐんでうなずいた。

「幼稚《ようち》きわまりない発想だ。そんなことで多額の金を出してこの別荘を購入した所有権者が工事を中止するとは思えない。すでに設計段階は終わっているらしいじゃないか。もしそんな手を使うなら、少なくとも購入前に考えなければ話にならない。美しい庭を守りたい君たちの気持ちはわかるが手段としては理解できない」

晴虎ははっきりと言った。

「それだけじゃないんです」

「おい、よせよ」

口を開きかけた盛雄を信彦が押し留《とど》めた。

「武田さんはちゃんと話を聞いてくれる人じゃないか」

盛雄は信彦に食って掛かった。

「そうだよ、ぜんぶ話したほうがいいよ」

昌佳もうなずいて賛同した。

「勝手にしろ」

信彦は不機嫌な声を出してそっぽを向いた。

「サンクチュアリを守りたいのは、きれいな場所だからということだけじゃないのです」

盛雄は晴虎の目をしっかりと見て言った。

この言葉は意外だった。

「話してくれ」

晴虎は掌《てのひら》を翻《ひるがえ》して先を促した。

「俺たちブラバンに入ったとき、三人とも落ちこぼれだったんです。マウスピースをうまく扱えなくて、顧問の先生にも怒られてばかりでした……それを救ってくれた人がいます」

盛雄は静かな調子で続けた。

「先輩なのかな？」

「一年上の先輩なんで、いまは三年生です。トランペットの担当です。一学期が終わって夏休みになっても俺たちはなかなか上達しませんでした。先輩は気の毒がって、部活が終わって終バスで北川に帰ってくると、この庭で、毎晩、俺たちにマウスピースの使い方を教えてくれたんです」

しんみりとした調子で盛雄は言った。

「いい先輩だな」

「先輩のおかげで俺たちみんな、なんとかまともな音が出せるようになったんだよ」

昌佳は嬉しそうに言った。

「先輩はこのあたりに住んでいるのかな？」

「はい、畑に住んでたんで、この庭での練習が終わると、俺と一緒に帰りました」

なつかしそうに盛雄は答えた。

畑集落はこの別荘から七、八〇〇メートルくらいの距離だ。少年たちの足なら一〇分もかからないだろう。

それより晴虎は、盛雄の使った過去形が気になった。

「住んでたってことはいまは畑集落には住んでいないのか？」

畳みかけるように晴虎は訊いた。

「彼女はいま伊勢原《いせはら》の東海《とうかい》大学病院に入院しているんです」

釣《つ》り込まれるように盛雄は即答した。

「そうか……先輩は女性なのか」

盛雄がしまったという顔を見せた。

信彦が舌打ちした。

「はい、そうです。女の先輩です」

昌佳はにっこりと笑って答えた。

「重い病気なのか？」

「そうです。良性ですが脳の危険な部分に腫瘍《しゆよう》ができてしまったんです。それで、八月七日に手術が予定されています。とても危険な手術なんです」

信彦は沈んだ声で答えた。

病気のために三人の先輩女性を思う気持ちが高まっているのか。

「俺たちは何度もお見舞いに行きました。でも、お母さんにもうすぐ手術なんで遠慮してくれって言われて……」

昌佳も声を落とした。

「先輩はここが大好きなんです。この庭をきれいだって見つけたのも、サンクチュアリって言い始めたのも彼女です。俺も工事が中止できるなんて思ってません。だけど、せめて手術が終わって先輩が退院するまでは、ここを守りたいんです」

信彦は声を張った。

「退院してきた先輩に、このサンクチュアリをもう一度見せたいから、俺たちあんな馬鹿なことをやったんです」

盛雄は言葉に力を込めた。

今回の動機はよくわかった。

ここは少年たちと彼らの女神のサンクチュアリなのだ。

女神に対する尊敬と感謝、そして愛が彼らの心を包んでいるのだ。

晴虎は少なからず感動していた。

少年の純粋な魂に触れたのは久しぶりだと思った。

「君たちの気持ちはよくわかった。愛する女神のために愛する聖域を守りたかったんだな」

三人は照れ臭そうにうなずいた。

「その心根は美しいと俺は思う。ある意味、君たちの年齢だから抱ける純粋な思いだ」

晴虎は自分の感じた気持ちをそのまま伝えた。

三人はなんと答えていいかわからないようだった。

だが、警察官としてはこれだけで済ませるわけにはいかない。

「しかし、それは人に迷惑を掛けていいことの理由にはならない」

晴虎はつよい口調で決めつけた。

三人はいっせいにうなずいた。

「現に北川館では、君たちの昨日の行動がネットでひろがったために宿泊客のキャンセルが出ているんだ」

自分たちの行為がもたらす結果を、少年たちにきちんと伝えるべきだった。

「本当ですか」

昌佳の声が裏返った。

「ああ、北川館の人から相談を受けてわたしは今回の捜査に乗り出したんだ」

「おれの母さん、北川館で勤めてるんだ」

「あ……仲居の土屋さんか」

ようやく気づいた。きのう、自分を北川館に招じ入れたあの仲居だ。

「そうです。俺んとこは親父が死んじゃったんで、母さん一人で頑張ってるんです。俺、母さんを困らせてるのか」

昌佳は肩を落とした。

「こういう業務妨害をすれば、必ず困る人がたくさん出てくるんだ。君のお母さんだってそうだ。決して別荘の持ち主だけじゃないんだよ。わかったね」

嚙《か》んで含めるように晴虎は諭《さと》した。

「わかりました」

三人はそろって頭を下げ声を合わせて答えた。

「さぁ、すべての話を聞いた。君たちのいまの気持ちを聞こう」

晴虎はゆっくりと訊いた。

「申し訳ないと思っています」

「もう、やりません」

「母さんにひどいことしちゃった」

信彦、盛雄、昌佳の順で反省の言葉を口にした。

「もう二度とやらないな？」

三人は力強くうなずいた。

「かたく約束するぞ」

再び三人はあごを引いた。

「俺たちどうなるんですか」

盛雄が不安そうに訊いた。

「君たちのやったことは刑法の業務妨害罪にも当たる行為だ」

晴虎は三人の顔をゆっくりと見廻しながら言葉を切った。

少年たちは頰《ほお》を引きつらせ、唇を震わせ、膝《ひざ》をガクガクいわせている。

「だが、今回は厳重注意ということで処理する」

三人の身体からくたくたと力が抜けた。

「じゃあ、俺たち逮捕されないんですね」

明るい声で盛雄が訊いた。

「そうだ、だが、もう一回やったら、今度は容赦《ようしゃ》しないぞ」

晴虎はふたたびつよい口調で言った。

「絶対にやりません」

盛雄は背筋を伸ばして答えた。

「もうひとつ言っておくが、この別荘にも二度と入るな」

これも住居侵入罪に当たるわけだが、相手はまだ中学生だ。

いずれにしても立件すべき事案とは思えなかった。

「わかりました」

三人は声をそろえた。

「よし、君たちを信じるよ。ところで、女神の名前をファーストネームだけでも教えてくれないか」

「優奈《ゆうな》先輩です」

信彦がきっぱりと答えた。

「優奈さんだって、君たちが逮捕や補導されたら喜ぶはずはない。それよりも練習に励《はげ》んで、退院してきた優奈女神に素晴らしい演奏を聴かせてやれ。そのほうがずっと男らしい態度だぞ」

晴虎の言葉に、三人は目を輝かせてうなずいた。

いつの間にか、自分は生活指導の教員のようなことを言っている。

駐在所勤務の不思議さに晴虎は内心で苦笑していた。

子どもの頃から教師は大嫌いだったのに。

「武田さん……親に言いますか？」

盛雄が不安そうに尋ねた。

「言って欲しくないのか？」

答えはわかっているが、あえて訊いてみた。

「俺、親父に叩《たた》き出されちゃうよ。俺の親父は南足柄《みなみあしがら》の工場で働いてんだけど、すげぇ頑《がん》固《こ》なんだ。間違ったことが大嫌いって感じで……だから……言わないで」

盛雄は顔の前で手を合わせた。

「俺の母さんは泣く。心配掛けたくないんだ」

昌佳は小さな声で訴えた。

「わかった。君たちは二度とこんなことをしないんだから、親御さんには連絡しないよ」

晴虎は明るい声で告げた。

「ありがとう」

盛雄の肩から力が抜けた。

「やりー」

昌佳は小躍りするような素振りで叫んだ。

親に言ってもプラスの効果は得られないと晴虎は思っていた。

「男と男の約束だよ」

昌佳が真剣な顔で言った。

「ああ、男同士の約束だ」

晴虎は頼もしい声を出した。

信彦はクールな態度を崩さなかった。親との間に距離があるのか、あるいはほかの二人より一歩だけ大人になりかけているのかもしれない。

晴虎は少年時代、親に怒られても平気の平左だった。

「さぁ、荷物をしまうんだ」

三人はあわてて床に出したものをザックにしまった。

「君たちはスマホは持っているのか？」

「俺は持ってるけど……」

信彦がとまどいがちに答えた。

「番号教えてくれるかな。なにかあったときにわたしも連絡したいし、君たちが困ったら直接電話を掛けてほしい」

この後、トラブルがあるとは思えないが、念のためだった。

「わかった……」

晴虎は私物のスマホを取り出し、画面をタップすると連絡先の情報が載ったＱＲコードを表示した。

「これを読み込んで、俺に電話を掛けてくれ」

信彦もスマホを取り出し、晴虎に言われたとおりに操作して発信ボタンを押した。

着信があった番号を晴虎は登録した。

「もう帰りなさい。家の人が心配するだろう」

やさしい声で晴虎は促した。

「今日も親父夜勤だし、二人は俺んとこで勉強してると思ってるから大丈夫です」

盛雄がヘラヘラした調子で答えた。

「じゃあ、親御さんに言ったとおりにちゃんと勉強しろっ」

晴虎はわざと叱《しか》りつけた。

「わかりましたっ」

三人は立ち上がった。

「気をつけて帰るんだぞ」

三人はそろって頭を下げて部屋から出て行った。

晴虎は部屋の窓やブラインドを閉め、立ち入った二部屋の簡単なチェックを済ませて外へ出た。

アオバズクの声が背中の林から響き続けていた。

晴虎はその足で、北川館を訪ねた。

夕食の時間帯なのか、ロビーに宿泊客の姿はなかった。

帳場の山県に頼んで、雪枝を呼び出してもらった。

山県は晴虎を、大広間の隣にある八畳の和室に案内した。

小さな宴会の食事室にでも使っているような部屋だった。

仲居が持って来てくれた玉露《ぎょくろ》を飲みながら、晴虎は雪枝を待った。

あの兄弟の母親ではなく、若い仲居だった。

忙しい時間帯だと思われたが、一〇分ほどで雪枝が顔を出した。

「こんばんは、いつもありがとう存じます」

浅縹《あさはなだ》色の和服で現れた雪枝はにこやかに笑って正面に座った。

いつもと同じ白シャツ姿の山県も隣に座った。

「例のお話、進展がございましたの？」

「はい、今回の落ち武者騒動を起こしたと思われる者を特定しました。やはり単なるいたずらに過ぎませんでした」

二人に向かって晴虎はゆっくりと告げた。

晴虎はあえて犯人や被疑者という言葉を避けた。

「逮捕なさったんですね」

雪枝は身を乗り出して尋ねた。

「いえ、諸般の事情を考えて、今回は立件を見送りました」

雪枝と山県は顔を見合わせた。

「なんで、立件なさらないんですか」

不思議そうに雪枝は訊いた。

「それについては我々の基準に照らした上での判断です」

晴虎はあいまいな答えを返すほかはなかった。

相手が中学生だったと言えば、話は簡単だ。

しかし、この狭い北川地区のことだ。中学生も彼ら以外には何人もいないかもしれない。

きっと、彼らの正体はわかってしまうだろう。

「それではこれからも心配ですな」

山県が額に縦じわを刻《きざ》んで気難しげな顔を見せた。

「いえ、ご心配なく。二度と落ち武者騒ぎは起きないでしょう」

晴虎はきっぱりと言い切った。

「なぜ、そうおっしゃいますの」

雪枝は不安げな表情で訊いた。

「わたしが厳重に説諭致しました。もう一度、同じようなことをしでかしたら逮捕すると申し渡しました。その者は二度と馬鹿なことをしないと約束しました」

晴虎は言葉に力を入れた。

「はぁ、約束しただけですか」

だが、山県は血色のよくない顔に不満げな表情を浮かべた。

「そうです。ですが、またやれば逮捕と告げてありますので、決してもうやらないはずです」

晴虎は三人の少年を信じていた。二度と落ち武者が出ることはないはずだ。

「武田さんのおっしゃることだから、間違いないですよね」

雪枝は自分を納得させるような口調で言った。

「はい、もう落ち武者は出ません」

晴虎ははっきりと断言した。

「駐在さんを信じてもよろしいのですね」

山県は粘《ねば》っこい調子で訊いた。

「ええ、信じて頂いてけっこうです」

山県の目を見て晴虎は言った。

「安心致しました。さすがは武田さんですわ」

雪枝はにこやかな顔に戻って愛想を言った。

「ところで、あれからキャンセルは出ましたか？」

晴虎の問いに雪枝は明るい顔で答えた。

「おかげさまであの二件だけで止まりました」

「それはよかったです」

実害が小さく済んだことに晴虎はほっとした。

「ニレの湯さんやヴィラ西丹沢さんにも警戒のご指示をなさったそうですね。いろいろとお手数をお掛けすることになってしまいました」

深々と雪枝は頭を下げた。

「いえ、これはわたしの仕事ですから」

「やっぱりお頼りできるのは、武田さんだけですわ」

雪枝はわずかに頰を染めた。

「とにかくもうご心配頂かなくて大丈夫です。わたしはニレの湯さんにもお知らせに行かなければなりませんので」

晴虎は立ち上がった。

北川館を出た晴虎はニレの湯にも立ち寄って、管理人の曽根に事件が解決した旨《むね》を伝え、警戒態勢を取ってくれたことへの礼を言った。

幸いにも今夜は野次馬らしき者はひと組くらいしか現れていないとのことだった。

盛雄の言葉ではないが、馬鹿なネット民は飽きっぽいのかもしれない。

さらにヴィラ西丹沢にもまわった。事件解決に多田はホッとしていた。

秋山に電話を入れると、大井町の足柄大橋の近くで美輝と夕食を食べているという話だった。秋山たちは彼らが中学生だということを知っている。晴虎は電話で雪枝に話した内容より少しだけ詳しい話をした。

駐在所に戻った晴虎は、シャワーを浴びてから台所で焼きそばを作った。

袋物の蒸し麺《めん》だが、キャベツと豚バラ肉をたっぷり入れてオイスターソースで塩味にした。添付されていた粉末ソースはいつも捨てる。

リビングのテーブルで焼きそばを食べながら、イェヴァー・ピルスナーを飲んだ。

身体が温まってくると、少年たちの話をしっかり聞けてよかったという思いが湧き上がってきた。

彼らの心情は純粋ではあるが、どこかに恋愛感情が内包されているように思えた。

それもまた一四歳という年齢のまぶしさに感じられた。

自分はあの年齢の頃は、まわりのすべてに反発していたように思う。

あの子たちのような素直さは持ち合わせていなかった。

ヘイケボタルの飛び交う彼らのサンクチュアリが脳裏《のうり》に浮かんできた。

晴虎は食事を終えると、洗顔を済ませて二階のベッドルームに上がっていった。

西側の窓を開けると、目の前に丹沢湖の湖面がひろがった。

耳を澄ませたが、ここではアオバズクの声は聞こえなかった。

月光に照らされて、湖面のさざ波が銀鱗《ぎんりん》のように輝いていた。

【2】

すべてが解決したはずだった。

だが、北川温泉の平和は三日と保《も》たなかった。

八月に入った土曜日の朝のことである。

非番の今日は何をしてすごそうかと考えていたときだった。

執務室の固定電話がけたたましい音で鳴った。

「はい、丹沢湖駐在ですが」

「武田さん、また出たんです」

耳もとで響いたのは、雪枝のこわばった声だった。

「出たとおっしゃいますと」

嫌な予感が背中から襲ってきた。

「幽霊です。幽霊が出たんです」

雪枝はうわずった声を出した。

「そんな馬鹿な……」

晴虎の声は乾いた。

「本当なんです。うちのお客さんがまた見たんです」

雪枝の声はさらに高くなった。

「いつ、どこでですか?」

急き込むように晴虎は訊いた。

「昨夜の八時頃です。また、湯の沢橋からご覧になったそうです」

「ニレの湯の川遊び用の南側の駐車場ですね」

晴虎は念を押した。

「そうです。あの駐車場に出たそうです。ご年配のご夫婦のお客さまで、大変にご不興を買いまして」

雪枝は暗い声で言った。

「でも、北川館さんのせいではないでしょう」

「もちろん、そうなんですが……」

ほっと雪枝は息をついた。

「ネットには出てますか」

いちばん心配なことは、ネットを通じて噂が拡散してゆくことだった。

「シニアのお客さまだったので、SNSなどはお使いになっていないのでしょう。いまのところ、なにも出ていないようです」

とりあえずはホッとした。

「ネットに出なくて、まずはよかったです」

「その代わり、そのお客さまにはきついお叱りを受けました」

雪枝は声を震わせた。

「女将さんを叱ったのですか」

晴虎は驚かざるを得なかった。

「はい、せっかくのんびりしに来たのにこんなひどい目に遭うなんて言語道断だ。幽霊が出るなどということは聞いていない。そんな場所があるなら最初から言ってほしい。寿命が縮んだ。責任をとってくれ。二度とこんなところに来るか……そんな感じで三〇分くらいはお叱りを受けました」

その時のことを思い出したのか、雪枝の声は怒りに満ちていた。

「宿泊料を返してくれとまで迫られました」

「そんな馬鹿な」

晴虎は絶句した。

理屈が通らない。幽霊が出たのが北川館や雪枝のせいであるわけがない。

「お客さんには湯の沢橋を案内したのですか」

「いえ、この前のことがありましたんで、湯の沢橋のご案内はしませんでした」

晴虎の胸に不安と焦燥感《しょうそうかん》が渦巻《うずま》いた。

もし、少年たちの仕業《しわざ》だとすれば、すべての責任は自分にある。

だが、晴虎は少年たちを信じていた。

自分の話はきちんと伝わっているはずだった。

彼らが約束を破るとは思えない。

では誰がいったい……。

「幽霊とおっしゃいましたが、落ち武者ではなかったのですか」

「お客さまは落ち武者とはおっしゃいませんでした。ただ、白い着物を着た幽霊を見たと……」

「何人出たのですか」

「一人です」

「三人ではなかったんですね」

やはり別人ではないのか。

別人であると信じたい。

それともあの三人のうちの誰かが馬鹿なマネを繰り返したのだろうか。

これから北川館に駆けつけて、雪枝から詳しい事情を聞くべきか。

いや、それ以前に晴虎がやるべきことがある。

「ちょっと調査してみますので……またご連絡します」

晴虎はそれだけ言って電話を切った。

リビングへ戻った晴虎は私物のスマホを取り出し、下条信彦の携帯番号をタップした。

「はい……」

緊張気味の信彦の声が耳もとで響いた。

番号を登録してあるのだろう。

「おはよう。丹沢湖駐在の武田です」

「あ、どうも……」

「いま、電話いいかな?」

「ええ、大丈夫です」

「ゆうべの八時頃、ニレの湯の駐車場に幽霊が出た」

晴虎は淡々と告げた。

「マジっすか」

信彦の声が裏返った。

その声を聞いて、晴虎はホッとしていた。

少年たちは犯人ではない。

「ああ、北川温泉の宿泊客が目撃した。白い着物を着た幽霊だそうだ」

「俺たちを疑ってんですか?」

信彦の声が尖った。

「いや、疑ってなんかいない」

はっきりと晴虎は言った。

「じゃあ、なんで俺に電話してきたんですか」

疑わしげな声で信彦は訊いた。

「北川館が間接的に被害に遭ってる。だから、わたしとしては念のために確認してるだけだ」

「やっぱり、駐在さんは俺たちを信じてないんですね」

信彦のふくれっ面が見えるような気がした。

「いや、信じてるよ」

晴虎は言葉に力を込めた。

「でも、電話してきてるじゃないですか」

信彦は気難しげな声を出した。

「確認してるだけだ」

「俺たち、ゆうべは盛雄の家で勉強してましたよ。夏休みの宿題、けっこう多いんで」

「そうか、わかった」

「証人はいないですけどね」

自嘲《じちょう》的な信彦の声だった。

「証人なんか必要ないよ」

ほんのわずかの沈黙があった。

「俺、夏季講習に行かなきゃなんないんで」

平日は部活、土日は夏季講習ということなのだろうか。丹沢湖周辺に塾はないだろうから、山北駅近くかあるいはもっと遠くまで通わなければならないはずだ。

「ああ、時間をとって悪かった」

返事はなく、それきり電話は切れた。

信彦がかなり機嫌を損ねたことは間違いなかった。

だが、少年たちの仕業ではないことを確信できてよかった。

わざわざ会いに行く必要はない。

非番だったが、晴虎は北川館を訪ねて、雪枝と会った。

電話で聞いた以上の情報は得られなかったが、晴虎が駆けつけたことで雪枝の興奮はずいぶんと収まったようだ。

「もうおかしなことが起きないように、武田さんのお力でなんとかしてください」

帰り際に雪枝はすがるような目つきで言った。

「とにかく、八時頃にこのあたりをパトロールしてみます」

晴虎はそう答えるしかなかった。

「もう落ち武者は出ない、わたしは駐在さんのそのお言葉を信じてたんですけどね」

玄関を出るときに、背中から山県が声を掛けてきた。

山県は不信感に満ちた目で晴虎を見ていた。

「引き続き、解決のために力を尽くします」

晴虎は忸怩《じくじ》たる思いで北川館を後にした。

その晩、晴虎はジムニーパトをくだんのニレの湯の駐車場に駐めて、七時前から八時半くらいまで張り込みをした。

だが、幽霊はおろか猫の子一匹現れなかった。

とりあえず安心して晴虎は駐在所へ戻った。

だが、話はこれで終わらなかった。

なんと、翌朝も駐在所の固定電話がけたたましく鳴ったのである。

「武田さん、また出ました」

耳もとで雪枝の興奮気味の声が響いた。

「出たって、幽霊ですか？」

「そうです。また幽霊が出たんです」

「どこに出たのですか？」

晴虎ははやる気持ちを抑えて訊いた。

「北川の貯水池です。九時半頃だそうです」

「九時半ですか」

「はい、夜釣りに来た人たちが見たのです。釣りをしていたら対岸に白い着物をきた幽霊が現れたそうです」

最近は夜釣りの客はあまりいないと山県は言っていたが……。

「それで、釣りのお客さんは誰に言ったんですか」

「ビックリして霞家旅館さんに駆け込んだんです。あちらの従業員の方たちが、すぐに池の周辺を調べまわったけど、誰もいなかったそうです」

霞家旅館は北川温泉のなかでも最も貯水池に近い宿だ。

「これで五回目です。北川温泉のほかの宿の人たちも騒ぎ始めました」

雪枝の声には焦燥感が感じられた。

最初の三回と後の二回は別の者の仕業に違いないが、ここでそんな反論をできるわけもなかった。

「無理もありません」

晴虎はそう答えるしかなかった。

「うちとニレの湯さんだけの問題じゃなくなって、北川温泉全体の問題になってきてしまいました。逆に、ほかの旅館のご主人たちに、なんでいままで相談しなかったんでって叱られる始末で……わたしもどうしていいのか」

困り果てた雪枝の声に胸のつぶれる思いだった。

自分の打った手は何の役にも立っていない。

こんな敗北感は久しぶりに味わう。

いずれにせよ、晴虎の面目《めんぼく》は丸つぶれだった。

面目はどうでもいいが、地域の人々の信頼を失いたくはなかった。

それ以上に北上温泉が心配だった。

「旅館のご主人や支配人さんたちが集まって対策会議を開くことになりました。今夜、九時からうちの旅館で第一回の会議を開きます。武田さんにはご出席頂きたいのです」

有無を言わせぬ雪枝の調子だった。

「わかりました……」

むろん、武田は出席するつもりだった。

だが、説明には苦慮することが予想された。

少年たちのことを話すわけにはいかない。彼らとの約束を破ることはできない。

「ねぇ、武田さん、わたし残念でならないんです。せっかく武田さんがご尽力《じんりょく》くださったのに、こんなことになってしまって」

雪枝の声に皮肉な調子は感じられなかった。

「申し訳ありません」

晴虎の声はかすれた。

受話器を手にしたまま、晴虎は頭を下げて電話を切った。

せっかくの日曜日が台なしだった。

陽《ひ》の高いうちに幽霊が出るわけもなく、晴虎は公休日をたいしたことをせずに消費した。

日暮れ近くなって、晴虎はジムニーパトで駐在所を出た。

例の空き別荘の前で張り込みを続けていた。

今夜は釣り人の姿もなかった。

八時半をまわっても、貯水池のまわりにはなんの異変も起こらなかった。

今回の幽霊の出没には規則性がなかった。

少年たちを待ち構えることができたのは、出没時間が七時頃と一定していたためだった。

晴虎にも昼間の勤務がある。

まさかひと晩中、幽霊を待っているわけにもいかない。

本署に応援を頼んでも、地域課が対応してくれる可能性は低かった。

それに、少年たちの行為について報告しなければならない。そんなことはできない。

八時四五分頃に、晴虎は北川館の玄関にいた。

ロビーはがらんとしていて、人の姿はなかった。

日曜日の夜は宿泊客が少ないのは当然のことだ。もっとも最近では空《す》いていることを見越したシニア客の利用者が多いとは聞いている。

帳場のカウンターには山県の姿はなかった。

おそらくは今夜の対策会議の準備をしているのだろう。

代わりに仲居の土屋がカウンターにいた。

日本旅館では帳場には経営者かその一族、番頭が入っていることが多い。が、北川館では経営者の親族と言えば泰文だけだ。ほかに帳場を受け持つ者がいなかったのだろう。

「あら、駐在さん、こんばんは」

土屋は明るい声を掛けてきた。

あらためて見ると、昌佳、昌弘の兄弟とそっくりな目鼻立ちである。

「知らなかったんですけど、先日は下の子がお世話になったそうで」

土屋はカウンターから出てきて、上がり框《かまち》のところまで歩み寄ってきた。

「ああ、いや、いいお子さんですね」

晴虎は笑って答えるしかなかった。

「うちは上の子も二人ともおっちょこちょいなんで困っちゃいます」

土屋は身体をゆすって陽気に笑った。

実は晴虎は上の子も知っているわけだが、いまは口にするわけにはいかない。

「大広間にご案内するように言われています」

急に心配そうな顔になって、土屋は言葉を継いだ。

「旦那衆《だんなしゅう》というか、お歴々が集まってるんで、ちょっと心配なんですよ。皆さん、幽霊騒ぎで気が立っているみたいなんで……」

「お気遣いありがとうございます」

晴虎は静かに笑った。

「奥さまは泰文くんを、今夜は親戚《しんせき》のお宅にお預けになっているんですよ」

雪枝がそこまで気遣うということは、今夜の会議は波乱含みになるおそれが強いのだろう。

「ご心配なく」

晴虎が言うと、土屋はあいまいな顔つきでうなずいた。

先に立って歩く土屋の後から、晴虎は廊下を奥へと進んだ。

「武田駐在さんです」

膝をついて引き戸を開け、土屋は大広間へと声を掛けた。

大広間に入ると、折りたたみ式の座卓がコの字型に並べられていた。

床《とこ》の間《ま》側に並べていないのは、座る位置での上下関係を避けたためだろう。

雪枝と山県のどちらの発想かはわからないが、芸の細かいことだ。

その席にはすでに一〇人以上の人が座っていた。

「丹沢湖駐在の武田です」

晴虎が一礼すると、着席していた人々は思い思いに頭を下げた。

「ご苦労さまです。武田さんはそちらにお座りになってください」

正面から雪枝は右側の席を掌で指し示した。

晴虎は指示されたとおりの席に座った。

出席者たちは隣同士でひそひそと会話をしていた。

北川館の雪枝と山県、ヴィラ西丹沢の多田、ニレの湯管理人の曽根、霞家旅館の主人と番頭、みやま亭の主人と番頭、湯ノ沢館は主人が風邪《かぜ》を引いているとかで番頭だけが出席していた。さらに知らない顔もあって、出席者は晴虎を含めて一一人だった。座卓の上には人数分の煎茶《せんちゃ》と茶菓が置かれていた。茶菓は駐在所近くの製菓会社が作っているミニたい焼きだった。

床の間とは反対側の壁の時計が九時を指した。

「それでは定時になりましたので、対策会議を始めたいと思います」

どうやら司会は雪枝のようだった。全員が顔見知りだろうから、出席者の紹介などはなかった。

「北川温泉はちょっと困ったことになってしまっています。先週の月曜から一週間で亡霊が五回も出現しました」

雪枝は続けて五回の亡霊や幽霊の出現場所や時刻などを告げた。また、晴虎が先頭となって対策をしたことも告げた。が、木曜日に晴虎がもう二度と亡霊が出ないと断言したことには触れなかった。

「この一週間で何もなかったのは、三〇日の木曜日と今日だけです。いえ、今夜だってこれから出現しないとは断言できません。ネットでも話題となり、二九日の水曜日にはたくさんの野次馬がニレの湯さんの駐車場に現れました。また、うちの場合にはすでに四件のキャンセルが出ております。キャンセルされる方は縁起が悪いなどとおっしゃっています。当館としては非常に困っていると言わざるを得ない状況です」

雪枝は淡々とではあるが、暗い声音で話した。

さらに二件のキャンセルが出ていたのか。

騒ぎの拡大は北川館に予想以上のダメージを与えそうである。

「うちも二件のキャンセルが出た」

七〇近いみやま亭の主人が渋い顔で言って、禿頭《とくとう》をつるりとなでた。

「うちはいまのところ出ていないが、騒ぎが広まれば同じようなことになってしまうだろう。これはゆゆしき問題だ」

これまた七〇前後の髪の真っ白な霞家旅館の主人は額に縦じわを刻んだ。

「幸いにもヴィラ西丹沢は直接の被害は出ていません。利用者層がほかのお宿さんに比べてお若いからでしょうか」

多田はいくらか明るい声で答えた。

「まぁ、うちは予約制ではありませんし、とくに客足が減ったということはありません。ただ、水曜日のような野次馬騒ぎはもう起きてほしくないですね」

ニレの湯の曽根は鼻から息を吐いた。

各施設から次々に「被害状況」が報告されて、大広間には沈鬱《ちんうつ》なムードが漂った。

「武田駐在さん、ひとつ聞きたいのだが、警察はこの騒ぎをどう考えておられるのだね。パトロールを増やしてくださっていることには礼を言うが、結果として騒動は大きくなるばかりだ。なにか手を打ってくれないのか」

みやま亭の主人は気難しげに訊いた。

「はぁ……さらにパトロールを強化したいとは思いますが……」

晴虎は自分でももどかしい答えを返した。

「いや、あんた一人じゃ無理だろう。本署からたくさんの警官を派遣してもらって、北川地内を厳重に守ってもらうようなことはできんのか」

　みやま亭の主人の申し出には無理がある。傷害事件でも起きていれば別だが、この程度の騒ぎで松田署が人員を配置するとは思えない。

　せめて旅館に対する脅迫でもあれば、刑事課が動いてくれるのだが、単なるいたずらレベルでは難しい。しかし、それを正面から言うことははばかられた。

「なにぶんにも本署も手いっぱいでして……」

　エアコンは効《き》いているのに、晴虎の額には汗がにじみ出た。

「武田さんは日頃から、丹念にパトロールしてくれるし、地域の老人や子どもの相談にも乗ってくださる。前の若い駐在とは大違いだ」

「恐れ入ります」

「前任者は本署に帰ることばかり考えてた。だが、あんたは違う。本気でこの地域のことを考えてくれている。そんなことは、わたしにだってわかってるさ」

　茶をひと口飲んでからみやま亭の主人は続けた。

「わたしら北川の人間はね、武田さんを信用してるんだ。駐在さんにまず相談してからと思って本署にも連絡しないんだよ。そのあんたがそんな煮え切らん答えを繰り返すようでは困るじゃないか。なにか打つ手を考えてはいないのか」

　みやま亭の主人は、晴虎の目を見据えて訊いた。

「この二日の幽霊騒ぎを受けて、対策を練り直しています」

まるで官僚《かんりょう》の答弁だ。

「早くなんとかしてもらわないと、次の被害が出るんじゃないのかね」

霞家旅館の主人もカドのある調子で言った。

「ひとつ伺ってもよろしゅうございますか」

山県が口を開いた。

「なんでしょうか」

晴虎としては訊かれたくない話が出るはずだが、断るわけにはいかない

「二九日の木曜日に、駐在さんはニレの湯の方々の協力も得て、月曜からの亡霊騒ぎの犯人を追い詰めたのではございませんか」

山県はねっとりした口調で訊いた。

「はぁ……落ち武者に化けていた者は特定できました」

嘘《うそ》はつけなかった。

「そうなのか」

「聞いてないぞ」

みやま亭と霞家旅館が口々に騒いだ。

「でも、その犯人たちを駐在さんは逮捕なさらなかった。野放しにされたわけです。その結果、昨日と一昨日の幽霊騒ぎが新たに起こってしまった。失礼だが、逮捕なさらなかったために、新たな被害が出たとしか言いようがございません」

山県は慇懃《いんぎん》な口調のまま、辛辣《しんらつ》に晴虎を責めた。

「なぜ、逮捕しなかったのだね」

霞家旅館が突っ込んできた。

「送検して検事が納得できるだけの罪状でなければ、容易《ようい》には逮捕できません。今回のケースは業務妨害罪として立件できるだけの要件を満たしていないと判断しました」

またも官僚的な答えを口にしてしまった。

正直、晴虎は自分の答えに嫌気が差していた。

だが、約束した以上、少年たちの許しなく彼らの話をここでするわけにはいかない。

「そらぁ、あんたたちの言い分だ」

霞家旅館は尖った声で言葉を継いだ。

「北川温泉の我々はそんな答えで納得するわけにはいかんよ」

「そうだとも、まずは犯人を逮捕してくれ」

みやま亭も歩調を合わせた。

雪枝は困ったような顔で黙っている。

「逮捕は重要な人権侵害ですので、慎重にならざるを得ません」

晴虎の答えに、みやま亭も霞家旅館も納得するはずがなかった。

「しかしね、実際にうちではキャンセルが出ているんだ」

「これ以上騒ぎがひろがったら、北川温泉全体の浮沈に関《かか》わる。そうだろう、雪枝さん、あんただって困っているんじゃないのかね」

「はい、キャンセルがいちばん多いのは当館ですので……」

雪枝は言葉少なに答えた。

「せめてどんな者が犯人だったのか、この場で教えてくださいませんか」

山県がまたも困難な課題を突きつけてきた。

「いや、それはできません」

晴虎はきっぱりと断った。

「できないだって？」

「そらあんた、承知できんよ」

みやま亭と霞家旅館は憤然と晴虎に言葉をぶつけた。

さっきからヴィラ西丹沢の多田と、ニレの湯の曽根は黙り続けている。

推察するに、二人はこの北川地区の人間ではなく経営者でもないから、どこか他人《ひと》ごとで冷静なのだろう。また、両方とも大型施設なので、収益に受ける影響も割合としては少ないはずだ。

「実はわたしゃ警察のOBにも顔が利《き》く。武田さん、あんただって春に丹沢湖駐在所に来て秋にはどこかに異動っていうのでは慌ただしいだろう」

みやま亭はいきなり恫喝《どうかつ》してきた。

民間人がそう簡単に警察人事に介入できるはずはないが、晴虎は腹が立った。

「わたしは異動しろと言われれば、どこの駐在所へでも行きますよ」

晴虎ははっきりと言いきった。

これは本音だった。本部の刑事部、ことにSISに戻るのはご免だったが、駐在所ならば宮ヶ瀬湖《みやがせこ》でも箱根《はこね》でも真鶴《まなづる》半島でも三浦《みうら》半島でもどこでもかまわない。

「駐在さんはわたくしどもには腹を割ってお話し頂けない。また、これからの具体的な見通しもご提示頂けないわけです。仕方がございません。この上は、北川温泉一丸となって、松田警察署の署長さんに警察官の配置をお願いするということではどうでしょうか」

山県は血色の悪い顔で嫌な提案をしてきた。

松田署に直訴とあっては、いままでの経緯を説明せざるを得なくなる。

「ちょっと待ってください」

晴虎は全員に呼びかけた。

声が大きかったのか、大広間の全員が晴虎を注視した。

「わたしはこの地域の安全を任されているのです。いまのお話は、わたしにこの西丹沢から去れとおっしゃっているのと同じですね」

気負わずに静かに晴虎は訴えた。

「なんなら、ほかの人に来てもらってもいいんだよ」

みやま亭は意地の悪い笑みを浮かべた。

「失礼ですが、駐在さんはまるで犯人をかばおうとしているようにも見えるのですが」

山県が痛いところを突いてきた。

「そう言われてみればそうだ」

霞家旅館がうなずいた。

「犯人を守って北川温泉を窮地《きゅうち》に陥《おとし》いれるなら、黙ってはおれん」

みやま亭が息巻いた。

「どうなんだね、武田さん、いま山県さんの言ったことには、なにぶんかの真実が含まれているのかね」

霞家旅館は晴虎を見据えて訊いた。

晴虎は答えに窮した。

「どうして黙っているんだ」

「返事をしてくださいよ、武田さん」

二人の旅館主人は次々に問い詰める。

そのときだった。

廊下で慌ただしい人の声と足音が響いた。

「待ちなさい」という女性の声が聞こえる。

廊下と広間を隔《へだ》てているふすまががらっと開いた。

誰もが戸口に注目した。

仁王立ちになったのは下条信彦だった。

昌佳と盛雄もかたわらに立った。

「落ち武者は俺たちなんだ」

信彦は少し低めの声で朗々《ろうろう》と言い放った。

大広間内には声にならないどよめきがひろがった。

晴虎の背中に汗が噴き出した。

彼らは自ら白状してしまった。

「お、おまえ……」

絶句したのはみやま亭だった。

「そうだよ、俺たち三人が落ち武者なんだ」

隣で昌佳がまるい声を出した。

「昌佳ちゃん……」

雪枝が絶句した。

「ただし、月、火、水の三日間だよ、昨日と一昨日は俺たちのせいじゃない」

最後に盛雄がちょっと愉快そうにつけ加えた。

「の、信彦、ど、どういうことなんだ」

みやま亭は舌をもつれさせて訊いた。

「祖父《じい》ちゃんにはわかりっこない話さ。だけど武田さんは悪くない」

生意気な口調で信彦は答えた。

「意味がわからんぞ、信彦」

なんと、信彦はみやま亭の孫だったのか。

「武田さんがみんなに責められてるって言うんで、俺たち我慢できなかったんだ」

昌佳がまるい声で言った。

「武田さんは俺たちを守ってくれたんだ。悪いのはぜんぶ、俺たち三人なんだよ」

盛雄が甲高い声で続けた。

仲居の土屋が膝行《しっこう》して昌佳の頭をはたいた。

「この馬鹿っ」

「痛てて っ」

昌佳は大げさに叫んだ。

「お母さん、怒らないでください。彼らにはいろいろと理由があったのです」

晴虎がたしなめると、仲居の土屋は気まずそうに肩をすぼめて頭を下げた。

「詳しい事情はお話しできませんが、月曜日から水曜日の落ち武者を演じていたのは彼ら三人です。わたしは木曜日に彼らとゆっくり話しました。彼らはじゅうぶんに反省しています。もう二度とこんなことはしないと約束してくれました」

静まりかえった大広間に晴虎の声が響いた。

「武田さん、申し訳ない」

みやま亭が畳に手をついた。

「顔を上げてください」

「いや、その……孫が迷惑を掛けました。いろいろとお世話になったようで」

みやま亭の禿頭に汗が噴き出している。

霞家旅館も黙ってしまった。

「となると、昨日と一昨日の幽霊はまったく別の者の仕業というわけですね」

ニレの湯の曽根が弾んだ声を出した。

「そうですね、別の犯人だ。駐在さん、見当はついているのですか」

ヴィラ西丹沢の多田は明るい声で訊いた。

「いえ、残念ながら、まだ」

晴虎は首を横に振った。

「同一犯で五回連続と思われていましたが、実は違ったわけです。ここは仕切り直しの機会ではないでしょうか。どうでしょう？　もう一度、武田駐在さんにすべてをおまかせするということでは？」

曽根の提案に反対する者は誰もいなかった。

みやま亭はもちろん、霞家旅館も山県もすっかり毒気を抜かれたような顔をしている。

「それでは、今夜の会はお開きということで……」

雪枝が閉会を促した。

「最後に言わせてください」

晴虎は声を張った。

「どうぞ、武田さん、お話しください」

雪枝がうなずいて言った。

「第二の犯人については、明日からふたたび鋭意、捜査します。その前にわたしからお願いがあります」

大広間の全員が晴虎を見た。

「信彦くん、盛雄くん、昌佳くんの行動は決して褒《ほ》められたものではありません。しかし、彼らはじゅうぶんに反省しており、二度とこうした愚《おろ》かな行動はとらないと約束してくれました。また、彼らの行動の裏には、納得できる理由がありました。ですが、彼らはその理由を誰にも知られたくないのです。男同士の約束としてわたしも口外するつもりはありません。ですので、ここにご参集の皆さまは、今夜、この場で起きたできごとをほかでお話しにならないで頂きたいのです」

晴虎は言葉を尽くして頼んだ。

少年たちのこころのなかのサンクチュアリが、大人たちによって壊されてほしくはなかった。

「つまり、我々に武田さんと共犯になれということですね」

曽根がおもしろそうに言った。

「そうです、曽根さんのおっしゃる通りです。三人が落ち武者であったことを、どうかほかの人に話さないで頂きたいのです。わたしからのお願いです」

晴虎はテーブルから一歩後ずさりすると、畳に平伏した。

「そんな……武田さん、よしてください」

みやま亭はオロオロした声で言った。

「あんた、やっぱりただの駐在じゃないな。わかった。約束するよ」

霞家旅館がはっきりとした口調で答えた。

「では、本日は皆さまお疲れさまでした」

雪枝の言葉に皆が座を立ち、次々に大広間から退出した。

晴虎に対して攻撃的だった山県はばつが悪そうな顔でこそこそ出ていった。

「本当になんとお詫《わ》びしてよいのか……」

仲居の土屋は消え入りそうな声で謝った。

「兄弟二人ともいいお子さんですよ」

恥ずかしそうにもう一度頭を下げて土屋は出ていった。

晴虎と少年たちしかいなくなってから雪枝が近寄ってきて詫《わ》びた。

「武田さん、申し訳ありませんでした。うちの番頭さんが失礼なことを言って」

「いいんですよ。誤解を受けても仕方のないことでした」

晴虎はのんきな口調で答えた。

「山県は若い頃に、身に覚えのないことで逮捕されたことがあるそうです。誤解は解けて結局釈放されたのですが、それから警察の方が大嫌いになってしまったようで……」

雪枝は眉を寄せた。

「そんなことがあったのですか」

「江戸の敵《かたき》を長崎で討つという感じでしょうか。わたしもそばで聞いていてハラハラしました」

「本当に気にしておりませんので」

晴虎が重ねて言うと、雪枝は安堵《あんど》したような表情になった。

警察官となってから、嫌われることには慣れている。とくに刑事であった頃はひどかった。だから、今夜のことで傷ついたりなどするはずもなかった。

駐在所員となって、地域の人々に大切にされる日々が面《おも》はゆいくらいだった。

今夜、苦しかったのは、少年たちの秘密を守らなくてはならないが、嘘はつけないというジレンマに陥ったからであった。

その場に残っていた三人の少年たちに晴虎は近づいていった。

「せっかく黙ってたのに、なんで自白しちゃうんだ」

晴虎は冗談っぽく叱り口調で言った。

「武田さんがここからいなくなっちゃったら嫌だからね」

大人っぽい表情で信彦は微笑《ほほえ》んだ。

「信彦くんがみやま亭のご主人のお孫さんとは驚いたよ」

「親父は教員でおふくろは町役場に勤《つと》めてるから、旅館とは関係ないんだけどね」

「お祖父《じい》さん、ちょっと気の毒だったぞ」

「振り上げた拳《こぶし》のもって行き場がないってのはあのことだね」

信彦が笑うと、ほかの二人も釣られて笑った。

「俺、母さんから今夜の会議のこと聞いて、みんなに招集掛けたんだ」

昌佳がのんびりとした口調で言った。

「昌佳くんは携帯持ってないんだろ？」

「ここの帳場のPCから、みんなのPCやスマホのツィンクルにDM送ればいいからね」

「お母さんの目を盗んでやったのか」

「えへへ……その後さ、ロビーで遊んでるふりして、トイレいきながら大広間のようすをこっそり聞いてたんだよ。それで外で待ってた二人を呼びに行ったんだ」

昌佳は悪びれずに答えた。

「おい、みんなでちゃんと言おうぜ」

信彦がほかの二人に声を掛けた。

三人は晴虎の前にきちんと並んだ。

「武田さん、俺たちのことを真剣に考えてくれてありがとう」

信彦はきわめてまじめな顔だった。

「俺、頑張ってラッパうまくなります。それまで見ていてください」

盛雄はちょっと照れて頬を染めた。

「お願いだから、いつまでもここの駐在所にいてください」

昌佳はのどやかな声で言った。

晴虎の胸にぐっとこみ上げてくるものがあった。

熱いかたまりのようなそれは晴虎を無口にした。

「ありがとう」

それしか言えなかった。

三人はぺこりと頭を下げて大広間から出て行った。

「あの子たち、本当に嬉しそう」

少年たちの背中を見送りながら、雪枝が静かに言った。

晴虎が黙ってうなずくと、雪枝は明るい顔になって話題を変えた。

「明日からうちの旅館、ちょっと大変なんです」

「何があるんですか」

「映画のロケ隊が入るんですよ」

誇らしげにも見える雪枝の表情だった。

「ほう、なんの映画ですか」

晴虎が赴任してから、管内でそうしたロケが行われたことはない。

「中原《なかはら》さゆみっていう女優さんがいるでしょ」

晴虎はテレビはあまり視《み》ないが、中原さゆみの名前は知っていた。

恋愛ものやサスペンス、医療ものに家族愛ものとたくさんのドラマで主役を演じている二〇代なかば過ぎの美人女優だった。

「大活躍の若手女優……いまは女性でも俳優って言わなきゃいけないのか……とにかく人気者じゃないですか」

「戦中戦後の東京を舞台にした青春ものの映画で『森のたわむれ』っていうタイトルなんですが、主演は中原さんでお父さん役の工藤豊澄《くどうとよずみ》さんとのシーンをこの近辺の川原と林、貯水池で撮影するそうなんです」

「豪華キャストですね」

工藤豊澄は五〇過ぎの実力派俳優で、警察ものやホームドラマを中心に活躍している。二〇代の頃は甘い雰囲気だったので、いわゆるトレンディドラマでも主役級をつとめていた。

一時期はテレビでも映画でもすっかり顔を見なくなっていたが、三〇代半ばにある刑事ものの連続ドラマで主人公の先輩刑事を好演したことから人気が高まり、性格俳優としてあちこちのドラマに引っ張りだことなっている。

こちらも顔を見ればすぐにわかる。

「監督はあの初鹿野《はじかの》正喜《まさよし》さんなんですよ」

楽しそうに雪枝は言った。

督である。

「大物ですね」

初鹿野監督は七〇代半ばのはずだ。数々の賞を受賞したベテラン中のベテランの大物監督である。

シリアスなストーリーを美しい映像とかろやかな演出で撮る技倆《ぎりょう》に定評がある。

往年の初鹿野監督作品からは、甘尾美智子《あまおみちこ》や隅田静枝《すみだやすえ》、相川慶子《あいかわけいこ》といったたくさんの有名女優が銀幕に羽ばたいている。

「撮るシーンは少ないそうですが、監督さんやスタッフさんたち四〇人以上が天気予備日とかいうのを含めて五日間、うちに滞在してくださるんですよ」

「そりゃあ賑《にぎ》やかだ」

北川温泉の平日には珍しい盛況ぶりとなる。

「おかげさまで月曜から木曜の四泊分は、ほぼ満室なんです。平日なのでありがたいです」

「それはよかった」

「ええ、明日はうちのチェックアウトの時間に合わせて到着されるようです。お休みになった後、さっそくロケに入られるとか」

「お忙しくなりますね」

晴虎の言葉に雪枝は眉を寄せた。

「だから、また、変な話が出てくると困ると思っておりまして……」

雪枝は言葉を濁した。

たしかに、ロケ隊の滞在中に幽霊などに出てきてもらっては困る。

映画人たちの口を通じて拡散されてしまうおそれが強い。

「わかりました。パトロールを強化します」

晴虎は新たな使命を感じた。

北川館を出た晴虎はジムニーパトのかたわらに立って夜空を見上げた。

晴虎は柄《がら》にもなく感動していた。

学校の教員じみた仕事も駐在所員には必要だと知ったが、悪くないものだなと本気で思っていた。

そろそろ終わりの季節だが、河内川からはカジカガエルのコロコロと美しい声が響く。

北川温泉の空いっぱいに天の川が輝いていた。

線状流星が空を大きく横切った。


翌日の午前一〇時過ぎのこと。晴虎はまぶしい光のなかで、北川温泉のメインストリートの新湯沢橋のたもとに立っていた。

ロケ隊の到着を聞きつけたファンが混乱するのを恐れて警戒に当たっていたのだ。

スクーターは邪魔にならないよう離れた場所に停めた。

通りには近所の旅館の従業員や北川集落の老人などがぽつぽつと姿を見せている。あの少年たちの姿はなかったが、みやま亭の主人が声をかけてきた。

「おはよう、武田さん、昨夜はどうも」

みやま亭の主人は、ちょっと照れたようにあいさつしてきた。

「おはようございます。お疲れさまでした。信彦くんはいないですね」

「なに、今日も部活で学校に行っているよ。今朝は、久しぶりにうちの旅館で飯食ってったんだが、中原さゆみに会いたかったって悔しがっていたな」

「信彦くんたちにも人気があるんですね」

「なにせ有名女優だからなぁ」

みやま亭の主人は上機嫌で去っていった。

「クルマが入ってきたら、気をつけてくださいね」

晴虎が声を張ると、人々は素直にうなずいた。

この人数なら心配することはない。

北川館の雪枝たちから情報を得ていたが、ロケ隊がこの地を訪れることは、オフレコになっているようだ。マスメディア関係者を含めて、ほかの地域から集まってくる者はいなかった。

北川館では玄関に雪枝と四人の仲居がずらりと並んでこの珍しい訪客たちを待っていた。

やがて、ワンボックスワゴンが三台、二トンのパネルトラックと赤い軽自動車がそれぞれ一台ずつ、コンボイを作って新湯沢橋を渡って来た。

ロケ隊が到着したのだ。

ワゴン車は三台ともゴールドメタリックのハイエース・スーパーロング・ハイルーフだった。全長が五メートル以上もあるコミューターなどと呼ばれる小型ロケバスだ。後部座席にはスモークが貼られて車内は見えなかった。

一般的なマイクロバスを使わないのは、この地域の狭い道路を考慮したためだろう。

赤い軽自動車はダイハツのムーブだった。スタッフが近距離移動用に使うのだろう。

近所の人々は歓声を上げたが、それ以上、エキサイトすることはなかった。

混乱がないことにホッとして、晴虎は北川館に歩み寄っていき、建物から少し離れた場所に移った。

万が一の場合に備えて、警固のできる場所を選んだのである。

五台の映画車両は次々に北川館の砂利敷きの駐車場に入ってきた。

すべてのクルマが停まった。

先頭のロケバスの運転手が窓を開けて、立哨《りっしょう》している晴虎に黙礼を送ってきた。

晴虎も黙礼を返した。

五台のクルマからはさまざまな年齢、服装の男女が次々に下りてきた。

素人の晴虎には、誰が役者なのか、マネージャーなのか、あるいはスタッフなのかまるでわからなかった。

だが、三人の人物だけははっきりとわかった。

先頭のロケバスから下りた八人から後光が差しているような錯覚《さっかく》を覚えた。

いや、八人の集団から差しているわけではない。

一人の若い女性が圧倒的な存在感を持っているのだ。

中原さゆみだ。

あごのきれいな卵形の小さな顔にちまっとした顔立ちで、切れ長の瞳に輝く光が遠くからでもつよい印象を与える。

背は高めだが、華奢な身体つきだ。

だが、晴虎にはまわりにいる人々がアウトフォーカスしているようにさえ見えた。

豊かなウェーブの髪が風に揺れている。

黒いカットソーの上にふわっとした長袖のブラウスを羽織《はお》って細身のデニムを穿いている。

目立たない地味なファッションだが、内面からにじみ出る輝きを隠せるものではなかった。

雪枝や仲居たちの「いらっしゃいませ」の声が響く。

ゆっくり眺める間もなく、中原さゆみは表情を微動だにさせず建物へと入っていった。

次のロケバスから下りた人々のなかで目だったのは、やはり工藤豊澄だった。

彫《ほ》りの深いくっきりとした目鼻立ちに、引き締まった口もと。

甘さとりりしさが微妙なバランスで共存している。

るためだろう。

筋肉質で大柄だから目立つのではなく、全身から熱量を持ったエネルギーが放たれてい
仕立てのよい明るいピンクのサマージャケットを白いコットンパンツの上に羽織ってい
る。チャコールグレーのTシャツの胸もとをシルバーチェーンが飾《かざ》っている。

さりげないファッションだが、さすがにオーラが違う。

ゆったりとした笑みを浮かべて、工藤豊澄は視界から消えた。

三台目の車からは初鹿野監督が下りてきた。

ハンチングをかぶって白いくちひげとあごひげをたくわえた老人は、晴虎も何度もテレ
ビで見たクセの強い顔だった。

つよい意志を感じさせる目の光がギラギラと輝いている。

思ったよりもずっと小柄だったが、すさまじい貫禄《かんろく》を感じさせた。

千鳥格子のサマージャケットがよく似合っていた。

監督は不機嫌そうに口をつぐんで建物へと入っていった。

ロケ隊の人間がほとんど消えたところで、一人の若い男が近づいて来た。

ベージュのコットンジャケットにデニム姿だった。

「あの、おまわりさん、なにかありましたか?」

スタッフらしき三〇男は、ちょっと不安そうに訊いた。

「丹沢湖の駐在です。ロケ隊の到着でファンなどが集まり混乱が起きたときのために待機

しておりましたが、混乱がなくてよかったです」

「それはそれはご苦労さまです」

ホッとしたように微笑んで、男は言葉を継いだ。

「ひと休みしたら、さっそく一時くらいから登山センター前の川原で撮影開始です」

「今日の午後は登山センターのほうはパトロールしませんが、なにかありましたら駐在所までご連絡ください。緊急事態は一一〇番へご一報を」

男は明るい表情で口を開いた。

「わかりました。五日間、お騒がせしますが、どうぞよろしくお願いします」

「よいロケになりますことを」

男は一礼して立ち去った。

ロケ隊到着が無事に済んだので、晴虎は通常業務の管轄地域のパトロールに戻った。

無事に駐在所に戻ると、晴虎はふたたび六時半にはジムニーパトを北川地区へ向けた。

北川温泉周辺をパトロールしたが、怪しいできごとは起きなかった。

帰りがけに北川館を屋外から遠望した。

たくさんの部屋に灯《とも》りが点っているが、旅館全体は静まりかえっていた。

火曜日も静かな一日だった。

天候にも恵まれて、ロケ隊の撮影は順調に進んでいるのだろう。

周辺地域にとくにこれと言った騒動は起きなかった。

夕食を済ませて夜間の北川温泉パトロールに出かけようと、執務室に入ったときだった。

「こんばんは」

四〇前後の男が駐在所の引き戸を開けて現れた。

長袖のアウトドアシャツ姿は、登山者のようにも見える。

いずれにしても見かけたことのない男だった。

「こんばんは、なにか御用でしょうか」

「ええ、ちょっとお話ししたいことがありまして」

細長い顔のきまじめそうな男だった。

「お掛けください」

男がパイプ椅子に座ったので、晴虎も回転椅子に腰掛けた。

「僕は小田原市に住む平岡道雄《ひらおかみちお》という者です。野鳥の撮影を趣味にしています。丹沢湖周辺にはよく撮影に来ているんです。それで北川館さんにもお世話になってまして……」

「ああ、北川館のお客さんですか」

「まぁ、泊まることはなくていつも日帰り入浴なんですけど。で、実は金曜日の騒ぎも聞いてしまったんです」

「金曜日の……」

晴虎はあえてとぼけた。

「幽霊騒ぎですよ。年輩のお客さんがえらい怒ってたんですよね。吊り橋のところで幽霊を見たって。なんだか三〇分くらい怒っていましたよ。僕はここんところ北川館のまわりでアオバズクの夜間撮影をしているんです」

「たしかにアオバズクが出るようですね。わたしも鳴き声を聞きました」

平岡は我が意を得たりとばかりにうなずいた。

「アオバズクは昼間も撮れますが、フクロウですからね。やっぱり夜の写真がいいわけです。だから僕はツェルトなんかも持っていって、深夜まで粘ることもあります。ところが、あの日に限ってちっとも現れないし、なんだか遠雷が鳴っていたんで早じまいしたんですよ。せっかくだから、ちょっと風呂《ふろ》に入ろうと北川館に立ち寄ったんですね。あそこは日帰り入浴は八時半までに受付しなきゃいけないんで……そしたら、大騒ぎの場面に出くわしたというわけです」

これだけ詳しく知っているからには伝聞ではなさそうだ。

「ちょっとしたもめごとがあったとは聞いています」

平岡は晴虎の目をじっと見てゆっくりと口を開いた。

「僕、幽霊を撮っちゃったんですよ」

「本当ですか！」

晴虎は思わず大きな声を出した。

「おまわりさんにわざわざ嘘は言いに来ませんよ。北川の貯水池で昨夜のことです」

ちょっと誇らしげに平岡は背を反らした。

「なん時頃ですか」

晴虎の舌はもつれた。昨夜だって貯水池のパトロールはした。

「九時過ぎですね。写真のデータを見ればはっきりしますが……」

ちょうど、晴虎が立ち去ってから後のことだ。

そう言えば、昨夜は釣り人も出ていた。

「見せていただけますか」

「もちろんです」

平岡はタブレットを取り出した。

12インチくらいのモニターを持っている機種だった。

「ほら、これですよ……ああ、九時七分の撮影ですね」

晴虎は机の上に置かれたモニターに見入った。

池畔と思《おぼ》しき場所に、白い着物姿の人影がはっきりと映し出された。

なるほどぼんやりと立っている姿は幽霊にしか見えない。

しかし、幽霊がこんなにはっきりと写真に写るとは思えない。

「すごいな。灯りもなしにこんなに明瞭《めいりよう》に撮れるものなんですね」

ストロボを焚《た》いたようには見えない写り方だった。

「幸いにも翌日、つまり今日が満月ですからね。月光でもこれくらいは写りますよ」

「なるほど、いまのカメラは高性能ですね」

晴虎はカメラのことには暗い。

「これがズームアップしたところです」

六〇歳前後髪の薄い男の顔が大きく写し出された。

丸顔でどんぐり眼の鼻の低い男だった。

憂鬱そうな顔つきが画面いっぱいに写っている。

「こんなに鮮明に写るんですか」

晴虎は驚かざるを得なかった。

「ええ、感度をかなり上げてますんでＩＳＯ２５０００くらいかな……粒子は粗《あら》くなりますが、きちんと写り込みますよ」

感度のことはよくわからないが、じゅうぶんに人物を特定できる。

「釣りをしていた人が驚いて叫びながら逃げ出しました。でも、三脚使わなかったし、僕が写真を撮っていることには気づいてはいないと思うんですが……」

犯人は釣り人を脅かすつもりだったのに違いない。

しかし、なんのために、三人の少年たちのマネをしたのだろうか。

「実際にこの男が現れた場所をお教え頂けませんか？」

「ええ、もちろんです」

晴虎は目の前に大学ノートをひろげた。

執務机の引き出しからサインペンを取り出して北川貯水池の略図を描いた。

「これが池ですね。ここが階段です。右岸には細道が続いていますね。ここに大きな杉の木があって朽ちた作業小屋があります。男はどのあたりに出たのでしょうか？」

晴虎がペンを渡すと、平岡は略図上の杉の大木の近くを丸で囲んだ。

「この杉の木のあたりの闇からふわっと現れてこちらに歩いてきました。釣り人たちは堰堤のそばのちょっと広いところにいたんですが、叫び声を上げて逃げ出しました。彼らが逃げ出すと、幽霊は踵《きびす》を返してもとの闇に消えました」

釣り人のいたというあたりに、平岡は小さな丸印をふたつ描いた。

「それでは、平岡さんはどのあたりから撮影していたんですか」

晴虎が訊くと、平岡は釣り人の丸から少し下のあたりに丸を描いた。

「僕は階段を上がったあたりにいました。その日の撮影場所を探していたんです。釣り人から一〇メートルくらい離れたところでしょうか」

「なるほどよくわかりました」

晴虎は頭を下げた。

「撮った後でちょっと怖くなって、そのままクルマで帰宅しました。でも、家に帰ってPCで見たら、どう考えても幽霊というよりはただの人間に見えたんです。本当は北川館さんに持ってこうと思ったんですが、なんだか映画のロケが入ってますよね。お忙しそうだったんで……」

「で、わたしのところにお話に来てくださったんですね」

「ええ、警察に言ったほうが手っ取り早いと思いましてね。通りかかったら、お姿が見えたもんで立ち寄りました」

「ありがとうございます。平岡さんが撮った画像は、大変に有力な証拠になります。コピーさせて頂きたいのですが……」

「SDをお貸ししますよ。イグジフ情報の時間とかの記録も証拠になるでしょうから」

平岡の言うとおり、画像データに組み込まれた撮影時間や位置などの情報は刑死事件の証拠になる場合は少なくない。

イグジフ(Exif)データは、そのままコピーしても失われることはない。だが、証拠としては原本のSDが必要な場合もあるはずだ。

こうした市民の協力はとても助かる。

もっとも、いまの時点では、この男の行為を立件するかどうかは不明だった。

少年たちではなく成人なので、同じレベルで考えることはできない。だが、送検できるだけの要件をつかまなければ、逮捕などに進むことはできない。

「大変にありがたいです。ご住所やお名前を伺ってもよろしいですか」

「これをどうぞ」

平岡は名刺を差し出した。

小田原市内の総合病院の名が刷り込まれていた。

板垣が勤めている診療所を経営している病院ではなかった。

「お医者さまですか」

「いえ、病院薬剤師です」

よく見ると、小さな字で薬剤師という肩書きが入っている。

「病院にお勤めだと、お忙しいのではないのですか」

「当直の日以外は、ほぼ定刻に帰れますんで、こうして野鳥撮影にも来られます」

平岡はにっこりと笑った。

「SDをお返しするときには病院にお電話してもよろしいですか」

「ええ、かまいませんよ」

「またお話を伺うことがあるかもしれません」

「いつでもご連絡ください」

平岡に礼を言って送り出した後に、晴虎は北川温泉のパトロールに出ることにした。

少し遅くなったが、ジムニーパトで北川地区へと向かった。

ニレの湯の駐車場や北川館をパトロールした後に、貯水池へ向かった。

今夜は釣り人の姿はなく、怪しい人影も見られなかった。

アオバズクの鳴き声は聞こえなかった。

清らかな満月が宙空にあった。

貯水池の水面には細かいさざ波が立って、銀糸で織った綾布《あやぬの》のように輝いていた。

第三章　朝日さし夕日輝く

【1】

翌朝はスマホの着信で起こされた。

ＰＳＤ型データ端末ではなく、私物のスマホのかろやかなメロディ音だった。

まだあたりは薄青い帳《とばり》に包まれている。

壁の時計は午前五時二分だった。

早朝の携帯への着信はロクな事態でないに決まっている。

また幽霊騒ぎかと思い、うんざりしつつ晴虎はベッドサイドのスマホを手に取った。

液晶画面を見ると、登山センターの秋山主任の名前が表示されている。

「武田さん、センターの秋山です」

聞き慣れた秋山の声だが、いつもとは打って変わってこわばっている。

「おはようございます。どうしました？」

嫌な予感を抑えつつ晴虎は訊《き》いた。

「いま中川橋の近くにいるんだけど、湖面に人間らしきものが浮かんでるんですよ」

震え声で秋山はとんでもないことを告げた。

「なんですって？」

さすがに晴虎の声は裏返った。

「人間の背中が湖面に見えるんです」

秋山の声は変わらぬ緊張感を保っていた。

「一一〇番通報はしましたか？」

「いや、人形かもしれないんで、一一〇番はしていません」

秋山は言ったが、この声のようすはただごとではない。

生命《いのち》懸《が》けで海外の高峰をいくつも征服した秋山は冷静な男だ。

湖面までの距離も相当離れているはずだし、人間なのか否か簡単に区別できないのは当然だ。

「すぐに行きますんで、その場にいてもらえますか」

晴虎はすでに室内着のシャツを脱いでいた。

「もちろんです。お待ちしてます」

「よろしくお願いします」

さっと制服に着替えて、晴虎は所定の装備を身につけた。

一一〇番通報をしても、機捜や自動車警ら隊、本署の人間が駆けつけるまでには少なくとも数十分は掛かる。

自分なら、五分で辿《たど》り着けるはずだ。

人形であれば、大騒ぎをする必要はない。

まずは晴虎自身が行って自分の目で確認するべきだ。

駐在所を飛び出した晴虎はスクーターに飛び乗ってエンジンを掛けた。

電話を受けてから一〇分も経《た》たないうちに、右手に空色の橋脚が見えてきた。

Tシャツ姿の秋山が欄干《らんかん》にもたれて、南側の湖面を覗《のぞ》き込んでいた。

橋上には秋山の白い軽自動車が停《と》まっていた。

晴虎はハンドルを右に切って、中川橋へと入っていった。

路肩にスクーターを停めると、あちこちの林からヒグラシの物淋《ものさび》しい声が響いてくる。

秋山が歩み寄ってきた。

「ああ、武田さん。ご苦労さまです」

「遅くなりました」

秋山は橋の右側へ晴虎を引っ張っていった。

「武田さん、あれです……」

湖面を指さして秋山は乾いた声を出した。

白っぽいシャツの背中が緑色の湖水に浮かんでいる。

鹿《しか》やほかの野生動物でないことは明らかだ。

「人形とは思えないな……」

もし人形だとすれば、全身の重さや密度はほぼ均質であることが多かろう。浮力も同様なのでこのような姿勢ではなく、全身を伸ばしたような姿勢になるはずだ。

腹部には脂肪が多いために浮力は高くなる。このように頭と足を水面下に沈めて背中だけが浮いている姿勢は人間であるおそれが強い。

頭部が完全に水没しているのだから、人間であれば呼吸ができないので生存している可能性はなかった。

「本署に連絡を入れます」

晴虎は肩に付けたＰＳＷ無線端末から松田署地域課に連絡を入れて現状を報告した。

「丹沢湖ＰＢ武田よりＰＳへ。中川橋直下の湖面に人間の死体らしきものが浮かんでいるのを視認。引き揚げの要ありと認む。繰り返す……」

ＰＢは交番・駐在所（Police Box）を、ＰＳは警察署（Police Station）を指す警察無線用語だ。ちなみに警察職員はＰＭ（Police Man）と称する。

地域課からは、その場で待機するように命じられた。

「それにしても秋山さん、こんな早くからなぜ中川橋に？」

秋山は北川地内に住んでいるので、早朝出勤だとしても反対方向で中川橋にはやってこないはずだ。

「いや、昨夜は横浜の実家に帰ってたんで、道路が混むからと早出してきたんですよ。で、夜明け頃にここを通りましてね。ひと息入れようと橋に乗り入れてクルマから下りたら、あれに気づいちゃったんです」

すでに秋山は湖面から目を離していた。

「嫌なものを見つけてしまいましたね」

秋山は固い表情でうなずいた。

「事故でしょうか、事件でしょうか」

「はっきりとしたことは言えません。ですが、もし溺死《できし》だとすると、肺の中に水が入っているので、沈むことが多いのです。見たところ、腐敗死体というわけでもないですし、事件性があるかもしれませんね」

晴虎の直感は事件性を確信していたが、死体を遠くから視認しただけでは口にできることではなかった。

「となると、殺人事件ですか……」

秋山はこわごわ訊《き》いた。

刑事には珍しいことではない殺人事件だが、一般人にとってはドラマのなかのできことだ。令和元年版犯罪白書によれば、一昨年一年間の殺人事件の認知件数は全国で九一五件に過ぎない。これに対して窃盗犯《せっとうはん》の認知件数は五八万件を超える。この数字からも殺人事件がいかに珍しい犯罪であるかがわかる。

「いや、それはひとつの可能性に過ぎません」

晴虎はきっぱりと言った。

事件性があると言っても殺人とは限らない。たとえば傷害致死や過失致死などの可能性もある。

だが、実は晴虎は殺人ではないかという不安を感じていた。

「なんてことでしょうね、僕が知っている限り西丹沢でそんな恐ろしい話は聞いたことがありません」

秋山はうそ寒い声を出した。

「これからの捜査ですべてが明らかになるはずです……わたしが見張っていますので、もう出勤して頂いてけっこうです」

「そうですね、いったん家に寄って着替えなきゃいけないし……」

「緊急事態なんで言い忘れてました。先日は本当に助かりました。内藤さんにもよろしくお伝えください」

あの後のことの次第《しだい》は報告して礼は言ってあったが、晴虎はあらためて礼を言った。

「すべてがまるく収まってよかったですよ……でも、その後も幽霊騒ぎですもんね」

秋山は気の毒そうな顔で言った。

「ここ数日は出ていないので安心していたら、こんな事件が起きてしまって……」

「なんだか厄介《やっかい》続きで、武田さんも大変ですね」

「まぁ、仕事ですからあたりまえなのですが、西丹沢は平和であってほしいですね……ご連絡ありがとうございました」

「落ち着いたら、センターにも遊びに来てくださいね」

秋山はかるく手を挙げてあいさつすると、クルマに乗り込んだ。

軽自動車のかるいエンジンの音が遠ざかってゆく。

小一時間ばかり待っていると、PSW無線端末から命令が入った。

晴虎には焼津《やけづ》ボート乗り場で待機せよとのことだった。

焼津ボート乗り場は、この中川橋から南側へ七〇〇メートルほど県道を下って、焼津集落に入った南側に位置している。

丹沢湖唯一《ゆいいつ》のボート乗り場で、一般の観光客や釣り人、カヌーイストのために作られた民間施設である。ただし、カヌーやSUPを利用する際には駐在所近くの丹沢湖記念館内にある山北町環境整備公社への事前申請が必要となる。

晴虎は命令通り、焼津集落へスクーターの鼻先を向けた。

集落の中心部を通り過ぎると、ボート乗り場の上の駐車場に出る。

駐車場にスクーターを停め、急な階段を下ってボート乗り場に出た。

階段の真下にはゆるやかなスロープで湖面に続く岸辺があって、ここからカヌーなどが湖に出られるようになっている。

湖面から数十センチの高さで石垣を背にした広いコンクリートの広場ができている。ボートを引き揚げて置くための広場であり、係員用のプレハブ詰所も設置されている。

広場からは浮桟橋が湖に突きだしている。

ふだんはレンタルのボートや足こぎボートが何艘《なんそう》も舫《もや》ってあるが、いまはがらんとしていた。

丹沢湖の水位が下がる八月から一〇月は、駐在所の南側に場所を移して営業しているのである。

だが、八月に入ったばかりで、目だった水位の低下は見られなかった。

駐在所近くの桟橋は狭いので、本署はこの湖岸に死体を引き揚げるつもりなのだろう。

また、県道からは離れているので、野次馬が集まる怖《おそ》れも少なかった。

サイレンの音が響いて来た。

上の道を見上げていると、焼津集落のなかの狭い道からシルバーメタリックのセダンが現れた。ルーフで赤色回転灯がまわっている覆面《ふくめん》パトカーだった。

覆面パトは晴虎がスクーターを停めた駐車場に乗り入れた。

エンジンが停まり、ワイシャツ姿のふたりの男が階段を下りてきた。

ふたりとも腕に「機捜」の腕章をつけ、耳に受令機のイヤフォンをつけている。

晴虎と同じくらいの四〇代半ばと二〇代後半のこの男たちには見覚えがある。

本部機動捜査隊小田原分駐所の隊員たちだ。年かさの男は長井《ながい》という名前だった。

「長井さん、おはようございます」

晴虎は明るい声であいさつした。

「ああ、武田さん、お疲れさまです」

長井は頭を下げた。

若い隊員もこれに倣《なら》った。

「地域住民から連絡を受けまして、わたしが最初に中川橋から視認し、遺体と判断して本署に報告しました」

「なるほど、第一報が入るのは、駐在さんならではですね」

どこかからかうように長井は言った。

長井は巡査部長なので、表面上は晴虎に対して丁重な態度をとっている。

だが、本部所属の機捜はエリート意識がつよく、晴虎をなんとなく見下しているところがある。

「おい小沢《おざわ》。階段の入口に規制線のテープ張ってこい」

長井は若い隊員に命じた。

若い機捜隊員は小沢というらしい。

「了解です」

小沢はキビキビと階段を上がって規制線を張りにいった。

このボート乗り場に用事のある人間もいるかもしれないが、そのときは中に入れればいいのだ。そもそも八月からは永歳橋の南側に移っている。

「すると、土左衛門《どざえもん》はまだ中川橋あたりに浮かんでるんですかね」

「水死者かどうかは、まだはっきりしないですね」

「浮かんでいるのは、他殺の可能性も少なくないってことですかね」

「まぁ、検視官が臨場するでしょう」

そんな話をしているところへ、白波を蹴立《けた》てて白いモーターボートが通り過ぎていった。

「ありゃあ企業庁のボートですよ」

「するともうすぐやってきますな」

神奈川県企業庁酒匂川《さかわがわ》水系ダム管理事務所は駐在所のお隣さんと言ってよい場所にある。県道を挟んだ湖岸には栈橋があって、ダム管理用のモーターボートが係留されている。松田署の依頼でそのうちの一台が出動したものだろう。

回収の目処《めど》が立ったので、本署は晴虎にこの場所へ移動せよと命じたのだ。

しばらくすると、モーターボートのエンジン音が谷あいに響いてきた。

すぐに舳先《へさき》で緑色の湖水をかき分けて、白い船体が近づいて来た。

探照灯やラウドスピーカーを持つキャビンの屋根に白いプレートが取り付けられて神奈川県のマークが赤文字で抜いてある。ダム管理事務所の巡視艇である。

企業庁の制服である空色のシャツ姿の若い男性が右舷《うげん》の白いフェンダーを次々におろしてゆく。

ボートや桟橋などを保護する樹脂製の緩衝材《かんしょうざい》で、舷側にロープで吊《つ》ってある。

もう一人の若い男性職員はロープを手にしてバウデッキに立っている。

晴虎は挙手の礼を送った。

「おはようございます」

男性は笑顔で答えた。

エンジンがうなりを上げて接岸態勢に入った。

船がさらに接近すると、フェンダーを下ろしていた職員が栈橋に飛び移った。

バウデッキの職員が放《ほう》ったロープをクリートに巻きつけて結んだ。

「よーし、オーケーだ」

栈橋で男が叫ぶと、エンジンが止まった。

スターンデッキから地域課の制服を着た二人の警察官が、樹脂製の担架のハンドルを持って慎重に下りてきた。

担架にはオレンジ色の検体袋が乗せられている。

二人は栈橋を注意深く歩いて広場まで来ると、担架を静かにコンクリートの上に置いた。

「石原《いしはら》くんと大野《おおの》くんか」

晴虎は明るい声でねぎらった。

二人とも松田署地域課で石原は巡査部長、大野は巡査だった。

ふだんは無線警ら車と呼ばれるパトカーに乗っている。

「武田さん、お疲れさまです」

「早朝から大変でしたね」

巡査たちは口々にねぎらいの言葉を掛けてきた。

「君たちこそご苦労さまだね」

晴虎の言葉に二人はにこっと笑った。

ボートの県職員たちはさっさと舫《もや》い綱《づな》を解《ほど》いて帰り支度を始めた。

「では、我々は戻ります」

バウデッキから県職員の一人が声を掛けてきた。

「ありがとうございました」

石原と大野が声をそろえて答えた。

晴虎が頭を下げると、モーターボートはエンジンを掛けた。

短い警笛をひとつ鳴らして、ボートはダムの方向へと舳先を向けた。

スクリューの作るしぶきが、朝の光に輝いた。

「さてと……最初に視認した武田さんに、いちおうホトケを見て頂きますよ」

石原が検体袋のジッパーを開けた。

腐敗していないらしく、それほど不快な臭いはなかった。

白っぽいシャツは中川橋で視認したものと考えて間違いなさそうだ。

「こ、これは……」

遺体の顔を見た晴虎は絶句した。

髪の薄い六〇近くの、丸顔でどんぐり眼の鼻の低い男だった。

昨夜、平岡が見せてくれた北川貯水池の幽霊ではないか。

「どうかなさいましたか？」

石原はけげんな顔で訊いた。

死体になって面相も変わっているだろうし、うかつなことは口に出せない。

「い、いや……なんでもない……」

晴虎は少しあわてて答えた。

「お知り合いかと思いましたよ」

石原の言葉に晴虎は、黙って顔の前で手を振った。

「所持品は？」

晴虎が訊くと、石原は唇を突き出した。

「なにも持ってませんでした。財布もスマホも……」

「物盗《ものと》りの犯行の線もあり得るか……」

晴虎は自分が口にした言葉を信じていなかった。この地区はおよそ平和で強盗などが出没する場所ではない。

「あるいは水に入ったときに落としたのかもしれませんが」

石原の言葉が正しいのかもしれない。

「そうかもしれんな……いずれにしても身元の特定に手間が掛かるな」

晴虎は低くうなった。

仮にこの遺体が貯水池の幽霊のものだとしても、身元がわからないことに変わりはない。

「あとから、署の鑑識と刑事課がクルマで来ますんで」

大野の言葉が宙に浮いているうちに、長井が声を掛けてきた。

「じゃあ、我々はこれで」

長井と小沢は踵《きびす》を返した。

所轄に引き継ぐまでが彼らの任務だ。

「ああ、どうも」

晴虎は立ち去る機捜隊員の背中に声を掛けた。

二人が階段を上ったところで、騒ぎが起こった。

「おい、あんた規制線の中に入っちゃダメだろ」

長井の権高な声が響いた。

規制線のところで叱《しか》られているのは、ニレの湯管理人の曽根だった。

晴虎は急いで階段を駆け上がった。

「曽根さん、どうしたんです?」

やさしい声で晴虎は訊いた。

「いや、この男が規制線のなかに入ろうとしていたんだ」

曽根より前に長井が答えた。

「入っちゃいません」

「だって、あんたテープを持ち上げようとしてたろ」

「触ってただけですよ」

曽根と長井はいがみ合いを続けた。

「ここは立入禁止なんです」

晴虎はやんわりと諭《さと》した。

「このボート乗り場の係の人は知り合いなんです。詰所に忘れ物したから取ってきてほしいって頼まれたんですよ」

曽根は口を尖《とが》らせて答えた。

「この人は町立ニレの湯の管理人さんです。地域の人なので用事を済ませるために、入れてあげたいのですが」

晴虎はやんわりと言った。

「武田さんが責任持つならいいですよ。じゃあ、失礼します」

長井は不機嫌そうに言って駐車場へと歩き始めた。

小沢は晴虎に会釈《えしやく》すると、あわてて長井の後を追いかけた。

晴虎と曽根は並んで階段を広場へと下った。

「サイレン音が鳴ってたり、県のボートが走ってたりしたのは、あれが原因ですか」

曽根はスタスタと遺体に近づいていった。

「あ、曽根さん、ちょっと待ってください」

晴虎は制止したが、間に合わなかった。

ふつうの人間は遺体に近づきたいなどとは思わないが、曽根は特段に好奇心が旺盛《おうせい》なのだろう。

「あれ、この人……」

遺体をじっと見つめた曽根は絶句した。

「知ってるんですか？」

身を乗り出して晴虎は訊いた。

「うちによく来ていたお客さんですよ」

曽根はさらっと言ったが、晴虎は内心で快哉《かいさい》を叫んでいた。

晴虎は手帳とペンを取り出した。

「名前はわかりますか」

「たしか塩崎《しおざき》さんと言ったっけな……週に一、二回来てたけど、変わった人でね」

「どう変わってたんですか？」

「町外から軽自動車で来てるらしいんだけど、うちで風呂《ふろ》入ってから、いろんなところにクルマ停めて寝てるんですよ。うちの駐車場じゃないけどね」

「いったいどこで寝てるんですかね？」

素朴《そぼく》な疑問だった。このあたりには大きな公共駐車場などはない。大規模な公共駐車場は、駐在所に隣接する丹沢湖無料駐車場くらいだろうか。

「箒杉公園の駐車場とか、大滝《おおたき》キャンプ場の入口あたりの裏道とか、中川橋の向こうっ側とか、北川貯水池んとこの広場とかね。人目につかないとこですね」

北川貯水池が出てきた。やはり、幽霊はこの塩崎なのだろう。

さらに、中川橋からそう遠くないところにクルマを残している可能性がある。

とすれば、車内からさまざまな情報が得られる可能性は高い。

「いろいろと問題の多い人でね」

「どんなことが問題だったのですか?」

「ときどき飲酒運転してたかもしれないです。うちに来て酔っ払ってるときがあったからね。一回、酔っ払ってお風呂に入って広間で騒いでたこともあります。そのときはほかのお客さんに迷惑が掛かるから、酔いが醒《さ》めるまでバックヤードで寝ててもらったんです。おかげで帰りがすっかり遅くなってしまいましたよ」

曽根は顔をしかめた。

「その行為は、威力業務妨害罪に当たりますよ。一一〇番通報してもいい事案です」

立件しないにしても厳重説諭すべき迷惑行為だ。

「そうなんですか、せめて武田さんに連絡すればよかったですね」

「ええ、今度そういうことがあったら、遠慮なく電話してください……と言っても、この人については、そういうことはもうないわけですが」

「最初からひどく酔っ払ってるのがわかって、入湯をお断りしたこともあります」

タチのよくない客であることはよくわかった。

「ところで、塩崎さんは北川地区にはお風呂に入りに来てただけなんでしょうか」

深く考えずに晴虎は訊いた。

「なんだか酔っ払って大騒ぎしたときには、馬鹿なことを言ってましたね」

曽根は微妙な顔つきになった。笑いたいのを我慢しているような顔にも見えた。

「いったいどんなことを言ってたんですか？」

「北条の埋蔵金を探してるんだとか言ってね」

「埋蔵金ですって？」

晴虎の声は裏返った。

「ええ、後北条氏が豊臣秀吉に攻められたときに、河村城《かわむらじょう》にあった金銀をこのあたりに埋めたっていう伝説があるらしいんですよ」

まったく信じていないような曽根の声だった。

むろん晴虎はそんな話は聞いたことがなかった。

河村城は山北駅の南側にある城で、平安時代末期に河村氏によって築かれたとされる山城である。さまざまな歴史を経て戦国時代には後北条氏の支配下に置かれ、甲斐の武田氏から相模国を守る拠点のひとつとなった。信玄はこの城を奪おうと侵攻しており、中川城の戦いもその折のものである。天正《てんしょう》一八年（一五九〇）の豊臣秀吉の小田原征伐の際に落城した。

神奈川県内の戦国時代の山城で、県指定史跡となっているのは河村城跡だけである。城跡は、河村城址歴史公園として整備され、城郭《じょうかく》ファンなどが訪れている。

「本気で信じていたのですかね」

「塩崎さんは本気だったようですね。何度か『もうすぐオレは大金持ちだ』とか叫んでましたから……」

曽根はちょっとシニカルな表情を浮かべた。

「なるほど、宝のありかに見当がついたんですかね」

酔っ払いの戯言《ざれごと》と聞き捨てていいのだろうか。

「ところで、塩崎さんの職業は知っていますか」

「リタイア組だと思うけど、よくはわかりませんね」

曽根は首を傾《かし》げた。

「住所はわかりませんよね？」

「事務所に帰ればわかりますよ」

「本当ですか」

「塩崎さん、入浴定期券作ってますから。定期券を発行するときには住所と電話番号は書いてもらうんですよ」

身元がわかっているところで大騒ぎするとは、あまり知恵のまわる人物ではなさそうだ。

「町内の人ですか？」

「いえ、小山町《おやまちょう》の人だったと思います」

「県境を越えてきてたんですね」

駿東郡《すんとうぐん》小山町は静岡県に属するが、山北町の西隣に位置する。町内西寄りに位置する丹沢湖から御殿場《ごてんば》線の駿河《するが》小山駅と谷峨《やが》駅の間は五キロもない。

の距離は、山北町の中心地である山北駅とほぼ同じだ。

「ええ、軽自動車についてたのも富士山《ふじさん》ナンバーでしたよ」

「クルマの色などわかりますか」

「銀色です。よく見かけるような地味な軽自動車で、バンとかじゃありません。車種まではちょっと……」

曽根は首をひねった。

だが、富士山ナンバーということもあって、どこかに乗り捨ててあれば、発見することは難しくないだろう。

「いえ、それでもじゅうぶんです。住所ですが、あとで教えてもらえますか」

「もちろんです。お電話しますよ」

「大いに助かります。じゃあ、頼まれたという荷物をどうぞ」

「そうだ、すっかり話し込んでしまいました」

曽根は肩をすくめて詰所へ駆けよって鍵《かぎ》を開けた。

すぐにエコバッグのようなトートバッグを手にして出てくると、曽根は階段に向かって歩き始めた。

「曽根さん、すでに焼津集落の方は気づいていると思いますが、死体発見の話はしばらく黙っていてくださいね」

「わかっていますよ。亡霊の祟《たた》りだとか変に話に尾ひれがついたら、自分たちの首を絞めるだけですからね」

「地域の人たちは大丈夫でしょうけれど、またネットに無責任な投稿が上がると困るので」

「また対策会議を開くの嫌ですからね」

曽根は顔をしかめた。

「おっしゃるとおりです。事故か事件か、なにもわかっていない状況です。近いうちに警察発表があるはずですので」

「了解です。武田さん、今度ゆっくり入りに来てくださいよ。お顔を見るのは変な場面ばっかりだからね」

曽根は快活に言って、階段を駆け上がっていった。

「そうですね、そのうち伺いますよ」

晴虎が声を掛けると、曽根は大きく手を振って駐車場へと消えた。

曽根が立ち去ったのを見て、石原と大野が歩み寄ってきた。

「武田さん、ホトケの身元わかったんですね」

石原が声を弾《はず》ませた。

「ああ、小山町在住の塩崎さんという方だ」

「ぜんぶ聞いてました。さすがは武田さんですね。ＳＩＳの班長だった方だけに違います
ねぇ」

　大野は熱っぽい口調で言った。

「おいおい、俺の力じゃない。偶然だよ。だけど、地域の人の情報ってのは大切だ。刑事だって、捜査の半分くらいは現場周辺地域の住民への聞き込みに時間を費《つい》やすんだ」

「地取りですね」

　打てば響くように大野が言った。

　現場付近で不審者の目撃情報や、被害者の争う声など、事件の手がかりとなる情報を聞きまわる捜査を地取りという。

「そうさ、所轄が地域と密着していれば、地取りだって効果が高くなるんだ」

「勉強になります」

　石原はまじめな顔でうなずいた。

「ところで、武田さん、これ、コロシの可能性高いですよ」

　石原が真剣な顔で言った。

「まぁ、沈まずに浮いていたという時点で溺死ではなさそうだからな」

「それだけじゃないんです。引き揚げの時に気づいたんですけど、後頭部に殴《なぐ》られたような裂傷《れっしょう》があるんです」

　石原は声をひそめた。

「本当か」

晴虎の胸に兆《きざ》していた不安は現実のものらしい。

中川橋の下には頭を打つような岩場や中州は存在しない。

傷害致死も含めて、塩崎は誰かに殴られてから湖に落ちた可能性が高くなった。

「しかも頭頂部が若干《じゃっかん》、陥没《かんぼつ》しています。頭蓋骨《ずがいこつ》骨折のようにも見えます」

大野が補足説明を加えた。

二人とも若いが、なかなかしっかり観察している。

「いちおう、本署には連絡済みです。叱られるから、鑑識や検視官が来るまでいじれないですけど」

大野はコンクリート上の死体へ目をやった。

「もちろん、落水時の怪我《けが》かもしれないんで、断定できる話じゃないんですけどね」

石原は言ったが、その可能性は少ない。

「コロシとなると、捜査本部《ちょうば》が立つな……」

晴虎はつぶやくように言った
「刑事課案件なんで、どうせわたしら蚊帳《かや》の外ですけどね」

石原は自嘲《じちょう》的に笑った。

「でも、駆り出されてこき使われる可能性は大だな。あいつら俺たちを見下してるから」

大野は顔をしかめた。

松田署は小規模署なので、捜査本部が立つとなれば刑事課だけで人数をまかなえるはずがない。当然ながら、地域課員なども駆り出される。

刑事課や生活安全課など専門科の警察官は、地域課員を低く見ているところがある。

ノンキャリアの警察官は、警察学校を卒業すると原則として所轄の地域から配属され交番《ハコバン》勤務に就く。つまり、ほとんどの警察官にとって地域課は振り出し地点なのである。

それぞれの資質や実績が評価されて専門科に進んだ警察官からすれば、地域課員は振り出しに留《とど》まっている者にも見えるのだろう。

国民に親しまれている「おまわりさん」は地域課員を指している。日本の治安を守っているベースには世界一優秀な地域課員たちの日夜の努力があるのだ。

「俺は地域課こそが警察の基本だと考えて、駐在所勤務を希望したんだよ。地域課の仕事を卑下《ひげ》するのはやめておけ」

晴虎はやんわりと諭した。

「すみませんでした」

二人は声をそろえて頭を下げた。

晴虎は素直な若い二人に好感を持った。

何台かの警察車両の鳴らすサイレンが近づいて来た。

「俺たちの迎えが来たよ」

石原が笑った。

彼らはきっと、神尾田のダム管理事務所にパトカーを停めてあるのだろう。

そこから湖上を渡ってここまで来たのだから、帰りは誰かのクルマに乗せてもらわなければなるまい。

ちょっと待っていると、白シャツを着た私服捜査員が三人と、現場鑑識作業服を来た鑑識職員が四人、階段を下りてきた。

誰も知った顔だが、全員の名前はわからなかった。

「武田さん、刑事課強行犯係の室賀《むろが》でございます」

のっぺりとした瓜実顔《うりざねがお》をした五〇代の私服捜査員が声を掛けてきた。

室賀は強行犯係長なので、晴虎も名前を知っていた。

「どうも、同じく刑事課鑑識係の高山《たかやま》です」

こちらも係長だ。刑事出身らしいが細身のやさ男で年齢は四〇そこそこだろう。

「おはようございます。係長のお二人が自ら駕《が》を枉《ま》げてお越しですか」

晴虎は冗談を言った。

警部補である係長が臨場することは少しも珍《めずら》しくはない。

室賀はたたき上げのなかなか有能な刑事であると聞いている。

たしかに目つきは鋭い。

「自分の管轄内《にわ》で滅多にないコロシとあっては、出てくるしかございませんでしょう」

室賀係長は凄《すご》みのある顔で笑った。

妙に丁寧な物言いとちぐはぐな印象を受ける。

「コロシと決まったわけではないと思いますが……」

いちおう晴虎は反駁《はんばく》してみた。

「ずいぶん慎重ですねぇ。まぁ、わたしはコロシの線だと思いますね、本部から捜一と検視官が臨場することになっています。それではっきりするはずです」

「じゃあわたしはホトケを見てきます」

高山係長は足早に遺体のもとへと去った。

「コロシなら捜査本部が設置されますね」

「ええ、本署ではそのつもりでもう準備を進めていますよ。武田さんはもう駐在所勤務に戻ってもらってけっこうでございます」

室賀係長はやわらかい声で言った。

帰れと言われるとは思っていたが、室賀係長には伝えなければいけないことがある。

「被害者は塩崎さんという方で、隣の小山町の住人です」

「さすがに早いですねぇ」

室賀係長は驚きの声を上げた。

「地域の方から聞いた内容なのですが……」

晴虎は手帳を見ながら、曽根から聞いた情報をすべて伝えた。

平岡の幽霊情報についても簡単に報告し、ＳＤは駐在所で保管している旨《むね》伝えた。

室賀係長に連絡しておくのがいちばん手っ取り早い。

手帳を取り出して室賀係長は要点をメモした。

「伺った情報についてはすべて捜査本部に上げさせて頂きます。まずは塩崎さんのクルマを探させますよ。それから平岡さんという方が撮ったSDデータを本署の刑事課に送ってくださいな。昼に駐在所に戻ったときで結構でございます」

「わかりました」

「態勢が決まりましたら、本署から連絡がゆくと思いますのでよろしくお願い致します」

室賀係長は如才なく笑って頭を下げた。

帰れという意味だ。

「自分の管轄区域での事件です。道案内を含めてなんでも言ってください」

「ええ、なにかお願いすることがあるかもしれません」

「では、皆さん頑張ってください」

晴虎はすべての署員に向けて声を掛けると、階段を上って駐車場へと向かった。

スクーターで県道への坂道を上りながら、捜査への意欲が湧《わ》いてきてしまっている自分に気づいた。

事件の端緒《たんしょ》に触れ、被害者まで聞きだしてしまったのだ。ここで捜査から去れというのは酷《こく》な話だ。

だが、刑事捜査について自分はあくまで「お手伝い」の立場に過ぎない。

ヘルメットを通しても派手に鳴くセミの声がうるさいほどだった。

山々の稜線《りょうせん》からはたくさんの入道雲がムクムクと湧き上がっていた。

今日も暑くなりそうだった。


【2】


県道に出た晴虎は、スクーターを北へ向けた。

まずは中川橋周辺をチェックして、その後、北川温泉周辺にも立ち寄るつもりでいた。

地域課からの指示はＰＳＷ無線端末から入って来るから、あわてて駐在所へ戻る必要はなかった。

中川橋のたもとでスクーターを停めて、橋上に立って南北の景色をゆっくりと眺めた。

塩崎が後頭部を殴られたために死んだか失神したとする。犯人が塩崎の身体を湖に突き落とすとしたら、この橋の上しかない。

たとえば、県道や対岸の林道から突き落としたら、塩崎の身体は十中八九は木々に引っかかって斜面の途中に止まる。

アルミ製の欄干はたいして高くなく、ここからなら間違いなく塩崎を湖水に突き落とすことができる。

犯人はなぜそんな手間を掛けたのか。

殺人犯はたいていは死体の置き場所に窮《きゅう》するものである。

湖に沈めれば、死体は発見されないと考えたのかもしれない。

殺した死体が浮かぶという現象を犯人は知らなかったのだろうか。

付近には一軒の人家もないことから、深夜ならば水音に気づく者もいないだろう。

昨日は誰も死体を見ていないのだから、犯行は少なくとも昨夜のうちに行われたと見るべきである。

橋の中央に近いところの右側の路肩でキラリと光るものがあった。

道の隅に缶ゴミや泥に混じって銀色の丸いものが落ちている。

白手袋をはめて晴虎は屈《かが》み込んだ。

「なんだこれは？」

拾い上げて子細に観察する。

ペンダントトップに加工されているが、ふるい硬貨だ。

表側には菊の紋章と十銭の文字が刻まれ、まわりを桐《きり》らしい植物が取り巻いている。

裏を返すと、中央に警察の旭日章《きょくじつしょう》にちょっと似た模様が刻まれていて、周囲には大日本・明治四十二年・10ＳＥＮとの文字が見られた。

明治時代の十銭硬貨をペンダントに加工したものとみて間違いがない。

晴虎はポケットから食品用のジッパー付きポリ袋を取り出した。

鑑識で使う証拠品袋の代わりに、山北のスーパーで買ったものだ。

丁寧につまんで硬貨をポリ袋に入れるとポケットにしまった。

もちろん事件と関係ある可能性は低いだろう。

だが、明治時代の硬貨をアクセサリに加工したものにはなんらかの意味があるようにも思えてならなかった。

晴虎は橋上を歩いて、欄干や路面を注意深く観察したが、発見できたものはなかった。

晴虎の私物スマホが鳴動した。

「あ、武田さん、やっぱり塩崎さん、入浴定期券作ってましたよ」

曽根の弾んだ声が響いた。

「助かります。ちょっと待って手帳出します……どうぞ」

「フルネームは塩崎六郎《ろくろう》。ソルトの塩に三浦《みうら》三崎《さき》の崎です。住所は静岡県駿東郡小山町菅《すが》沼《ぬま》……」

曽根から聞きだした塩崎の氏名、住所、電話番号を、晴虎はPSW無線端末を使って松田署に報告した。

晴虎は橋を渡り、中川隧道の抗口もチェックしたが、怪しいものは見つけられなかった。

そのまま晴虎は北川温泉を目指した。

北川温泉に着くと、まずは貯水池を目指した。

奥の広場がなんだか騒がしい。

「あ、駐在さん」

誰かが人垣から声を掛けてきた。

六月に泰文を川から助けたときに手伝ってくれた畑集落の老人だ。

「なんの騒ぎですか?」

「いや、ロケだよ、ロケ」

老人は堰堤《えんてい》の上を指さして笑った。

「ここでやってるんですか」

「なにせスターが見られるんで、近所の者が集まってるんだよ。吉永小百合《よしながさゆり》みたいな美人がいるんだ」

弾んだ声で老人は言った。このくらいの年齢の人がいわゆるサユリストなのだろうか。

もっとも中原さゆみは吉永小百合とはずいぶん雰囲気の違う美女なのだが。

「なるほど、邪魔にならないようにお願いします」

死体発見については、北川地区まではひろがっていないようだ。

秋山の素早い連絡のおかげで、浮かぶ死体を見たものは多くはあるまい。

たしかにあの位置は県道76号からは見えにくく、意外な死角になっている。

だが、そのうちにマスメディアによって、全国レベルで報道されるだろう。

とくに殺人と断定されれば、かなりの騒ぎになるはずだ。

多少離れているから、北川温泉へのダメージは考えにくいとは思うが……。

老人たちばかりではなく、若い男女や子どもたちの姿も見られた。

とは言っても三〇人程度に過ぎないし、静かにしているので問題はなさそうだ。

おそらくは近所の住人たちばかりなのだろう。顔見知りも何人かいる。

信彦、昌佳、盛雄の三少年の姿は見えなかった。

代わりに泰文、昌弘、寛之の小五トリオがいた。

「やぁ、泰文くんたちもロケ見物かい？」

「別に興味ないけど、この二人がどうしても見たいって言うから……」

泰文は照れたようにうつむいた。

「いや、映画のロケなんて北川に来るのは初めてですし、なかなかない機会ですから」

寛之はしっかりした答えを返してきた。

「僕は中原さゆみ目当てなんだ」

昌弘は照れもせずに答えた。

「そうだ、みんなに言っとく。もう亡霊は出ないぞ」

晴虎はきっぱりと言い放った。

忙しさに紛《まぎ》れて、この子たちに言うのを忘れていた。

「やったね！」

「本当ですか？」

「ハルトラマンが退治してくれたの？」

三人は歓声を上げた。

「そうだ、わたしが退治した。だから、安心して夏休みを過ごしなさい。宿題もしっかりやるんだぞ」

またも教員臭い言葉が出てきて晴虎は苦笑した。

「さっすがぁ、ハルトラマンに任せときゃぜんぶ解決だね！」

泰文は嬉《うれ》しそうな声を出した。

広場の反対側を見ると、ハイエースのロケバスが一台とパネルトラックが駐《と》まっていた。

そこから数メートル離れた広場の隅に銀色の軽自動車が見えた。

「ちょっとごめんね」

これはと思って晴虎は軽自動車に近づいていった。

もし、塩崎のクルマなら鑑識が入るかもしれない。

現場はすでにロケ隊や見物人など、大勢の人に荒らされている可能性は高い。

それでも、なるべく足跡をつけないように晴虎はクルマに歩み寄った。

ナンバーは……富士山だ。

車種はスズキアルト。曽根が言っていた「よく見かけるような地味な軽自動車」には違いない。まず、塩崎のクルマと考えて間違いないだろう。

白手袋をはめてドアノブに手を掛けてみると、鍵が掛かっていて開かなかった。

リヤハッチも含めてすべてのドアは施錠されていた。

晴虎はPSW無線端末のトークスイッチを入れた。

「丹沢湖PB武田よりPSへ。中川橋付近事案のマルガイ所有車両と思われる軽自動車を山北町湯沢の北川貯水池前広場にて発見。ナンバー確認の要ありと認む。なお当該車両は施錠されており自走は困難と思量する。繰り返す……」

その場で待機するように下命があった。

マルガイは警察用語で被害者を指している。

子どもたちが寄ってきた。

「あ、こっちに近づかないで！」

晴虎の声に、子どもたちはふざけてストップモーションのように身体を停めた。

「ねぇ、事件？」

ふつうの姿勢に戻った泰文が、好奇心いっぱいに目を輝かせた。

「事件じゃないよ。こんなところにクルマ駐めちゃダメなんだよ」

「なんだぁ、ただの駐車違反か」

昌弘がつまらなそうに言った。

三人はそのまま、もとの場所に戻っていった。

正確に言うと、公道ではないので駐車違反の切符は切れないが、そういうことにしておこう。

クルマに関心を持つ者はいなくなった。

晴虎は周囲の木を利用して、トラ色の規制線テープでクルマの周囲を囲った。野次馬がこのなかに入ることはないだろう。

しばらく待っていると、本署から銀色のアルトが塩崎六郎の所有であることを知らせてきた。また、車両を松田署に移送するためにレッカーを出すので、到着まで北川貯水池で待機するようにと下命があった。

「なお、現場至近で映画のロケ撮影中。サイレン音等の配慮をお願いします」

念のために上申すると、配慮するとの答えが返ってきた。

一時間ほどはこの場所から動けなくなった。

この場所に塩崎のクルマが乗り捨ててあることの意味を晴虎は考えてみた。

塩崎はこの付近を何度も訪れている。

定期券を作るほどニレの湯にも通っていた。

また、この広場や中川隧道などで寝泊まりする夜もあったようだ。

塩崎が後北条氏の埋蔵金を探していたのは、この北川温泉近辺と考えてもよいのではないのだろうか。

この池畔で幽霊のまねごとをしていたのは、あるいは宝探しをしている場所に他人を近づけたくなかったからではあるまいか。

信彦たちの亡霊からヒントを得た模倣《もほう》犯なのかもしれない。

きわめて稚拙《ちせつ》な行動だが、ニレの湯での振る舞いを見ても塩崎はあまり賢い男とは思えない。そんな行動に出てもおかしいとは言えない。

それが、もし殺人だとすれば、塩崎はなぜ殺されたのか。

宝探しに関するトラブルなのだろうか。

また、どこで殺されたのだろうか。

ここにクルマが乗り捨ててあるからには、北川温泉近辺が犯行の現場である可能性は高い。北川地区の地取りは念入りに行わなければなるまい。

そんなことを考えている自分に晴虎は苦笑した。

この地区はたしかに管轄区域だが、自分は駐在所員に過ぎない。捜査本部が立つとしても、その指示に従うことしかできないのだ。

そうは言っても、この上の貯水池畔は、塩崎が幽霊のマネをした現場である。

いまこの広場にいる以上は、残置物のチェックをしてみたい。

撮影の邪魔にならないように、ちょっとだけ見ておいてもいいだろう。

階段の下には車輪のついた大きな発電機が稼働している。

エメラルド色のカバーは防音仕様になっているのか、意外と静かなエンジン音だった。

発電機からは黒いキャブタイヤコードが何本も階段を這《は》って池畔へと延びていた。

晴虎はゆっくりと階段を上り始めた。

階段の上のあたりに赤いパイロンが二個並べてあり、その間にトラ色のテープが渡してあった。

ベージュのジャケットを着た男が行く手に立ち塞《ふさ》がった。

「おまわりさん、撮影中ですよ」

ささやくような声で言ったのは、ロケ隊到着のときにあいさつしてきたあの男だった。

晴虎は階段の途中で立ち止まった。

「捜査の都合で立ち入らせてください。邪魔はしませんので」

「ちょっと待っててください」

男は階段を駆け上がっていった。

三分ほど待っていると、男がふたたび姿を現した。

「いまのシーンを撮り終えたら、三〇分の休憩《きゅうけい》に入るそうです。その間に、捜査はすみますか」

「いや、そんなに掛からないと思います。すぐに終わります」

「よかった……では、ご一緒にどうぞ。お声を出さないでくださいね」

「了解しました」

先に立つ男について晴虎は階段をゆっくり上がっていった。

池畔まで上ると、堰堤そばには運動会で使うようなテントが張ってあって、パイプ椅子《いす》が並んでいた。ここには人影はなくダッフルバッグやザックが放り出してあった。なんの荷物が入っているのか段ボール箱もいくつか積んであった。

左手の岸辺を見た瞬間、強烈な光が晴虎の目を射貫《いぬ》いた。

大杉の広場に設置された大型スポットライト二基が小さな太陽のように輝いている。

黒いスタンドの高さは七メートルくらいはあるだろうか。

ふたつの照明器具のまわりにたくさんの人の姿があった。

シネカメラマンや録音エンジニアなど、主要なスタッフの姿が見える。中央のディレクターチェアに初鹿野監督が傲然《ごうぜん》と腰掛けている。まわりには四人のスタッフがシナリオやボードなどを手にして立っていた。スポットライトのそばには脚立が立てられて角度を変えるための照明スタッフが配置されている。照明器具の下には畳二畳ほどもありそうなレフ板が二枚設置されていた。堰堤横の広場にも逆向きの大型レフ板が置かれていた。右手の藪《やぶ》のなかにもレフ板を持った男が立っている。

さらに、メイク係や記録係らしき人々、晴虎にはよくわからないスタッフが広場のあちこちに立っていた。

スタッフだけでも三〇人はかるく超えていた。

すべての人々の視線が一箇所に集中していた。

そこには中原さゆみと工藤豊澄が立っていた。

中原さゆみは淡いブルーの生地に白いピンストライプの入ったワンピース姿。襟回《えりまわ》りを白いリボンが飾る。ストローハットをかぶった昭和初期くらいのレトロなお嬢さん姿だった。華奢《きゃしゃ》な身体つきにあまりにもよく似合っていて、蒲柳《ほりゅう》な良家の令嬢といった雰囲気だ。

工藤豊澄は白麻のこまかい絣《かすり》の着物を着流しにして、黒い紗《しゃ》の夏羽織をまとっている。カンカン帽をかぶった姿は、文人墨客《ぶんじんぼっかく》か医師や学者のようにも見える。こちらも昭和初期くらいの扮装《ふんそう》だろう。

レフが二人の姿をくっきりと浮かび上がらせている。

三メートルくらい離れたところに、割烹着姿《かっぽうぎすがた》のひっつめ髪の和装の若い女優がふたり立っている。家政婦役なのだろう。

素封家《そほうか》の父娘が自分たちの敷地にある池のほとりで会話しているシーンだと考えられた。レンズを通していない俳優たちの姿は生々しくは感じなかった。むしろ一枚の絵画を見ているような錯覚に陥《おちい》る。

張り詰めた緊張感が空気を通して伝わってきた。

「どうしてわかってくださらないの。お父さま」

中原さゆみが悲嘆に暮れた声を出した。

「あいつは世間というものを知らなすぎる。あの男と一緒になったら、おまえは不幸になるしかない」

工藤豊澄は淋しさいっぱいの表情で娘をたしなめている。

この表情だけで、父親が娘の恋心をわかっていながら、相手の男への不安から二人の関係に反対していることを感じさせる。

工藤の演技力には舌を巻かざるを得ない。

「あの方は自分のお考えに正直でいらっしゃるのよ。わたしはそれを支えたいの」

中原さゆみがつよい口調で言い切った。

全身から意志のエネルギーが光となって放たれているような錯覚に陥る。

「カット」

初鹿野監督の凜《りん》とした声が響いた。

「オーケー。さゆみちゃんよかったよ」

親指を上に突き出して、監督はにこやかに言った。

「ありがとうございます」

中原さゆみの笑顔はナチュラルでたとえようもなく美しかった。

「三〇分休憩しまぁす」

進行係なのだろうか、かたわらの四〇歳くらいのチェックシャツの男が叫んだ。

照明が消えて、役者もスタッフも一挙にリラックスモードに入った。

ふたりのスターはゆっくりと池畔の細道を歩いてきた。

あとから付き人かマネージャーのような男女も続いた。

近づいて来る二人に晴虎は反射的に頭を下げた。

中原さゆみも工藤豊澄もにこやかに会釈を返してきた。

テントの椅子に座ったふたりに付き人たちがタオルやドリンクを渡している。

「おまわりさん、もう大丈夫ですよ。機材に気をつけてくださいね」

かたわらの男性が明るい声で言った。

「ありがとうございます」

晴虎は礼を言って、大杉広場のほうへと池畔の道を歩き始めた。

「警察の方が捜査のために入られます。すぐに終わるそうですのでご協力お願いします」

背中から男の大きな声が響いた。

人々は晴虎を注視した。

「丹沢湖駐在です。お邪魔して申し訳ありません」

晴虎は声を張った。

駐在と名乗ったからか、人々の緊張感がやわらいだ。

刑事警察ならともかく、駐在ではたいした事件ではないと感じたようだ。

晴虎はスポットライトの裏側を通って大杉の前に出た。

まずは朽《く》ちかけた小屋のなかを確認しようと思った。

放置されているのか、引き戸には鍵が掛かっていなかった。

引き戸に手を掛けると、ズズズッという嫌な音を立てて開いた。

ほこりが晴虎の頭から襲ってきた。

カビの臭《にお》いが鼻を衝《つ》いた。

建物内には荷物らしいものもなにもなかった。

使われなくなって久しいように感じられた。

晴虎はフラッシュライトを点《つ》けて、土間を観察したが、遺留品は見つけられなかった。

いちおう私物のスマホで写真を撮ることにした。

小屋から出た晴虎は建物の裏側も見た。

この小屋の裏側は杉森の斜面が迫っていたが、池畔に近い部分は一・五メートルくらいの高低差の崖《がけ》になっていて雑草がいっぱいに茂っていた。

ここでも何枚か写真を撮った。

その後、広場内の地面を丁寧に見て回ったが、これと言った収穫はなかった。

晴虎は細道を観察しながら堰堤方向に戻っていった。

なにも見出《みいだ》すことはできなかったが、随所で晴虎は写真を撮っておいた。

役に立つ立たないは考えないことにした。

工藤豊澄が近づいて来た。なんと、中原さゆみも一緒だった。

ふたりのつよいオーラは休憩時間でも消えてはいなかった。

「おまわりさん、なんの事件なんですか」

ゆったりとした笑みを浮かべて工藤は尋ねた。

「いえ、ちょっとしたトラブルがありまして……」

晴虎としては詳しいことは話すわけにはいかない。

「トラブルと言いますと？」

「申し訳ありません。捜査の都合上でお話しできないのです」

「はぁ……なるほど……」

工藤豊澄は首を傾げた。

「撮影のお邪魔をして申し訳ないです」

晴虎はかるく頭を下げた。

「いや、大丈夫ですよ。それより、こんな平和な場所なのに、なにか騒ぎがあったのですか？」

「まぁ、騒ぎというわけではないのですが」

晴虎はあいまいな答えを返した。

「北川館さんで仲居さんの噂《うわさ》をちょっと小耳にはさんだのですが、なんでもこの池のまわりでおかしなものが出たとか……それでネットでも幽霊騒ぎになっているそうですね」

興味津々という顔つきで工藤は問いを重ねた。

晴虎はいささか驚いた。工藤のような有名俳優が、北川地区の噂をそこまで知っているとは意外だった。

「そちらの事案ではありません」

素っ気ない調子で答えるほかなかった。

「ああ、別になにか事件があったのですね」

工藤の声は平らかだった。

「繰り返しになりますが、詳しいことはちょっと……」

晴虎は言葉を濁した。

「警察ものを撮っているような気分になってしまいました。工藤さんと違って出演経験ないんですけどね」

中原さゆみが笑いながら言った。

その場にぱっと花が咲いたみたいだった。

「中原さんの女刑事、いつか拝見したいです」

晴虎は明るく答えた。

「そのときは、ぜひ一緒に出てくださいね」

中原さゆみの冗談に工藤豊澄は声を立てて笑った。

「そりゃあいい。二人でバディものなんかどうですか」

「そうねぇ、鬼刑事にしごかれる新米女性刑事。いいかも」

ふたたび中原さゆみは笑った。

「では、デカチョウ、捜査頑張ってください」

工藤豊澄がふざけて挙手の礼を送った。

あっけにとられて晴虎はうなずいた。

ふたりは踵を返して、笑いながら立ち去っていった。

俳優という人種は好奇心が旺盛《おうせい》なのだなと晴虎は驚いた。

収穫はなかったが、池畔をひと通り見ることは必要だったと晴虎は思っていた。

「終わりました。ありがとうございました」

トラテープのかたわらに立ってドリンクを飲んでいたベージュのジャケットの男に声を

掛けた。

「あ、ご苦労さまです」

男はドリンクを口から離しあわてて頭を下げた。

晴虎が階段を下りてゆくと、小学生三人組が駆け寄ってきた。

「ねぇねぇ、中原さゆみに会えた？」

泰文がうらやましそうに訊いてきた。

「仕事してきたんだ」

晴虎は素《そ》っ気《け》なく答えた。

「ずるいよ」

「ずるいずるい」

残りの二人も騒いだ。

子どもたちを残して、晴虎はアルトの近くに戻った。

しばらく待っていると、シルバーメタリックの覆面パトカーとガンメタの鑑識ライトバンがレッカー車を従えて広場に入って来た。

晴虎の連絡によってサイレンは鳴らさないで来てくれたのだ。

だが、覆面パトと鑑識バンは赤色回転灯を廻《まわ》している。

広場の野次馬たちはいっせいに入って来る警察車両に注目した。

「警察車両に近づかないでください」

晴虎は大きな声で叫んだ。

野次馬たちは素直に従ってくれた。

近所の人たちなので、晴虎には協力的でありがたい。

三台の警察車両はアルトの近くに列を作って停まった。

覆面パトからは、焼津ボート乗り場に現れた三人の刑事たちが下りてきた。

刑事たちは鑑識の作業が終わるまでは現場を調べることはできない。

鑑識バンからもさっきと同じ四人が現れた。

「いや、武田さん、今日はよく会いますね」

高山係長が冗談めかして笑った。

「まったくです。まぁ、うちの管轄区域内なので」

「この地域は誰より詳しいわけですからね」

高山係長はにっこり笑った。

四人はすぐに手分けして作業に取りかかった。

「施錠の確認をするために、クルマのまわりを歩いてしまいました」

晴虎は地面に屈《かが》み込んでライトを使っている鑑識係員に声を掛けた。

特定の波長の光を照射することで、目には見えない証拠を可視化する科学捜査用ライト、またはＡＬＳ（Alternative Light Source）と呼ばれる特殊なライトである。

光とフィルターの色で五段階くらいの波長に分かれていて、血液、精液、唾液《だえき》、尿《にょう》、骨片、足跡が反応する光や、指紋、繊維が可視化できる光、毛髪、燃焼の痕跡《こんせき》などが見える光などを照射する。

「どこを歩きましたか」

若い鑑識係員が顔を上げて訊いた。

「ここからここまで歩きました。それからクルマを一周して施錠をチェックしました」

「武田さんの足跡はわかりましたよ。ご心配なく」

鑑識係員はゴーグルを外して答えた。

ほかの鑑識係員がライトの当たったところに一眼レフカメラのレンズを向けている。

法科学用一眼レフと呼ばれる特殊なカメラで、紫外線領域と赤外線領域までの幅広い波長の光をくっきりと写すことができる。

野次馬たちはいつの間にか遠巻きにして鑑識の作業を見ている。

階段の上で見えないスターたちより、こちらのほうがおもしろいのかもしれない。

ただ、たくさんの警察官たちの姿に気圧《けお》されたのか、近寄ってくる者はいない。

「武田さん、どうも先ほどは」

室賀係長が近づいて来て声を掛けた。

「ああ、お疲れさまです」

室賀係長はあいまいな笑いを浮かべて静かに口を開いた。

「今回の事件、コロシと決まりましたよ」

室賀係長はあたりを憚《はばか》るように小声で伝えた。

「やっぱりそうでしたか」

「打撲《だぼく》によってすでに死んでいたか意識不明の瀕死《ひんし》状態だったと検視官は判断しました。その後に湖に突き落とされたわけでございますね」

「捜査本部が立ちますね」

「ええ、もう捜一が東名《とうめい》に乗っている頃でしょう。一〇名ほど来るそうなんで、うちのほうも人数かき集めてます。四〇名ほどの規模ではありませんかね。午後四時から本署で捜査会議だそうでございます」

「お手伝いできることがあったら、なんでも言ってください」

「ええ、わかりました……ところで、武田さんから頂いた被害者情報がありがたかったですよ。すでに小山町の自宅付近にうちから二人を聞き込みに出しております。それにしても、この池端で幽霊のマネをしていたという理由がわかりませんね」

室賀係長はあごに手をやった。

晴虎は自分の推理を口にしなかった。まだ根拠不足だと思っていたからである。

そのとき、ダークシルバー・メタリックのＳＵＶが広場に入ってきた。

見覚えのあるクルマだった。

メルセデスベンツのＧクラス。ＡＭＧ63仕様である。

「ちょっと待ってくださいね」

晴虎が近づいて行くと、Gクラスは空き別荘の前で停まった。

運転席から体格のいい四〇歳くらいのワイシャツ姿の男が下りてきた。

「どうも、先日はありがとうございました」

男はにこやかに声を掛けてきた。

眉が太く、ぎょろっとした目の運転手は、やはり先日の安西有人だった。

株式会社ピラト総務課長の名刺を持っていた男である。

「無事にお帰りになれたようですね」

「ええ、タイヤも新しいものと交換しました……ところでこれはなんの騒ぎなんですか」

安西は鑑識や刑事たちのほうを見ていぶかしげに訊いた。

「ちょっとした事件が発生しまして……」

晴虎は口ごもった。

「なにしてんだよ、安西」

後部座席から三〇歳くらいの男がぴょんと飛び下りてきた。

小顔で目が細く唇が薄い若社長である。

白地のシャツとショートパンツに、オレンジ、グリーン、ライトブルーなどのカラフルなレタリングが踊っている上下そろいの不思議な服を着ている。

パジャマのようにも見える。が、レタリングの文字を組み合わせると〝LOUIS VUITTON〟となることに晴虎は気づいた。

「あ、おまわりさん、この前は」

若社長は頭を下げた。

「先日はどうも」

「これなんの騒ぎ？　鑑識とか出ちゃってさ。殺人事件でもあったの？」

興味深げに若社長は尋ねた。

「まぁ、ちょっと事件がありまして……」

「守秘義務ってヤツか」

若社長は鼻の先にしわを寄せて笑った。

「こちらの別荘に御用ですか？」

「ここ僕が買ったんだよ」

けろっとした調子で若社長は答えた。

晴虎は少なからず驚いた。

空き別荘の所有者はこの若社長だったのか。

「では、工事の下見でしょうか」

「工事のこと知ってんだ？」

問いには答えず、若社長は不思議そうに訊いた。

「ええ、先日、建築士の小宮山さんから伺いました」

「おまわりさん、ここによく来るの？」

覗き込むようにして若社長は訊いた。

「そうですね、毎日一回以上はパトロールしてます」

「なんのために？」

尖った声だった。

自分の別荘のまわりをたびたびパトロールされるのが嫌なのだろうか。

「この近辺では、最近、いろいろな事件が起きましてね」

「へぇ、そうなんだ」

若社長は晴虎の顔をじっと見つめた。

「こちらはガラス窓が破損してますよね。何者かが侵入したかもしれません」

自分自身が侵入したのにもかかわらず、晴虎は言った。

もっとも晴虎の侵入は法令による正当行為なのだが……。

「そうなの？」

若社長は、少年たちの侵入を知らないように思えた。

「もしよろしければ、建物のなかを確認してみましょうか」

晴虎はなんの気なく訊いた。

「そんなの自分で確認するからいいよ」

けんもほろろという調子で若社長は答えた。

「ざっと見るだけですが」

「やだよ」

にべもない調子で若社長は拒《こば》んだ。

さすがに晴虎は不審感を感じた。

そこまでつよく拒む理由があるのだろうか。

「二〇分くらいで済みますよ」

あえてしつこく迫ってみた。

「やだって言ってるのわかんないかな。盗まれるものなんてなんにもないし」

若社長はイライラした調子で言った。

「そうですか、いや、わかりました」

とりあえず晴虎は旗を巻いた。先日、少年たちの後を追って建物内に入った際に、内部を詳しく見ておけばよかったと悔やまれた。

晴虎は別の質問に移った。

「ところで、ここ最近、別荘にお見えになりましたか？」

「この前、あんたに会ったときだよ」

突っ放すような調子で若社長は答えた。

「あれは……七月二八日ですね」

「そうだったね。火曜日だったっけ……ねぇ、なんか大事件があったの？」

若社長は繰り返して訊いた。

「武田さぁん」

　室賀係長が呼ぶ声が響いた。

　晴虎は若社長たちに一礼して室賀係長のところに戻った。

「捜一の連中が本署に着いたそうですが、例のＳＤのデータを欲しがっておりましてね。申し訳ありませんが、駐在所に戻って頂けないかと……」

「わかりました。至急戻ります。ところで、捜一はどの係が来てるかわかりますか？」

「強行八係だそうです」

　となると、晴虎が捜査一課強行五係の主任をしていたときの部下だった江馬輝男《えまてるお》がいる。

　捜査本部の情報が入手しやすい。

「ありがとうございます。では、なにかありましたらご連絡ください」

「了解です」

　晴虎はスクーターにまたがった。

　塩崎のアルトがレッカー車に乗せられているところだった。

　野次馬たちと警察官たちと若社長たちがいて、広場はカオスの状態だった。

　さらに池畔にはロケ隊もいるのだ。

　本来ならば、この広場で混乱が起きないように整理するのが駐在所員の仕事だ。だが、捜査一課の要請は無視できるわけがなかった。

　なんの鳥か、ぎゃーっという悲鳴のような声があたりの森から響いた。

あたりの森の鳥や動物たちが驚いていることだろう。

晴虎はスクーターのスロットルに力を入れた。

砂利が鳴る音が足もとで響いた。


【3】


駐在所に戻った晴虎は、保管してあったSDをバッグにしまうとジムニーパトに乗り換えて松田署を目指した。

国道246号線で山北町との町境を越えて御殿場線沿いに東に進む。松田町庶子《そし》という変わった名前の交差点から県道72号松田国府津《こうづ》線に入って、しばらく進むと右手に四階建ての新しい庁舎が見えてきた。

二〇一六年に落成した松田警察署である。隣には三階建ての別館も建っている。

御殿場線の松田駅、小田急小田原線の新松田駅からは数百メートル離れている位置にある。駐車場からは箱根足柄方面の山がよく見える。

ジムニーパトを駐車場に入れた晴虎は、エレベーターで四階へと上がった。

捜査本部は四〇人態勢と聞いているので、捜査員が入りきれるのは四階の大会議室以外にない。

大会議室の入口に「中川橋殺人事件捜査本部」と墨書された紙が貼《は》ってあった。

捜査会議は午後四時からなので、室内は一〇名程度の人影しかなかった。

「丹沢湖駐在所の武田です」

室内に入ると明るい声で晴虎は名乗った。

「武田さん、お疲れさまです」

丸顔で目のくりっとした巻き髪の中肉中背の男が、親しげな笑みを浮かべて歩み寄ってきた。サマースーツ姿でネクタイを締めている。

「江馬くん、六月以来だな」

「ええ、意外と早く会えましたね。丹沢を抱えた特殊な地域なんで、この前出動したうちの係にお呼びがかかったようです」

「SD持って来たんだけど」

「あ、管理官がいらっしゃいます。宇佐美《うさみ》さんです」

江馬は目顔で、会議室のいちばん後ろに立ってほかの男と喋《しゃべ》っているスーツ姿の五〇歳くらいの筋肉質の男を示した。

「宇佐美管理官が仕切りか……」

晴虎はつぶやいた。

「一課長もこっちへ向かっているようですが、実は横浜市内でもコロシがありましてね。とても常駐はできないようです。宇佐美管理官の仕切りになりそうですね」

宇佐美管理官とは六月の事件のときには意見の食い違いでだいぶ睨《にら》まれた。

最終的には矛《ほこ》を収めてくれたのだが、いい感情は抱いていないだろう。

まぁ、晴虎が捜査本部に呼ばれることはないだろうが……。

晴虎は宇佐美管理官へと歩を進めた。

「宇佐美管理官、お疲れさまです」

声を掛けると、振り返った宇佐美管理官は鋭い目つきで晴虎を見た。

「なんだ、君か」

「証拠物品のSDカードを持参致しました」

「ああ、幽霊ごっこのヤツか……原《はら》、受け取れ」

「はい、お預かりします」

いままで宇佐美管理官と話していたスーツ姿の捜査員がSDを受け取った。

知らない顔なので本部捜査一課の捜査員なのだろう。

「武田、今回はおとなしくしといてくれよ」

宇佐美管理官がにやっと笑った。

「前回と違って進行中の事件ではありませんので、急いで山道をご案内する必要もないでしょう」

人質の生命が懸かっていた前回の事件とは事情が異なる。

晴虎としては捜査本部の邪魔をする気はなかった。

「その言葉を信じてるぞ。血圧が相変わらず高いもんでな、頼むよ」

宇佐美管理官は声を立てて笑った。

謎《なぞ》を解きたくなる刑事の性《さが》を抑えればよいだけなのだ。

「道案内や交通整理の必要がありましたら、ご連絡ください」

「ああ、そのときは連絡する」

宇佐美管理官は晴虎に背を向けて、ふたたび原と呼ばれた捜査員と話し始めた。

晴虎は一礼して踵を返した。

戸口付近に立っていた江馬に声を掛けた。

「うちの強行犯の室賀係長たちは戻ってきてないな」

「ええ、北川温泉の野次馬や、周辺地域の旅館や民家に聞き込みにまわっています。今回は、まず目撃証言ですからね。うちのほうからも何人か北川地区に向かわせました」

「だがな、北川地区周辺は夜間は誰も外に出ない。地取りはそれほど成果は上がらないかもしれない」

「そうかもしれませんねぇ。それから塩崎さんが住んでいた小山町にも、ここの強行犯とうちで聞き込みに行っています」

「鑑取りか」

鑑取りまたは識鑑とは、被害者の人間関係を洗い出して、動機を持つ者を探し出す捜査をいう。

「ええ、わたしは塩崎さんの周辺の者の犯行という可能性が高いような気がしてます」

江馬の言葉は、晴虎も考えていたことだ。

少なくとも、中川橋周辺で物盗りをする者など考えられない。

晴虎が赴任してから、丹沢湖駐在所の管轄区域では強盗犯はおろか窃盗犯《せっとうはん》が出たことも一度もなかった。

「ところで、江馬は捜査本部でどんな役割になりそうなんだ」

「たぶん、予備班ですね。警部補クラスは予備班配置が多いので」

かつては部下だった江馬も、いまでは昇進して警部補となっている。捜査一課内の役職は主任であった。

「それはいい」

晴虎は自分の口もとがゆるむのを覚えた。

「な、なんですか。その笑いは……」

江馬が身を仰《の》け反《ぞ》らせた。

「いや、情報を提供してもらえそうだな」

前回の事件では江馬にかなり無理をさせて、捜査一課が保有する情報を横流ししてもらった。

「やめてくださいよ。六月んときだって、寿命が相当縮まったんですから」

江馬は顔の前でせわしなく手を振った。

「まぁ、今回は俺は蚊帳の外だよ」

晴虎はのんきな声で言った。

「そうですよ、日頃のお仕事がありますからね」

だが、江馬の目から警戒の色は消えていなかった。

「ああ、今日も午後から玄倉《くろくら》地区のパトロールだよ」

「じゃあ、こっちのことに首突っ込んでる暇《ひま》ないでしょう」

「江馬の言うとおりだよ。じゃあ、またな」

晴虎はかるく手をあげて戸口へと向かった。

「武田さん、電話しないでくださいよ」

背中から江馬の声が飛んできた。

駐在所に戻ると一一時近くなっていた。

午前中のパトロールに戻るには中途半端な時刻だった。

晴虎はリビングでPCを起《た》ち上げた。

まずは塩崎の宝探しについて、なにかわかることがないかを調べた。

検索ワードに「中川城」「北条氏の財宝」「相模国の埋蔵金」などを打ち込んで検索を掛けてみた。

いくつかのサイトがヒットしたが、みんな与太話ばかりだった。

伊豆《いず》の土肥《とい》金山は北条氏の支配下にあったので、その関連の話であるとか、群馬県下仁《しもに》田町《たまち》にある物語山《ものがたりやま》に北条麾《き》下《か》の城兵が金を隠したとか……。いずれも根拠薄弱ないい加減な話ばかりだった。

だが、与太話でいいのだ。

塩崎が真実と信じ込んだ話ならばよい。

西丹沢のどこかに北条氏の財宝が眠っているという伝説があればよい。

調べるうちに、晴虎の目はあるサイトに釘付《くぎづ》けになった。

――武田信玄が北条氏から奪った金が眠る湯ノ沢城南の洞穴

晴虎は目を皿のようにしてPCのディスプレイに見入った。

この地域には湯ノ沢城、中川城、大仏城《だいぶつじょう》、河村城と続く甲州道を守る後北条氏の城郭ネットワークがあった。さらに河村城からもいくつかの城を経て北条氏の本拠地である小田原城へと狼煙《のろし》を送り続ける仕組みになっていた。

すなわち甲州道からの敵襲を湯ノ沢城でキャッチして小田原まで狼煙によって知らせていたのである。

山北町内のこの四つの城は三度の攻略に遭《あ》っている。

永禄《えいろく》一二年（一五六九）には武田信玄に攻められて落城。次いで天正九年（一五八一）には、武田勝頼の攻撃によって落城した。三度目は天正一八年（一五九〇）の豊臣秀吉の小田原征伐の際に徳川家康《とくがわいえやす》麾下の井伊直政《いいなおまさ》軍に攻められて落城している。

問題は、この二度目の落城の際のことだそうだ。

天正三年（一五七五）の長篠《ながしの》の戦いで織田《おだ》・徳川連合軍に敗れてからの勝頼は運にも見放されて年々勢いが衰《おとろ》えていた。鉄の結束を誇った武田家臣団もタガがゆるみ放しとなり、この翌年、勝頼はふたたび織田・徳川連合軍に攻められ、甲州天目山《てんもくざん》で自刃して甲斐武田氏は滅亡してしまう。

二度目の落城の際、武田勝頼軍は河村城から大量の金銀を奪って甲州へ持ち帰った。ところが、長坂光堅《ながさかこうけん》（釣閑斎《ちょうかんさい》）という重臣はすでに勝頼の将来を見限り、その滅亡を予感していた。このため、光堅は略奪金を猫ババして、武田家滅亡後の子孫の将来に備えようとした。

それを、光堅は兵士たちに運ばせて湯ノ沢城近くに隠したというのだ。

しかも、奪った金を埋めた場所を、次の俗謡に隠したという。

――朝日さし夕日輝く杉の根に黄金《こがね》千枚瓦《かわら》万枚

おまけに金を隠した兵士たちを皆殺しにしたので、その場所には「甲斐が恋しや」と泣く亡霊たちが出るそうだ。

問題は湯ノ沢城の場所だが、なんと北川温泉東方一キロの尾根筋にあったという。城めぐりファンのいくつかのサイトで紹介されていたが、道なき道を上ったところにある林の中の小さな平地が城跡らしい。

とすれば、塩崎が北川温泉付近をうろついていたり、北川の貯水池で幽霊のまねごとをしていたことの意味ははっきりしてくる。

やはり塩崎は、北川貯水池の大杉の近辺に北条家から奪った金が眠っていると信じていたのだろう。

なるほど、北川の貯水池は朝日も夕日も射《さ》す場所にある。

さらに池端の大杉だ。例の杉の木は貯水池も存在しなかった戦国期以前からあの場所にそびえていたと考えてよいだろう。

しかし、この黄金伝説は、あまりできがよい話とは思えない。

肝心の歌の文句も、どこかで聞いたことがある。

調べてみると、全国各地に存在する「朝日長者」伝説が伝承する文句をもじったものだった。もとの歌はたとえば伊豆の土肥金山の埋蔵金伝説にも使われている。

多くの伝承は「杉の根に」のところが「そのもとに」となっているようだ。

このエピソードは『景徳院殿秘《けいとくいんどのひ》録《ろく》』という書物に書いてあるという。

だが、ネットじゅうを探し回っても、そんな書物の名前は一件もヒットしなかった。

つまりはすべてが架空の与太話なのだろう。

さらに調べてゆくとおもしろいことがわかった。

犯人とされている長坂光堅は江戸期に流布した軍学書の『甲陽軍鑑《こうようぐんかん》』にも別件で猫ババをしたと書かれている。

武田勝頼は、上杉景勝《うえすぎかげかつ》と甲越同盟を結んだ際に上杉家から資金援助を受けたが、光堅はその金を一部横領していたというのだ。

光堅を犯人にしたのは、この記述からヒントを得たものだろう。

ちょっと調べれば、すぐにいい加減な作り話だとわかるのだが、ネットに慣れていない人間などは頭から信じ込んでしまうのかもしれない。

ハッと気づいて、晴虎は中川橋で収集したペンダントトップに加工した銀貨を取り出してきた。

明治時代の硬貨のサイトを見ると、手もとにあるこの銀貨が明治四〇年から大正六年にかけて発行された旭日十銭銀貨であることがすぐにわかった。未使用でなければ、二千円程度の価格で流通しているようで、たいして価値のある古銭ではない。

だが、塩崎が「朝日さし――」の歌を信じて宝探しをしていたとすれば、一種のラッキーアイテムとしてこの銀貨を所持していたことは考えられる。

この銀貨が塩崎のものである可能性は高くなった。

中川橋から突き落とされたときに、ペンダントのチェーンが切れてあの場所に落ちたのかもしれない。

まだ、地取りと鑑取りの成果はあまり上がっていないだろうが、塩崎が宝探しを巡るトラブルで殺された可能性は少なくないと、晴虎は考えていた。

昼食後、玄倉地区を中心に午後のパトロールを済ませて晴虎は駐在所に戻った。

夕方になっても捜査本部からの協力要請はなかった。

六月のときと違って緊急事態が発生しているわけではないので、当然と言えば当然だ。

中川橋での死体発見時から、偶然にもこの事件には関《かか》わりすぎてしまった。

幸いにも駐在所に問い合わせの電話等はない。地域内に死体発見の噂はひろがっているはずだが、住民たちは誰もが静観していてくれるのだろう。

しかし、外部の人間が騒ぎ出すとおかしなことになってくる。いらぬデマや憶測を防ぐためにも、この事件は早く解決されなければならない。

ふと思いついて、晴虎はGクラスの若社長について調べてみる気になった。

安西からもらった名刺を取り出して、そこに書かれている株式会社ピラトで検索を掛けてみた。

すると、買い物代行サービス事業で急成長した会社だということがわかった。

ピラトは県内の各市に拠点を設け、地域の顧客に決まった担当者をつける方針で運営していた。

顧客の性別年齢にふさわしい担当者を選ぶので、親戚か友人のような感覚で、買い物代行を頼めるという仕組みだそうだ。

食料や日用品だけでなく、高齢者の顧客などには買い物の相談にも乗るようなきめ細やかなサービスを提供して好評だそうだ。

さらに顧客の代わりに、一流ブランド直営店のセールに担当者が参戦するようなサービスも行っている。目当てのブランド品が割安にゲットできた顧客は担当者に戦友のような感覚を抱くらしい。

株式会社ピラトを紹介する経済誌のウェブ記事には、例の若社長のインタビューも掲載されていた。あの若社長は青柳頼人《あおやぎらいと》という横浜市出身の三二歳の男だった。東京大学法学部を卒業後、国内の総合商社、アメリカ合衆国の大手ゲーム開発会社などを経て四年前に国内で起業したそうだ。

昨年の年商は七億にも達しているとも記載されている。

「あれ買ってきてって、彼氏や仲よしの友だちに頼むような感覚を大切にしたいんですよ」

ウェブ記事にはそんな言葉が載っていた。

わがままな子どものような雰囲気とは違って、若き俊英起業家といった雰囲気の写真がちぐはぐに感じた。

いずれにしても、あの空き別荘にたいする不審感は消えなかった。

五時半頃になって、晴虎は、江馬の携帯に電話を入れた。

捜査の進捗《しんちょく》状況は気になった。

「ちょっと待ってください」

江馬は廊下《ろうか》に出たようだった。

まわりに晴虎との会話を聞かれたくないらしい。

「江馬、捜査会議は終わったか」

「はい、わたしはやっぱり予備班になりました。松田署の室賀係長と一緒です」

「そっちはどんな具合だ？」

「ああ、よかった」

「なにがよかったんだ？」

「また、無茶な話を振ってくるのかとビクビクしてましたから」

笑い混じりに江馬は答えた。

「俺は無茶な話なんて振った覚えはないぞ」

晴虎はとぼけた。

「へへへ」

奇妙な笑い声が聞こえた。

「なに笑ってんだ？　わかったことをかいつまんで教えてくれ」

「まず、ガイシャの塩崎六郎さんですが、年齢は六一歳です。若い頃は職を転々として、タクシーの運転手などもしていたようです。ですが、四〇代半ばくらいから御殿場市でワックスなどを作っているグリーン加工というメーカーの本社工場で勤務していて、無事に定年を迎えました。定年後も同じ会社に再雇用され、嘱託《しょくたく》の工員として勤めていました。嘱託の勤務は変動するようで、週に三日程度だったようです。口数の少ない穏やかな人柄の上に勤務態度もまじめで、社内での評判は悪くないですね。若干《じゃっかん》酒乱の傾向があったようですが、会社の人とは飲まないようにしていたとのことです。総じてあまりつきあいのよい人ではなかったみたいです」

「家族はどうなんだ？」

「かなり前に別れた奥さんが横浜のほうにいるとのことで、成人済みの息子さんもいるようです。家族に連絡をとろうとしていますが、いまのところ所在がわかりません。また、会社関係も含めて個人的に親しい友人というのも見つかっていません。小山町内の自宅内には、とくに問題となるようなものは残されていない模様です。いまのところの鑑取りの成果はこれくらいですね」

塩崎は平凡な工場労働者だったようである。

「誰かとトラブルを起こしていたっていうような話はないのか？」

「その手の情報は入っていませんね」

「クルマは引き揚げたんだろ？」

「ええ、松田署に引っ張ってきました。業者に解錠してもらったんですが、クルマからは、車検証やマニュアル以外はなにも出てきませんでした。指紋も被害者本人のものしか出てません」

「ちょっと不自然だな。身の回りのものを入れといたバッグなどは出ていないのか」

「死体と一緒に湖に投げ込んだのかもしれませんね。財布もそうですが……重さによっては浮いてこないでしょう。車内からは塩崎さん本人のものと思われる血痕が検出されました。あのクルマのなかで殴打されて殺されたという線が濃厚になってきました。検視官の判断とも矛盾《むじゅん》しません」

「地取りのほうはどうだ？」

「まったくなにひとつ情報がありません。司法解剖の結果が出ていませんが、検視官は死亡推定時刻は昨日の午前一時前後ではないかとしています。ところが、武田さんがおっしゃっていたように、夜間はあの地区は誰も外へ出ないので、目撃証言はゼロです」

江馬は浮かない声を出した。

「この地域は夜八時過ぎると、ほとんど無人地帯だからな」

「塩崎さんが、北川貯水池前広場から中川橋までクルマで移動したことは間違いないです。しかし、その時点で生きていて犯人のクルマに乗せられていたのか、すでに死んでいて死体が運ばれただけなのかもわかりません」

「殺害場所は未確定なんだな」

「まだ、わかっていません。また、二箇所のポイントの移動に使用したと思《おぼ》しきクルマも見つかっていません。塩崎さんのアルトだと思量されますが」

「二キロはあるし、中川橋付近には人家はもちろん、目的とするようなものがなにもない。塩崎さんがわざわざ歩いて移動したと考えるのには無理があるな」

「ええ、しかし、怪しいクルマを見たという証言は得られていません」

「二箇所のポイントの間には防犯カメラもないいな」

「そうなんです。さらには駐車車両のドライブレコーダーの記録などもありません」

「とっくに閉まっていたニレの湯くらいしか駐車車両はない地域だ。とにかく地取りは難しいと思うぞ」

「残念ながらそのようですね」

江馬の声は沈んだ。

「署にマスメディアは押しかけてないのか」

「幸いにもこのエリアは各社とも記者が少ないんで、初動はにぶいようです。所轄の遺体回収が早かったおかげかもしれません。それでも勘づいた連中がいるようです」

「そうだな、話がひろがるのは時間の問題だ」

「捜査本部では、明日の朝一で記者会見するそうです。そこからはちょっとした騒ぎになるかもしれません」

「日頃、平和な地区だからな……もし大きな進展があったら、教えてくれ」

「かまいませんよ……」

江馬はちょっと言葉を切って息を吸い込んだ。

「やっぱり武田さんは刑事ですよね」

耳もとで含み笑いが響いた。

「いや、俺は駐在だ」

「駐在が、どうしてコロシなんかにそんなに関心を持つんですか」

「自分の管轄内《わ》にゴミ捨てられて、黙って見てられるか」

「えへへ、そういうことにしておきますね」

江馬は電話を切った。

すでに幽霊が出ることはなくなったわけだが、北川の貯水池近辺はこれからも重点的にパトロールすべきだと考えていた。

よく言われる「犯人は現場に戻る」という言葉は、ドラマのなかの話だけではない。

刑事なら誰でも知っている事実である。

犯罪に手を染めた者は誰しも警察に捕まりたくないという不安のなかで生きている。

「現場に証拠を残してしまったのではないか?」ということは、犯人の最大の関心事なのだ。

もちろん、現場に戻る危険さを考えて、理性でその感情を抑えている犯人も少なくはないのだが……。

今夜から北川貯水池に本格的に張り込んでみようかと、晴虎は思った。

成果がなくてもいい。

どうせ勤務終了後は為《な》すべきこともないのだ。

幽霊と違って、犯人は明るさが残っている時間にはやってくるまい。

第四章　激闘！

【1】

午後七時過ぎにジムニーパトで駐在所を出た。

七つ道具のなかから必要と思われるものをザックに詰め込んであった。

北川館に立ち寄ると、ロケバスは出払っていた。

「こんばんは、武田です」

雪枝が玄関近くにいたので声を掛けた。

「あら、武田さん、こんな遅くにパトロールですか？」

「ええ、まぁ……ロケ隊は出かけているのですね」

「今夜はほとんど満月じゃないですか……それで、登山センター前の川原でロケだそうです」

「幸いにもよく晴れましたしね」

「ええ、天気予備日とっていたけど一日早く帰れそうだって……」

ちょっと言葉を切った雪枝は眉《まゆ》をひそめて言葉を継いだ。

「今朝、中川橋で死体が見つかったそうですね」

「噂《うわさ》が流れてきてますか」

「ええ、焼津集落の人から聞きました。事故なんですか？」

「わたしは捜査本部にいないので、捜査の進捗《しんちょく》状況はわからないんですよ。明日、記者発表があるので詳しいことは報道されると思います」

このくらいの嘘《うそ》は仕方ない。もっとも、江馬に電話しなければなにもわかっていなかったのだ。

「変な噂が流れないといいんですけど」

雪枝は不安そうに眉根を寄せた。

「そのあたりはわたしも気をつけていますので」

「お願いします。またキャンセルが出続けたら、うちも死活問題です。ほかのお宿さんも同じだと思いますけど」

雪枝の不安は北川温泉の誰もが抱えている思いだろう。

「警察としては全力で事件の解決につとめます」

晴虎はきっぱりと言った。

だが、捜査は難航することが予想された。言葉とは裏腹に晴虎のこころは重かった。

北川館を後にした晴虎はジムニーパトを廃旅館の駐車場に入れた。塀があって表の道路からはほとんど見えない場所である。建物内に人のいる気配はなかった。

晴虎はジムニーから七つ道具の入ったザックを取り出して背負った。さらに一本のトレッキング用ストックを手にすると、北川貯水池前広場に向かって歩き始めた。

数十メートル先の広場に着くと、昼間の喧騒《けんそう》が嘘のように静まり返っている。

駐車車両はおろか、人影は見られなかった。

雪枝も言っていたとおり、今夜は満月に近いが、月の出まではまだいくらか間がある。谷あいなので、月光が池を照らすにはあと一時間くらいは掛かるだろう。

あたりは真っ暗だった。

虫の鳴く声があちこちの草むらから聞こえてくる。

晴虎はフラッシュライトを手に、塩崎の車が駐《と》まっていたあたりに歩み寄った。

規制線テープは外されて、何ごともなかったような状況に戻っている。

広場を見まわすと、このあたりの木の蔭《かげ》の草むらがいちばん人目につかない場所だと感じられた。

晴虎はザックからモスグリーンの小さなスタッフバッグを取り出した。

なかから出てきたのは、ヘリテイジという国産メーカーのビバーク用シェルターだった。カモシカスポーツという高田馬場《たかだのばば》の登山用品店のオリジナルブランドである。ドーム型テントよりはるかにかるく小さく、トレッキングポール一本で自立する。

それでも大人ひとりが横になれるスペースが確保できる。

防水透湿素材で作られているので、防水性もそれなりにある。

晴虎はあっという間にトレッキングポールを使ってツェルトを張った。ペグダウンすると、三角形をふたつ組み合わせた、高さ九〇センチのツェルトが立ち上がった。ちょっと離れて見ると、明るめのモスグリーンのカラーのために、草むらに隠れたツェルトの存在はまったく目立たない。

晴虎は満足してツェルトに戻ると、薄手のインフレーターマットを敷いた。厚手のポリエステルでできていて内部にクッション材が入っている。バルブを開けると空気が入っていくらかふくらむ。バルブに口をつけて息を吹き込むと快適なクッション性が得られる。半身タイプのものだが、それでも地面からの冷えや湿気を防ぐためにきわめて効果的だった。

制服を着たままだし、この季節ではシュラフはなくても問題なかった。

ツェルトの入口には虫除《よ》けのモスキートネットを張った。

今夜からしばらくは、毎晩こうしてツェルトを張るつもりだった。

ひと晩なら林の奥にうずくまっていれば済む話だ。だが、数時間となるとさすがに身体《からだ》が持たない。雨が降ったら、全身がずぶ濡《ぬ》れになってしまうだろう。

横になって仮眠していても、異変が起きれば目覚める自信はあった。

晴虎は今回の事件についてつらつらと考えた。この貯水池でなにかが起きるという予感は消えなかった。

やがて満月が広場を照らし始めた。

晴虎はふたたびツェルトを確認したが、月光に照らされても草むらのおかげでそれほど目立つようには感じられなかった。

仮に誰《だれ》かがこの幕体に気づいても、農業か林業に使う器具などの覆《おお》いかなにかと見えるのではないか。

目の前に青柳社長の別荘が大きく立ちはだかっている。

もちろん、人気《ひとけ》はなかった。

あと、一〇日もすれば工事が始まる。少年たちのサンクチュアリは破壊されざるを得ない。

優奈という少女が、ふたたび聖域を見ることもできまい。

だが、それでいいのではないかとも晴虎は思っていた。

少年たちと少女の想《おも》い出は残り続けるのだ。

晴虎はツェルトに戻って、活動帽を脱ぐとマットの上に静かに座った。

月は宙空に上り、周囲の虫の声はますます賑《にぎ》やかになってきた。

いつの間にか晴虎は座ったまま、眠り始めていた。

ザザザッという砂利を擦《こす》る音が響いた。

晴虎は飛び起きて、モスキートネットのなかから外を見た。

一台のクルマが別荘の前に停《と》まっている。

スクエアで背が高いスパルタンなシルエット。

メルセデスベンツのＧクラスだった。

ダークシルバー・メタリック……安西が運転する若社長のクルマだ。

腕時計を見ると、時刻は一一時をまわっていた。

「こんな時間に、なにしに来たんだ……」

晴虎はつぶやいて、マットの上に置いておいた活動帽をかぶり直した。

いつでも飛び出せるようにモスキートネットのジッパーを下ろした。

いま声を掛けるのは得策ではない。

彼らの行動を観察してから、職務質問を掛けるべきだ。

エンジンが止まると、大柄な体格のよい男が運転席から下りてきた。さらに後部座席から華奢《きゃしゃ》で小柄な男が砂利の上に飛び降りた。

運転手の安西と青柳社長に相違ない。

晴虎の胸に、今朝の不自然な青柳社長のようすが思い浮かんだ。

なぜ、あんなにも別荘内に入らせたくなかったのか……。

安西は広場内をキョロキョロと見まわした。

幸いにもツェルトに気づいたようすはなかった。

青柳社長はスマホを手にして覗《のぞ》き込んでいる。

すぐに二人は玄関の鍵《かぎ》を開けて別荘内へと入っていった。

建物内に灯《あか》りは点《つ》かなかった。給電されていないのかもしれない。

しばらく観察していると、安西が大きな段ボール箱を重そうに抱えて出てきた。

安西はGクラスのリアゲートを開けて、段ボール箱を押し込んだ。

どう考えても、怪しいものを運び出しているようにしか見えない。

ふたたび安西は建物内に消えた。

段ボール箱の運び出しは三度にわたった。

三度目には青柳社長も一緒に出てきて、安西が玄関に施錠《せじょう》した。

晴虎はゆっくりとツェルトから出た。

安西は三個目の段ボールをしまうと、リアゲートを閉じた。

青柳社長はすでに後部座席に乗り込んでいる。

晴虎は小走りに運転席に向かう安西に近づいた。

「安西さん」

振り返った安西の目がまん丸に見開かれた。

「ち、駐在さん……」

安西の声がかすれた。

「こんな時間に別荘に御用ですか？」

「ちょっと、荷物を取りに来ました」

目を瞬《しばた》いて安西は答えた。

「さっき積み込んでた段ボール箱ですね。いったいなんの荷物ですか」

「はぁ……それは……」

安西の声は低く、唇がかすかに震えている。

「見せてもらえませんか」

一瞬、とまどいの表情を浮かべた安西だったが、開き直ったような顔に変わった。

「わかりました」

安西はあきらめたように息をついた。

先に立ってリアゲートまで歩いた。

Gクラスのリアゲートはハッチ型ではなく、左側に二個のヒンジがついたドア型だった。

安西は右手をポケットに突っ込みながら、左手をドアノブに掛けた。

一瞬、晴虎の脳裏に奇妙な違和感が走った。

だが、間に合わなかった。

いきなり、安西は右手の拳《こぶし》で晴虎の腹に突きを入れてきた。

晴虎は身体をかわした。

なんとか正面への攻撃は避けた。

だが、脾臓《ひぞう》近くに強烈な衝撃が走った。

晴虎は一メールくらい後ろで地面に背面から叩《たた》きつけられた。

受け身の姿勢をとったおかげで後頭部は打たずに済んだ。

敵は素手ではなかった。

安西はいつの間にかナックルダスターを右手にはめていた。

晴虎は立ち上がると、第二打に備えて構えの姿勢をとった。
だが、安西は運手席に走り込んでドアを閉めた。
エンジンが始動した。
ぶぉんという豪快な空ぶかし音が響いた。
Gクラスは砂利を蹴立《けた》てて広場を旋回した。
「くそっ、逃げる気かっ」
広場の出口近くに晴虎は走った。
晴虎は仁王立《におうだ》ちになって両手をひろげた。
Gクラスは晴虎に向かってまっすぐに突き進んでくる。
メインビームの強烈な光が晴虎の目を射た。
「停まれーっ」
晴虎は両手をひろげたまま、声を限りに叫んだ。
だが、Gクラスは停まるどころか加速してくる。
砂利がはぜて左右に跳ねる。
八メートル、五メートル、三メートル。
このままでは轢《ひ》き殺されてしまう。
晴虎は左方向に大きく飛んで避《よ》けた。
勢い余って地面に身体が転がった。

Gクラスは加速したまま広場を出ていった。

晴虎は立ち上がると、全速で走った。

廃旅館の駐車場に駐めてあったジムニーパトに乗り込む。

イグニッションを廻《まわ》すと、ジムニーパトは通りへと飛び出していった。

すでに前方にGクラスのテールライトは見えなかった。

「いた……」

湯ノ沢館の前あたりで、県道に入る直前の坂を上るGクラスのテールライトが見えた。

ここまでの狭い道であまり速度が出せなかったのかもしれない。

左へウィンカーを出している。

間違えて県道を北へ上がってくれれば袋小路なので捕捉《ほそく》は容易だが、安西は冷静さを失っていないようだ。

晴虎はアクセルを踏み込んだ。

運び出していたものはいったいなんだろうか。

警察官に対して暴力を振るうとは、箱の中身は彼らを破滅に追いやるものに違いない。

青柳が晴虎を別荘に立ち入らせなかったのは、あの箱の中身を守るためだったのだ。

坂を上って県道76号に入った。

制限速度の四〇キロで走行しながら晴虎はＰＳＷ無線端末のトークスイッチを入れた。

「丹沢湖ＰＢ武田よりＰＳへ。現在、公務執行妨害および殺人未遂《みすい》の被疑者を追跡中。北川温泉出口より県道76号線を丹沢湖方向に逃走中。応援を求む」

「了解、そのまま追跡されたし」

松田署からの下命を確認すると、晴虎は無線のスイッチを切った。

これからは運転に集中しなければならない。

晴虎は赤色回転灯とサイレンのスイッチを入れ、緊急走行モードに入った。

アクセルを目いっぱい踏み込む。

後輪がわずかにスリップしながら、ジムニーパトはどんどん加速してゆく。

相手はただのGクラスではなくAMG63だ。クロカン四駆のかたちをしたスポーツカーである。

V8DOHCツインターボで排気量は五〇〇〇ccを超える。

JB43型のジムニーシエラは一三〇〇cc。ふつうに考えると勝ち目はなかった。

だが、相手はこの土地の道には慣れていない。

晴虎はこの道を毎日パトロールで通っている。

どこでどの程度のRでカーブしているかも完全に頭に入っていた。

この道に照明灯がないので、コーナーの奥は見えにくい。

いくらAMG63でもそれほどの速力は出せまい。

晴虎はなんとかGクラスに追いつきたかった。

この坂道を自分の限界速度で下らなければならない。

カーブの連続で微妙なアクセルワークを要求される。

コーナーに入るときにはヒール・アンド・トウを使ってシフトダウンしながら、ギリギリのスピードで突っ込む。

後輪が流れ始める直前にカウンターを当てて姿勢を立て直す。

なんとかスムースにクルマはコーナーから出てくれた。

メータークラスターのなかで目に入るのは二つ並んだ左側のタコメーターだけだった。

直線部分のスピードは体感上では七〇キロは超えているように思う。

小塚のバス停付近で前を行くテールライトを視認した。

ゆるい左カーブに差し掛かっているが、Gクラスもかなりのスピードが出ている。

晴虎はさらにアクセルを踏み込んだ。

ヴィラ西丹沢入口のバス停あたりで、両者の距離は五〇メートルほどに縮まった。

対向車のライトが見えた。

Gクラスはなんと右車線にはみ出してゆく。

低く太いエンジン音が谷あいに響き渡った。

追い詰められておかしくなってしまったのか。

そうではなかった。

対向車は泡を食って左車線に出てしまった。

そのままGクラスは右車線で対向車をすり抜けた。

対向車のヘッドライトが目の前に迫ってくる。
このままでは正面衝突だ。
これが狙《ねら》いだったのだ。
晴虎はアクセルを踏み込みながら右へとステアリングを切った。
スピードが上がったおかげで、ジムニーパトはすみやかに右車線に出た。
ギリギリ数十センチの間合いで、対向車は左車線を通り過ぎていった。
「無茶な野郎だ……」
晴虎の額に汗がにじみ出た。
ひとつ間違えば、Gクラスが正面衝突していた。
安西はかなりイカれた男だ。
Gクラスは依然として数十メートル前を全速力で走り続けている。
二台は上ノ原集落を通過してゆく。
沿道に人家の多いところだが、さすがに家々は真っ暗で静まりかえっていた。
中川橋のバス停を過ぎたところで、晴虎は仕掛けてみる気になった。
右松田・御殿場、左林道のナビ板のカーブを過ぎた。
まもなく中川橋への分岐地点だ。
晴虎は右車線に出てすぐに左車線に戻った。
対向車のヘッドライトは見えない。

ふたたび右車線に出て中川橋分岐地点で目いっぱい加速した。
タイヤゴムの焼ける臭《にお》いが鼻をつく。
ついに晴虎はGクラスを追い越した。
先に出たところで左車線に戻る。
シフトダウンしてブレーキを踏み減速する。
Gクラスはタイヤを鳴らしながら左へ転舵《てんだ》した。
そのまま中川橋へと入ってゆく。
晴虎の読みは当たった。
安西は晴虎の大胆な運転に動顛《どうてん》して、逃げ道を中川橋に求めたのだ。
晴虎は素早くアクセルターンした。
ステアリングを右に切り中川橋へと乗り入れる。
「しめた！」
橋を渡った突き当たりでGクラスを追い詰められる。
Gクラスは右に曲がってすぐにUターンした。
右方向は玄倉へと続く玄倉中川林道の一方通行出口だ。
仮に一方通行を無視しようと思っても、すでにゲートが閉められている。
左方向へ進んだGクラスはふたたびUターンした。
通行止め、崖地《がけち》崩落の表示を読み取ったのだろう。

晴虎は、中川橋のまん中あたりでジムニーパトの鼻先を南に向けて斜《なな》め横に停めた。
ジムニーパトのボディでGクラスの進路をふさいだのだ。
橋の幅員は五メートル弱しかない。
横をすり抜けることは不可能だ。
Gクラスのヘッドライトがこちらを向いた。
ジムニーパトに向かってゆっくりと進んでくる。
安西と青柳はクルマから降りるしかない。
だが、晴虎の思惑は外れた。
Gクラスはそのままジムニーパトに向かってきたのだ。
まぶしいライトがどんどん近づいて来る。
どんという音が響いた。
同時に晴虎の全身は大きく揺れた。
Gクラスの鼻先がジムニーパトの左フェンダーにぶつかったのだ。
樹脂とガラスが割れる音が聞こえた。
バンパーとヘッドライトが破壊されたに違いない。
晴虎はあわててサイドブレーキを引いた。
だが、Gクラスはそのまま鼻先で、ジムニーパトを押し始めた。
Gクラスに比べてはるかに華奢なジムニーは、グシャグシャに壊されてしまうだろう。

しかし、本当に恐ろしいのはそんなことではなかった。
ジムニーパトはぐいぐいと後ずさりしてゆく。
ついに橋の欄干《らんかん》に押しつけられてしまった。
晴虎はアクセルを踏んだが、巨大エンジンのトルクにかなうはずはなかった。
安西は完全にイカれた男だとわかった。
いま車外に出れば、Gクラスは一旦《いったん》バックしてから晴虎に向かってくるに違いない。
そのまま轢き殺されるかもしれない。
だが、このままではクルマごと丹沢湖に突き落とされてしまう。
Gクラスの動きをなんとかして停めなければならない。
晴虎は瞬時に決断した。
右腰のケースに手をやって拳銃《けんじゆう》ケースのボタンを素早く外した。
続けて撃鉄部分の安全止めとなっている革バンドを外す。
晴虎の手のなかにニューナンブM60が握られた。
腰の帯革とはコイル状の吊《つ》り紐《ひも》でつながっている。
晴虎は左手で運手席側の窓を開け、しっかりと拳銃を構えた。
拳銃の安全装置を解除してゆっくりと撃鉄を起こす。
晴虎は引き金に掛けた人差し指に力を入れた。
バシュという音とともに、弾丸はGクラス左前輪のサイドウォールに当たった。

続けてもう一発。さらにもう一発。

空気の抜ける音が聞こえた。

左前輪側からGクラスは傾いて動きを止めた。

晴虎はジムニーパトのドアを開け、拳銃を構えたまま外へ飛び出た。

「手を挙げて出てこいっ」

晴虎は大音声に叫んだ。

安西は出てこなかった。

代わりに後部座席から青柳社長が飛び下りてきた。

晴虎から五メートルほどの距離に青柳は立ちはだかった。

手も挙げずに銃口の先に立つとはいい度胸だ。

「おまわりさん、なんのマネ？」

青柳は口を尖《とが》らせた。

「殺人未遂の現行犯だ」

晴虎は声を張った。

「なに言っちゃってんの？」

小馬鹿にしたように青柳は語尾を上げた。

「なんだと？」

晴虎の声は尖った。

「それは安西の話でしょ。僕はただクルマに乗ってただけだよ」

しれっとした調子で青柳は言った。

「君が指示したんだろ？」

「証拠でもあんの？」

青柳は吐き捨てるように言った。

すべては青柳の指示に違いない。つまり教唆犯《きょうさはん》である。

だが、いまこの場でそれを立証する手段はなかった。

少なくとも安西の供述が必要である。

「罪もない善良な市民に拳銃向けちゃってさ。それって特別公務員暴行陵虐《りょうぎゃく》罪に当たる行為だよ」

「なに……」

たしかに形式的に言えば、青柳の言っていることは筋が通っている。

悪知恵の働く男だ。

「刑法195条。七年以下の懲役《ちょうえき》か禁錮《きんこ》だよね……マズいんじゃないの？」

おもしろそうに青柳は笑った。

運転席から安西が下りてきた。

安西は青柳のすぐ横に両手をだらりと下げて立った。

「安西、おまえを殺人未遂罪の現行犯で逮捕する」

晴虎は銃口を安西に向けて声を張り上げた。

だが、安西は口をつぐんだまま、表情を動かさなかった。

「だからさ、僕に拳銃向けてちゃマズいって言ってんだよ」

青柳はふたたび小馬鹿にしたように言った。

「社長には向けてない」

晴虎の反駁《はんばく》は青柳には通じなかった。

「バカじゃないの。この至近距離で安西を撃ったら僕に当たるかもしれないじゃん」

青柳は鼻の先にしわを寄せて笑った。

拳銃の使用は厳しく判断される。晴虎のこころに迷いが生じた。

晴虎は拳銃をおろしてケースにしまった。

次の瞬間だった。

「この野郎っ」

安西が前傾して晴虎めがけて突き進んできた。

月光に右の手もとがギラリと光った。

「やめろっ」

晴虎は身体をひねり、かろうじて刃《やいば》をかわした。

ジムニーパトの鼻先で安西はさっと身体を回転させて体勢を立て直した。

拳銃を抜くいとまはなかった。

晴虎は両脇をしめて左右の肘《ひじ》を下に向け、両の掌《てのひら》を開いて胸の前で構えた。

「死ねっ」

ふたたび安西はナイフを握りしめて突進してきた。

晴虎は身体を左にひねりながら、左腕を安西の右腕に当ててスライドさせ、ナイフの切っ先を自分から逸《そ》らした。

続けて安西の右手首に右の拳で強力なパンチを食らわした。

「ぐえっ」

安西は痛みに堪《た》えかねてナイフを手放してしまった。

足もとに落ちたナイフを晴虎は右足で蹴った。

ナイフはツーッと路面を滑《すべ》ってジムニーパトのボディの下に隠れた。

晴虎は安西の右頬《みぎほお》にフックを食らわせた。

「うおっ」

ひるんだ安西の背中側にまわって晴虎は右の手首をつかんだ。

右腕をひねって背中で脊椎《せきつい》側にそらした。

「痛えっ」

安西の腕から背中に掛けては激痛が走っているはずだ。

痛みから逃れるために安西は身体を路面に伏せた。

「痛てててっ」

さらに腕をそらして晴虎は安西の右手首に手錠を掛けた。

「くそっ」

手の力をゆるめると、安西はあきらめたように地に伏したままで動かなくなった。

晴虎の額に汗がにじみ出た。

「おい、立てっ」

どやしつけると、安西は無言でよろよろと立ち上がった。

黙ってこの光景を見ていた青柳はいきなりジムニーパトの横をすり抜けた。

逃げ出すつもりだ。

青柳は県道方向へ走り始めた。

「逃がすかっ」

安西に掛けた手錠のもうひとつの輪をGクラスのドアミラーに掛ける。

晴虎はジムニーパトの後ろへ出た。

青柳の背中が小さくなってゆく。

もう迷わなかった。

晴虎は両脚をこころもち開いて、右腰のケースから拳銃を抜いた。

銃口を青柳に向けて構える。

「おい、青柳っ、逃げたら撃つぞっ」

青柳は動きを止めた。

「だから、なんの罪だよ」

青柳は背中を見せたままで叫んだ。

「殺人未遂の教唆だ」

「証拠がないだろ」

青柳は相変わらず強気で抗《あらが》った。

「そんなもんは後で調べる」

「訴えるぞ」

この状況でも脅してくるとは、たいした精神力だ。

ただのわがまま社長ではなかった。

「ああ、訴えてみろ」

晴虎は開き直って答えた。

そのとき、遠くからサイレンの音が聞こえてきた。

救いの神の登場だ。

一人で二人を捕らえるのは容易なことではなかった。

県道を走る赤色回転灯が近づいて来た。

赤色回転灯は中川橋へと曲がってくる。

ヘッドライトの灯りが青柳を照らした。

月光にシルバーメタリックの覆面パトカーが浮かび上がった。

覆面パトは青柳から五メートルほどの距離で停まった。

ワイシャツ姿の二人の男が下りてきた。

年かさの一人は松田署刑事課強行犯係長の室賀だった。

三〇歳くらいのもう一人の男は刑事らしくない端整な顔立ちだが、筋骨は秀《ひい》でていた。

「そいつは殺人未遂の従犯です」

晴虎は二人に向かって叫んだ。

「大島《おおしま》、この小僧に手錠《わっぱ》掛けろっ」

室賀が部下の刑事に声を掛けた。

ふだんの馬鹿丁寧な口調とは打って変わって、室賀は鬼刑事の素顔を見せた。

大島は素早く青柳に手錠を掛けた。

「僕はなんにもしてない。警察権力の横暴だ」

青柳はこの期に及んで抗い続けている。

室賀は青柳のあごにくいっと手を掛けて鼻の先で笑った。

「被疑者ってのはなぁ、たいてい俺は無実だって訴えるもんだぜ」

「だって、僕はなにもやってないんだ」

青柳は歯を剝《む》き出した。

「おい小僧、耳障《みみざわ》りな声をいつまでも出してると、口にガムテープ貼《は》り付けてやるぞっ」

激しい口調で室賀は怒鳴《どな》りつけた。

あ然とした表情で青柳は口をつぐんだ。

「クルマに乗れっ」

大島は青柳を覆面パトの後部座席に押し込んだ。

「もう一人いるんですよ。実行犯がね」

晴虎は室賀をＧクラスの前に引っ張っていった。

「あーあ、駐在所のパトカーひどいことになっちゃっておりますね」

室賀は派手な声を出して仰《の》け反《ぞ》った。

「こいつがゲレンデヴァーゲンであいさつしてきたんですよ」

晴虎は安西へあごをしゃくった。

「おまえの顔もこのジムニーとおんなじようにしてやろうか？」

室賀はせせら笑った。

安西はふてくされたようにそっぽを向いた。

「この男の手錠掛け直してくれませんか」

「了解でございます」

晴虎が頼むと、室賀はさっと手錠を取り出した。

ポケットから鍵を出すと、晴虎は安西の手錠を外した。

素早く室賀は手錠を掛け直した。

ガチャリと手錠が閉まる音が響いた。

「松田までドライブだ……大島、お客がもう一人いるぞ」

室賀が叫ぶと大島がジムニーの蔭から現れた。

「さ、来るんだ」

大島は力尽《ちからず》くで安西を連行していった。

「いやぁ、一日で三度もお目に掛かるとは驚きでございますな」

室賀は愉快そうに笑った。

「まったくですね。今日は不思議な日です」

「ところで武田さんね、無線切ってたでしょ？」

遠慮深い口調で室賀は訊《き》いた。

「あ、忘れてた」

晴虎はＰＳＷ無線端末の電源を入れた。

「こっちから現在位置をお尋《たず》ねしてもまったく応答ないんですから」

やわらかい口調で室賀は苦情を口にした。

「いやぁ、すみません。非常事態だったもんで」

「しっかし、超スピード事件解決とは素晴らしいです」

室賀は顔をほころばせた。

「いや……解決というわけではありません」

「え？　え？　ヤツらは塩崎さん殺しの犯人《ほし》なんですよね？」

細い目を見開いて室賀は訊いた。

「いまの段階ではっきりしてません」

晴虎はあいまいな答えを返すほかはなかった。

「え？　宇佐美管理官もそうお考えですよ。だから、すぐに行ってこいってご下命だったわけで……いったいどういう経緯でこうなったんでございますか？」

室賀は首を傾《かし》げた。

「今夜は北川貯水池前の広場にツェルトを張って、ひと晩張り込みをする予定でした」

「日勤の武田さんが？」

驚きの声で室賀は訊いた。

駐在所員は日勤で、勤務時間は午前八時半から午後五時一五分までである。

「そうです。わたしはあの場所が怪しいと思って張り込んでいました。それで一一時頃《ごろ》でしょうか。別荘所有者であるあの青柳という若造と、運転手の安西が現れたんです……」

晴虎は貯水池からのできごとをかいつまんで話した。

「それは……生命《いのち》懸《が》けではないですか……」

室賀は絶句した。

「まぁ、なんとか逮捕できましたが」

「あんまり無茶しないでくださいよ。いくらＳＩＳの猛者《もさ》だったからって、ひとりじゃあ危ない。とにかく無事でよかったです……」

「やむを得ぬ状況でしたので……ご心配お掛けします」

晴虎は頭を掻《か》いた。

「しかし、そうだとすると……」

室賀はGクラスの運転席のドアを開けてリアゲートのロックを解除すると、背面のドアを開けた。

続けてラゲッジルームの段ボール箱のテープに手を掛けて剝《は》がした。

「さてさて箱の中身はなんでしょか」

歌うように言いながら、室賀はふたを開けた。

箱のなかから黄金色の輝きが放たれた。

月光にまばゆいばかりに反射している。

「おっ、こりゃあお宝だぁ」

「金か……」

晴虎は低くうなった。

箱の中身は金のインゴットだった。

「一個目の箱で少なくとも二〇個以上は入っていますね。一個が七〇〇万円として一億四〇〇〇万円の価値になる計算です。三箱とも金だとしたら数億円ですね」

「わたしを殺そうとまでして守りたかった金だから、キナ臭《くさ》いことこの上ないですよ」

「まぁ、ロクな金じゃないことはたしかですね」

室賀はうなずいた。

ふたたびサイレンが響いてきた。

晴虎と室賀は、刑事課の覆面パトカーの近くに戻った。

覆面パトのかたわらには大島刑事が立ち、後部座席には手錠を掛けられた青柳と安西がうなだれて座っていた。

ヘッドライトが近づいて来た。

鑑識バンからは現場鑑識作業服を身につけた四人が下りてきた。

「お怪我《けが》はありませんか」

高山係長が心配そうに訊いてきた。

「おかげさまでちょっとかすり傷があるくらいです」

「ご無事でなによりです。あとで地域課がお迎えに上がるそうです」

ほかの鑑識係員も次々に武田に声を掛けてきた。

「機捜から連絡入りました。大変でしたね」

「犯人逮捕、お疲れさまでした」

晴虎は彼らに気遣《きづか》ってくれたことへの礼を述べた。

鑑識係員たちは手分けして二台のクルマの写真を撮ったりメジャーで地面を測り始めた。

「ヤツらの移送は後回しにして、お疲れのところ恐縮ですが、事情聴取してよろしいでしょうか」

室賀が手帳とボイスレコーダーを手にして丁寧に頼んだ。

「もちろんです」

「まずは事件の端緒から伺います……」

晴虎はツェルトを張ったときからこの橋までのできごとを端的に語った。

そんな間にもカメラのストロボが光り続ける。

鑑識係員と大島が現場の写真を撮っている。

「実況見分調書と供述録取書はわたしが作成します。今度署に来たときに署名押印してください」

「送検前には必ず署に顔出しします」

「わたしら、ひとあし先にあいつを引っ張って帰ります。あとでもう一度ゆっくり話聞かせて頂きますね」

「了解です。連中のことはよろしく」

室賀は冗談めかして挙手の礼をして去っていった。

ジムニーパトは自走可能だったが、鑑識の作業が終わるまで動かせなかった。

迎えに来た地域課のパトカーで晴虎は松田署へと動いた。

すでに午前二時をまわっていた。

捜査本部に顔を出せとの指示だったので四階に上がった。

大会議室はがらんとしていた。

聞き込みにまわっている捜査員以外は、隣の別館の武道場で仮眠をとっているのだろう。

前方の管理官席の近くで宇佐美管理官がほかの捜査員と立ち話をしていた。

晴虎が入ってゆくと、宇佐美管理官はいきなり声を掛けてきた。

「おい、武田。ずいぶん派手なことやらかしてくれたじゃないか」

皮肉っぽい口調だが、目が笑ってる。

「はぁ……運悪くイカれたヤツに出くわしました」

宇佐美管理官の本音が読めずに、晴虎はあいまいな声を出した。

「とにかく凶悪犯を現行犯逮捕できてよかった」

これは彼の正直な気持ちのようだ。

「ヤツらなんか口を割りましたか」

宇佐美管理官は首を横に振った。

「おたくの室賀と、うちの江馬たちが取調の真っ最中だ」

江馬が取り調べているのは好都合だ。後から話を聞き出せる。

「いまの時点では、塩崎さんの殺害との関係は不明です。職務質問したら、いきなり轢き殺されそうになったんで、追いかけた次第です」

晴虎の言葉に宇佐美管理官は渋い顔で答えた。

「残念ながら、ヤツらは塩崎さん殺しの犯人じゃない。少なくとも実行犯ではあり得ない。八月一日から昨日の朝まで青柳と安西は日本にいなかったんだ」

「あの二人には、アリバイがあるのですね」

宇佐美管理官はうなずいて口を開いた。

「塩崎さんが殺された日はずっとウクライナの首都キエフにいたんだ。新たに展開する事業に関する商談だったそうだ。このアリバイは裏が取れてる」

晴虎は青柳たちが塩崎殺害の犯人とは思っていなかった。だが、歴《れっき》としたアリバイの存在には驚いた。

「莫大《ばくだい》な量の金のインゴットを北川地区の別荘から運び出そうとしていましたが……」

「ああ、報告を受けた。さっき確認させたところ、ぜんぶで九〇個、六億三〇〇〇万円相当だそうだ。どう考えてもまともな金じゃないだろう。それを守るために武田を殺そうとしたくらいだからな」

やはりとてつもない金額だった。

空き別荘に隠していたのを、晴虎をはじめ警察がウロウロするので隠し場所を変えようとしていたものに違いない。別荘工事によって隠蔽《いんぺい》を完璧《かんぺき》にする予定だったのだろう。

晴虎が青柳に対して、別荘を調べさせろと迫ったことが功を奏したわけだ。

「いったい、ヤツらなにをやってたんでしょうね」

「ま、捜二案件だろうな」

宇佐美管理官の口がへの字になった。

捜査二課は脱税、詐欺《さぎ》・横領といった知能犯を扱う。さらに金融機関や会社の役職員が行う不正融資・背任といった企業犯罪、政治家や公務員などの贈収賄《ぞうしゅうわい》、買収・投票偽造などの選挙犯罪、さらには通貨偽造・文書偽造なども守備範囲だ。

「青柳と安西の事案については、捜査本部の手を離れるということですね」

晴虎が念を押すと、宇佐美管理官はうなずいて口を開いた。

「心配するな。武田に対する殺人未遂は捜一できっちり立件してやる。もっとも、彼らが塩崎さん殺しと無関係なおそれが強くなった以上、捜査本部は解散できん」

「捜査本部のお役に立ちたいのですが」

晴虎としてはこの事件《ヤマ》には関《かか》わり続けたかった。

「しかし、武田が動くと、とてつもないモノが飛び出してくるからなぁ」

冗談めかして宇佐美管理官は笑って言葉を継いだ。

「六月の事件で、うちの連中もだいぶ土地勘ができたし、道案内もいらないだろう。まぁ、手伝ってもらうときには連絡を入れるよ」

いずれにしても、宇佐美管理官としては晴虎に関わってほしくないらしい。

相手は警視だ。しつこくは頼めない。

「わかりました。連絡をお待ちしております」

「そうだ、小山田《おやまだ》地域課長からの伝言がある。明日は公休日にしてくれと言うことだ」

「は……どういうことですか？」

晴虎には言葉の意味がわからなかった。

「超過勤務されると困るらしいぞ。松田署の地域課は先月は超過勤務がゼロだったそうだな。今夜の武田の超過勤務の埋め合わせをしたいらしい。働き方改革は政府の方針だし、警察庁からも勤務時間短縮についてやかましく言ってきてるからな」

宇佐美管理官は身体をゆすって笑った。

二〇一九年四月から「働き方改革関連法」が施行された。その関係で警察でも超過勤務を減らすことにやかましくなっている。

地域課は三交代勤務制で会議や研修などを除き基本的に残業はない。駐在所員は日勤だが、イベントや祭礼の警備などの特殊な事情がない限り残業は少ない。緊急配備でも掛かれば、地域課員は勤務時間も休日もなしに飛び出していかなければならない。松田警察署管内では緊急配備が掛かることなどめったにない。その点、事件発生に振り回される刑事課や生活安全課などとは異なる。

先月、松田署の地域課が残業ゼロを達成できたというのは不思議なことではないだろう。

小山田辰雄《たつお》は晴虎の直属の上司で所属長でもある五五歳の警部だ。豪胆な顔つきとは似合わず、部下の者には細かく気遣いをする。

反面で細かいところにうるさい。根は悪い人間ではないが、保身的なのだ。

そんな小山田課長が、勝手気ままに働いている晴虎に目をつけるのは当然のことだろう。

ふだんは夜間パトロールなどの超過勤務については記録もせずに口をつぐんでいる。

今夜の場合には機捜や所轄が出動する事態に発展してしまった。各課で晴虎の名前を記録するしかない。超過勤務をごまかすことができなくなってしまったのである。

「明日は休めばいいんですね」

「ああ、武田の事情聴取はすでに室賀係長が済ませているから、もう帰れ」

「しかし、超過勤務をやかましく言われる事態になるとは思いもしませんでした。特捜にいたときには考えられない話ですよ」

「ま、俺たち刑事部には無縁な話だが、地域部は違うんだろうな」

宇佐美管理官は、ちょっと背を反らした。

「わたしも驚きましたよ」

「いつまでもここにいると、超過勤務が増えて小山田課長に怒られるぞ。帰って休め」

宇佐美管理官は少しつよい口調で言った。

「承知しました。失礼します」

晴虎は素直に答えて、大会議室を後にした。

小山田課長に迷惑を掛けるわけにはいかない。

だが、公休日をどうやって使うかは晴虎の自由だ。

エレベーターのなかで、晴虎は明日の時間の使い方を考え始めていた。

【2】

翌朝は珍しく七時過ぎまで寝ていた。

トーストとハムエッグで朝食を済ませてから、晴虎は江馬の携帯に電話を掛けた。

「おはようございます。昨夜は大変でしたね」

徹夜《てつや》に近い状態だっただろうが、江馬の声ははつらつとしていた。

「ま、久しぶりに忙しかったな」

「クルマごと橋から突き落とされそうになったんでしょ。ケロリとしちゃって」

あきれたような江馬の声だった。

「そんなことはどうでもいいよ。で、青柳と安西のようすはどうだ？」

「わたしが青柳を尋問したんですが、奇妙な男ですね」

「摩訶不思議《まかふしぎ》な人種ではあるな。なにか吐いたか」

「いや、一〇時からの尋問再開に期待というとこです」

江馬は浮かぬ声で答えた。

「東大の法学部出身だっていうし、黙秘権の行使か」

「だんまりじゃありません。たとえば、自分の仕事なんかについての得意げによく喋《しゃべ》ります。ただ、肝心のわたしの質問については適当にはぐらかしています」

「俺も二度ほど話したことがあるから、推察がつくな」

「もうすぐ弁護士が来ますが、ますます口が硬くなりそうですね」

「宇佐美管理官は捜二案件だと言っていたが……」

「脱税だとみています。武田さんに対する殺人未遂事案は捜一で最後までやります。莫大な金のほうについては松田署の刑事課が引き継ぐ予定です」

「で、塩崎さん殺しについてはどうだ？」

「やってないですね」

江馬は断言した。

「いやにきっぱり言い切るな」

「ええ、塩崎さん殺しの事実すら知りませんでした。中川橋で死体が浮かんでいたことも気づいていませんでしたね」

「江馬がそう言うなら間違いないだろう。実は俺も、あの二人は塩崎さんの件とは無関係だと思ってたんだ」

「やっぱり、そう思いますか」

「ああ、仮にあの金を塩崎さんに見つかっていたとしても、まずは買収する輩《やから》だよ。運び出すところを見つけた俺が警察官だから、あんな凶行に及んだんだろう」

「鑑取りから見えてきた塩崎さん像から言うと、札束ひとつもらえば黙って口をつぐむようなタイプかもしれませんね……ただ、あの二人から塩崎さんに関する供述も得たんですよ」

「おお、話してくれ」

晴虎は期待して尋《たず》ねた。

「あの二人、これまでも購入前の夜間に三度ほど、くだんの別荘を訪ねているんですよ。

人気のない場所に建つ建物を探しているのかもしれませんね。そのたびに、いつも塩崎さんらしき男があの場所を訪ねているのに気づいていました。貯水池前の広場に銀色のアルトが停まっていたって言うんで間違いないでしょう。そのうち一回はスコップを手にした塩崎さんの姿を見ています。夜の一一時頃だそうです」

「ほかに怪しい人物などは見ていないのか」

「そういう話は出ていませんね」

江馬の声はさえなかった。

「塩崎さんが深夜まで宝探しをしていたことは間違いないな」

「ま、別に新しい展開につながるわけじゃないんですけどね」

「それでも、俺が想像していたことの裏が取れた」

「はぁ、やはり宝探しのトラブルなんでしょうかねぇ。仲間割れとか」

「はっきりとしたことは言えない」

「ところで、青柳たちは塩崎さんが宝探しをしていたことは知っているのか?」

「青柳たちは宝探しの話も知らないようでした。猫の死体でも埋めにきたのか、それにしては何度もきているのは変だと思っていたと言ってました」

「なるほど……そうか……」

「ええ、青柳にとっては、お宝なんてのは新しい消費者市場に転がっているものでしょうから」

江馬にしてはうまいことを言う。

「なるほどな。とにかくいまのところ、塩崎さん事件の進展はゼロに近いな」

「ええ、残念ながら……」

江馬は声を落とした。

「ところで、変なこと頼んでいいか」

「な、なんですか」

江馬は舌をもつれさせた。

「あの別荘の所有権者を登記簿を辿《たど》って調べてほしいんだ」

「なんでそんなものを調べるんですか」

「俺にはあの別荘が塩崎さんの殺害事件と無関係とは思えないんだ」

「なんでですか？」

「塩崎さんが宝を探していたわけだから、別荘の所有者は塩崎さんの宝探しだって知っているかもしれない。もしかすると、塩崎さんと一緒に宝探しをしていた人物やライバルなんかも知っているかもしれない」

「でも、青柳たちはなにも知らないんですよ」

江馬は気乗りのしない声で答えた。

「だけど、青柳の前の所有者はどうなんだろうか。宝探しなんて何年もやっているのがふつうだろ」

「まぁ、そうですが……この前も四六年間、宝探ししている作家の人がテレビに出てましたね」

「ただの直感に過ぎないし、まぁ、無駄足になるかもしれないが」

「無駄足は刑事の通常業務ってことは、武田さんから習いましたからね……この地区の登記所ってどこにあるんですか？」

「山北町の登記を管轄しているのは、横浜地方法務局の西湘二宮《せいしょうにのみや》支局だ。東海道線の二宮駅からすぐのところにある」

「意外に離れてますね」

「東名使うと三〇分くらいだ。自分で行ってもいいが、捜査本部に属していない以上、俺の名前じゃ開示請求が認められない」

「わかりました。誰か若いヤツを向かわせますよ」

「ありがたい。恩に着るよ」

「ほかならぬ武田さんの頼みですからね……そうそう、地域課から連絡が行くと思いますが、ジムニーパト修理するのに一週間くらい掛かるみたいですよ」

「業者が手いっぱいなんだろう」

この地区の修理業者は数が多くない。

「ええ、しばらくはスクーターで動くしかないですね」

「捜査範囲は狭いから、スクーターでじゅうぶんだ」

「い、いや……塩崎さん事件は捜査本部で追いかけますから」

「そうだった。じゃあ、登記簿の件、頼んだぞ」

電話を切った晴虎は、今日の行動予定について考えてみた。

まずは北川貯水池にツェルトの回収に行かなければならない。

あのまま放置しておくわけにはいかなかった。

ついでに北川貯水池周辺をもう一度丹念に見て回ることにしよう。

ゆっくり観察し直せば、塩崎が残したなんらかの痕跡《こんせき》が見つかるかもしれない。

その後は、湯ノ沢城へでも登ってみてもいい。

貯水池よりも標高の高いところが宝探しの場所だったのかもしれない。

今日の行動は制服を着て行くわけにはいかない。

あくまでも勤務ではなく、自分の勝手な行動なのだ。

従って拳銃も手錠も携帯できない。ＰＳＷ無線端末とＰＳＤ型データ端末も置いてゆくしかない。

晴虎はアウトドアシャツとクライミングパンツに着替えた。

持ち帰った昨夜のザックよりひと廻り大きな中型ザックを持ち出す。

ジムニーパトに積んである七つ道具はそのまま修理工場だが、駐在所にもひととおりはそろっている。

登山も視野に入っているので、クライミングロープとカラビナ、ロープクランプ、トレッキングシューズなどもザックに放り込んだ。

ディオは使わずに、私物の自転車にまたがった。

ライトグリーンフレームが気に入っているカナダのルイガノ社製マウンテンバイクだ。二七・五インチのオールラウンドタイヤを履《は》いたオンオフどちらでも快適に走れるモデルである。私用で山北の町まで下るときなどに重宝している。

雲ひとつない青空がひろがっている。

積乱雲が発達すれば豪雨になる怖《おそ》れがあるが、しばらくは好天が約束されているように思えた。

晴虎がペダルを踏む足に力を入れると、マウンテンバイクはおもしろいように道のりを稼いでくれる。

中川橋を通過すると、昨夜の緊張感が蘇《よみがえ》ってきた。

ヴィラ西丹沢を右手に見て進むと、すぐに北川温泉入口のゲートが視界に入ってきた。

北川の貯水池には人影はなかった。

今日もロケは別の場所で行われているようだ。

あるいは昨夜から誰も訪れていないのかもしれなかった。

草むらの蔭に、そのままの状態で張ってあるツェルトを畳み、マットやトレッキングポールと一緒にザックにしまった。

晴虎は第二の目的である池まわりの観察に移ることにした。

マウンテンバイクに鍵を掛けて、晴虎は階段を登って池畔に出た。

何種類ものセミの声が輻輳《ふくそう》的に響いてくる。

ここにも人影はない。釣り人の姿はなかった。

まずいちばんに調べたいのは大杉の周辺だった。

――朝日さし夕日輝く杉の根元に黄金《こがね》千枚瓦《かわら》万枚
インチキと判明しているが、塩崎は歌の文句に誘われてこの池付近で宝探しをしていたのだ。大杉の周囲を観察し直すべきだ。

晴虎は池畔の細道を大杉へ歩み寄っていった。

たしかに立派な杉の木だ。

周囲に大きく幹を伸ばして、うっそうと葉を茂らせている。

木の下に立っているだけで、杉のよい香りに包まれる。

高さは余裕で一〇メートルを超えているし、胸高直径も大人が二人手をつないでも抱えられぬほどに太い。

しかし、と晴虎は疑問に思った。

例の文書によれば、長坂光堅がこの近くに宝を隠したのは、天正九年（一五八一）のこととされている。四三九年前の話だ。

その頃すでに目印になるような杉の木だとすると、少なくとも五〇〇年は経《た》っていなければならない。

スマホで国指定天然記念物となっている箒杉《ほうきすぎ》を調べてみた。

胸高直径約一二メートル、根廻り約一八メートル、高さ約四五メートルとある。

推定樹齢は県下最高齢の約二〇〇〇年だそうだ。

この杉は、箒杉の半分にも満たない大きさだ。

どう考えても五〇〇年も経っている古木のようには思えない。

この杉の木にこだわった塩崎は、やはり情報収集能力や判断力に優れた人物とは言えないだろう。

明るい夏の光のもとで杉の根のまわりを何度も観察したが、なにも目立ったものは発見できなかった。

朽ちた作業小屋の内部は、前回のときに完璧に見ているので省《はぶ》くことにした。

半径をひろげてもう一度丁寧に観察する。

「おや……」

晴虎は、杉の後ろの膝丈《ひざだけ》くらいの草むらが不自然に倒れていることに気づいた。

近づいてみると、オヒシバやクズ、ヤブガラシなどの草むらで、ところどころにオオアレチノギクがぴょんぴょんと伸びている。

屈《かが》み込んでみると、たしかに踏み跡らしい。

いた。

「そうか……うかつだったな」

前回の時にはロケ隊の休憩時間中に観察を済ませようとして、この踏み跡を見落としていた。

晴虎は踏み跡を潰《つぶ》さないように慎重に歩を進めた。

踏み跡は小屋の裏側の杉森の斜面下の崖地へと続いていた。

一・五メートルほどの低い崖の前には、カヤの仲間の草がたくさん生えている。

踏み跡はこの草むらで消えていた。

崖全体にクズが密生している。

晴虎はカヤの草むらへと足を踏み入れた。

クズの葉と葉の間に黒っぽいものが見える。

葉に覆われて正体がよくわからない。

「なんだ……あれは？」

晴虎はザックからフォールディング・タクティカルピックを取り出した。

黒いステンレス鋼で作られた、要は折りたたみ式の草刈り鎌である。

晴虎はタクティカルピックでクズの蔓《つた》を伐《き》っていった。

「なんと！」

崖地のまん中に四角い穴がぽっかりと現れた。

穴は横八〇センチ縦六〇センチほどの長方形だった。

自然の洞窟ではなく、農業か林業の道具や収穫物などをしまうために掘られた岩室《いわむろ》のようである。

晴虎はタクティカルピックをザックに戻すと、フラッシュライトを取り出した。

レッドレンザーというドイツのメーカー製のこのLEDライトは、かつて捜査一課にいるときにベテランの鑑識係員に教わったものだった。

コンパクトな割には四五〇ルーメンという明るさを誇る。単四形電池が使えるのがいいと鑑識係員は言っていた。

フラッシュライトの灯りで内部を子細に観察する。

狭い入口とは違って、素掘りの内部はかなり広いようである。

奥行きは二メートル弱で、だいたい二畳ほどの広さだろうか。

地面より下まで掘ってあって、人が立てるほどの高さがある。

がらんとしていて荷物は置かれていなかった。

マムシでも隠れていると困るので、何度も観察した。だが、マムシはおろか動物らしきものは発見できなかった。

二メートルであれば、酸素不足で窒息《ちっそく》する怖れもないだろう。

それでも晴虎はコンパクト・ガストーチに火を点けて左手に持ち、右手にフラッシュライトを持って慎重に岩室の床に下りた。

岩室のなかをぐるりと廻ってみる。

とくに息苦しいことはないし、トーチの炎にも問題はなかった。
晴虎はトーチの炎を消した。
フラッシュライトで床と壁を照らして観察する。
あちこちに土を掘ったような痕跡があった。
間違いないだろう。
ここは塩崎が宝探しをしていた場所である可能性がかなり高い。
いちばん奥の壁の下あたりの床部分を掘ってから埋め戻したような痕跡がある。
一瞬、ドキリとして、晴虎は苦笑した。
まさかこの埋め戻しの痕《あと》に北条の財宝が埋まっているわけはない。
土に湿り気が残っていることから、この埋め戻しはそれほど古いものではない。
晴虎は掘り返してみる気になった。
スコップは持っていない。
仕方がないので、タクティカルピックを使うことにした。
フラッシュライトを切って、代わりに登山用ヘッドランプを装着する。
この登山用ヘッドランプもかなりの明るさを持っている。
夜のアウトドアの生命綱《いのちづな》は明かりなのだ。
晴虎はゆっくりと土を掘り始めた。
埋め戻した場所なので、土は軟らかく掘るのは難しいことではなかった。

しばらく掘り続けたときに、登山用ヘッドランプの灯りが奇妙なものを照らし出した。

白いものが埋まっている。

胸の鼓動が高まってきた。

晴虎はタクティカルピックをかたわらに置いて、軍手で土を掘り始めた。

もちろん埋まっているものを傷めないためだ。

ポールを使っていたときよりも格段に効率が落ち、気ははやるが乱暴なことはできない。

白いものを土のなかから取り出すことができた。

「これは……」

晴虎は言葉を失った。

いま両の掌の上にあるものは頭蓋骨《ずがいこつ》だった。

差し渡しは一五センチほど、高さは二〇センチほど。

大きさからして猿のものではない。

人間の頭蓋骨だ。

女性か成人になりきっていない男性のものだと思われる。

死後、相当の時間が経っているものだろう。

晴虎は頭蓋骨をかたわらに置くと、私物のスマホを取り出した。

ヘッドランプで頭蓋骨を照らして写真を撮った。

液晶画面で確認するとまずまずの写り具合だ。

誰に報告しようかと迷った。

しかし、この岩室が塩崎が宝探しをしていた場所である可能性はかなり高い。

頭蓋骨は一度掘り出されて埋め戻されていた。

とすれば、塩崎殺しとつながっている怖れはつよい。

晴虎は江馬の携帯の番号を呼び出した。

「あ、お疲れさまです。いま捜一の若いのが二宮に着いたところです。結果はもうちょっと待ってください」

「江馬か、武田だ」

「助かるよ……だが、新たな展開があった」

「なんですか、展開って？」

あまり期待していないような江馬の声だった。

「北川貯水池の裏手で岩室を発見した。たぶん、塩崎さんが宝探しをしていた場所だ」

「へぇ、そんな場所が見つかりましたか」

江馬が身を乗り出すのが見えるような気がした。

「そこで、とんでもないお宝を掘り出してしまったな」

「え……本当に宝なんてあったんですか」

江馬は疑わしげな声で訊いた。

「そうだ、捜査本部にとってはお宝だ」

「早く教えてくださいよ。なにを見つけたんですか」

江馬は焦《じ》れた声を上げた。

「人間のものと思われる頭蓋骨だ」

「武田さん、わたしをかついでるんじゃないでしょうね？」

曇《くも》った声で江馬は訊いた。

「冗談でこんなこと言えるか……そのままちょっと待て」

晴虎は頭蓋骨の写真を江馬に送った。

「ほ、本当に……こんなもん見つけちゃって……」

しばらくして舌がもつれた江馬の声が響いた。

「刑事が死体見て驚くなよ」

「驚きますよ。場所が場所ですから。これって塩崎さん殺しとの関連が疑われますね」

江馬は興奮した高い声で言った。

「疑わないヤツは刑事《デカ》やめたほうがいい」

「とにかく宇佐美管理官に報告してきますから、しばらく待っててください」

電話は切れた。

五分ほどすると、スマホが鳴動した。

「これからそっち行きます。所轄の鑑識も連れて行きますんで」

「江馬も来るのか」

「ええ、みんな聞き込みに出ちゃってるんで。残ってる人間が少ないんですよ。わたしは予備班なんで」

「わかった。ここで骸骨《がいこつ》美人のお守りしてるよ」

「現場離れないでください。頼みますよ」

「あたりまえだ。肘鉄《ひじてつ》食って逃げられたら困るからな」

「なに馬鹿言ってんですか。サイレン鳴らして行きますんで三〇分はかからないでしょう」

「ああ、二〇キロくらいだ。県道から北川のゲート潜《くぐ》るところでサイレン切れ。地元の人が集まると困る」

「了解です。待っててください」

江馬は興奮口調のまま電話を切った。

晴虎はいったん岩室から出ることにした。

やはり、このなかにいると息苦しさを感ずる。

外へ出ると、何ごともなかったようにあちこちからセミの声が響いてきた。

二〇分ちょっとで江馬から電話が掛かってきた。

「歓迎、北川温泉のゲート潜りました」

「そのまままっすぐに進むんだ。貯水池前の広場に着いたら、左手の階段を上って池畔の細道に出ろ。大きな杉の木があるからその裏手が現場だ」

「了解です。いま旅館が何軒か建っているところです。あ、広場が見えてきました」

いくらも経たないうちに江馬と、さらにいつもの鑑識係員が四人、小屋の裏手に姿を現した。鑑識係員たちはそれぞれザックを背負っている。四人とも大型のスコップを持っていた。

「おお、ここだ、ここだ」

晴虎が叫ぶと、江馬たちは岩室へと歩み寄ってきた。

「いやいや、なんてもんを見つけちゃうんですかね。武田さんはまったく」

江馬がせわしない口調で言った。

「なんだ、刑事はおまえひとりか？」

「人が出払っちゃってるんですよ。捜査本部の連絡要員は刑事課の人間じゃないし」

「なるほどな」

「武田さん、どうしてこんなにヤバイ現場ばかりに出くわすんですかね」

高山鑑識係長が、冗談とも本気ともつかない調子で訊いた。

「さぁて、コロシの女神に愛されてるんですかね」

「そんな女神には近づいてほしくないですね」

高山係長はまじめな顔で言った。

「それにしても、非番なのに捜査ですか」

高山係長は晴虎の私服を見てあきれ声を出した。

「いや、昨夜、ここで張り込んでたときに張ってたツェルトを回収に来ただけなんですよ。ついでにちょっと周りを観察しただけで」

「はぁ……なるほど」

高山係長は二の句が継げないという顔をみせた。

「宇佐美管理官も驚きまくってましたよ。あいつが首を突っ込むととんでもないことになるってね」

江馬がおもしろそうに言った。

「俺にもそんなこと言ってたな……ま、岩室に入ってみよう……この人数だと全員は厳しいかな」

「わたしが現場保存だけ先にします。武田さん、状況説明をお願いします。その後で江馬さんが入ってください」

「わかりました」

晴虎は高山係長と岩室のなかに入った。

高山係長はザックから二基のＬＥＤ投光器を取り出して床に置いて点灯した。

充電バッテリー式のようだ。

岩室内はふつうの室内ほどに明るくなった。

掘り出した状況を説明すると、高山係長は一眼レフで頭蓋骨や岩室内の写真を何枚も撮った。

その後、高山係長は晴虎が掘り返した場所の写真を撮って、手にしたステンレス製の園芸用スコップで周辺部をほんの少し掘り起こした。

「死体はそれほど古いものとは思われません。正確なことは科捜研で分析してもらわないといけませんが、わたしの見立てでは二、三〇年がいいところでしょう」

「では、戦国時代の死体ではないんですね」

「戦国時代……ですか」

高山係長は不思議そうに訊いた。

「いえ、なんでもありません」

「最近の死体であることは断言できます。ほら、これ見てください」

高山係長の白手袋の掌には、ルビーとダイアモンドを埋め込んだプラチナらしきピアスが載っていた。

「なるほど……戦国の姫君の亡骸《なきがら》ではなさそうですね」

「ええ、これは間違いなく死体遺棄事案ですね」

「死体遺棄そのものは三年が時効ですが……殺してるでしょうね」

殺人罪の公訴時効は平成二二年の刑事訴訟法の改正に伴って廃止された。

「わたしもそう思います。これ、遺体全部埋まってるかもしれませんね」

高山係長は晴虎の顔を見て言った。

「どうしてそう思われますか？」

「頭蓋骨が埋まっていた周辺はもともと四角に切ったスペースがあったようです。つまり横穴ですね。たとえば竹竿《たけざお》とか支柱かなにかを収納する場所だったのでしょう。この頭蓋骨を埋めた犯人は、その横穴を利用したと思われます。奥行きがわかりませんが、おそらくは棺桶《かんおけ》くらいはあるのではないのでしょうか。これは一種の勘ですが」

高山係長は考え深げに言った。

「現場観察のプロが言うのだから間違いないでしょう」

「もし、そうなら丁寧な掘り返し作業が必要となります。時間が掛かりますので、捜査一課の方に先に見てもらいます。とりあえず外に出ましょう」

晴虎と高山係長と交代して江馬が岩室に入った。

高山係長はどこかに電話した後で言った。

「捜査本部の指示で遺体全部があるか確認するために、掘り返すことに決まりました」

「そりゃあ大変だな」

「ええ、相当に時間食いますよ。おい、聞いていたな」

三人の鑑識係員はいっせいにうなずいた。

岩室から江馬が出てきた。

入れ替わりに鑑識係員たちが岩室に入っていった。

「いやぁ、この岩室、まるで墓場みたいですね」

江馬はうそ寒い声を出した。

「そうだな、誰にも知れずに葬《ほうむ》られた女の墓場だな」

晴虎が答えたときにスマホが鳴動した。

「はい、江馬。お疲れ。写真撮ったな。じゃあ送ってくれ」

江馬が電話を切ると、すぐにスマホが鳴動した。

「来ましたよ。そこの別荘の登記簿謄本《とうほん》」

「待っていたぞ」

ふたたびスマホが鳴動した。

「この甲区の一番は個人だな。二番と三番、四番は業者らしいな。五番が青柳の会社か。で、二番から四番について調べたか？　おお、さすがは強行八係のエースだ」

しばらく江馬は相手の話を聞いていた。

「なるほどそうか。わかった。ご苦労さん」

土地登記簿の甲区とは所有権に関する事項が記載される部分である。

「別荘は塩崎さん殺しの件とは関係がなさそうですよ。ここ十数年は業者が所有していました。武田さんのスマホに転送しますよ」

江馬はスマホをタップした。

晴虎は転送された登記簿謄本の写真を覗き込んだ。

「一番は個人だな。武石恵子《たけいしけいこ》……女性か。一九八七年にこの武石さんが建てたわけだな」

そう言えば建築士の小宮山は築三〇年を超えると言っていた。

「ええ、保存登記もこの武石さんになっています。乙区を見ると抵当権を設定していた東《とう》洋《よう》銀行に二〇〇六年六月に売り払われたようですね。借金が返せなくなったんです。それで都内の大手不動産業者が購入して二年後に横浜市内の飲食店を経営する会社に売却しています。飲食店会社が一〇年ほど所有していて、同じ横浜市内の中規模不動産業者に売却。この不動産業者から三月に青柳の株式会社ピラトが購入してます。たぶんずっと空き家ですよ。青柳が買うまでは売れなかったんでしょう。武田さんの予想していたように、別荘の居住者が塩崎さんや仲間、あるいはライバルを見ているという可能性はほとんどなさそうです」

江馬はほっと息をついた。

乙区は所有権以外の権利に関する事項が記載される部分で抵当権や根抵当権などの担保物権が設定された場合に記入される。

「武石恵子という女性は何者だろう」

晴虎はつぶやくように言った。あれだけの別荘を建てたのだから、裕福な人間だったに違いない。

「武石さんについては調べがついていません。個人ですからね、調べるとしたら時間が掛かります」

「なんだかちょっと気になるんだ」

「二〇〇六年に手放してるわけですから、あんまり意味ないんじゃないんですか」

気のない調子で江馬は答えた。

「そこだよ。以前、この池畔に幽霊騒ぎがあったのが二〇〇五年の秋だ。月の夜に長い髪の女がふらふらと池畔を歩いていたところを目撃しているものが何人かいる。さらに、池畔に女の履き物がそろえて脱いであって、地元の人たちは身投げと考えてちょっとした騒動になったんだ」

「へぇ、時期的には符合しますね。仮に二〇〇五年の秋に武石さんという女性が身投げしたとしたら借金は返せなくなるわけですから、東洋銀行は抵当権を実行する。翌年の六月に所有権移転されてもおかしくないですね」

江馬は少しだけ関心を持ったようだ。

「もっともその後も死体は浮かび上がっていないらしい」

「つまりあれですか、武田さんは岩室内の白骨が武石恵子という女性ではないかと……」

首を傾げながら江馬は訊いた。

「いや、はっきりしたことは言えないが、その可能性もあるんじゃないかと思ってね。とにかく、その武石恵子について知りたいんだよ……そうだ」

「どうしました」

「まずは調べを頼んでみたい男が思い浮かんだ」

晴虎はスマホの電話帳からひとりの男の名前を選び出した。

かつての強行五係時代の同僚である諏訪《すわ》勝行《かつゆき》である。

現在は出世して、捜査一課特命係長をつとめている。本部の係長は警部である。特命係は未解決重要事件の検証及び捜査に関することと、強行犯捜査の特命に関することのふたつを取り扱っている。

「捜一のキムタクか？」

「おう珍しい。松田署のオダギリジョーじゃないか」

野太い声が返ってきた。

これはただ、晴虎と諏訪の年齢がふたりの芸能人と同じなだけだ。

自称するキムタクどころか、諏訪は岩に刻みつけたような鬼瓦《おにがわら》を思わせる面相の持ち主だ。

「六月の立てこもり事件んときは世話になったな」

「そう言や、《オールデイブッフェコンパス》のスイーツビュッフェをまだおごってもらってないぞ」

鬼瓦みたいな顔のくせに、諏訪はウィスキーボンボンでもひっくり返るほど酒に弱かった。その代わりにスイーツには目がない。

「すまん、近いうちに義理を果《は》たす……ところで、調べてもらいたいことがあるんだ」

「今度は《ザ・カハラ・ホテル＆リゾート 横浜》のアフタヌーンティーに格上げだぞ」

「わかった」

まったくわかっていなかったが即答した。

「みなとみらいにあるホテルだが、一日四組限定なんだぞ」

「予約しとく」

どこのホテルだかもう忘れていた。

「おまえの言うことはどうも信用できんな……それでなにを調べろって言うんだ？」

「諏訪の扱ってる未解決事件ファイルのなかに武石恵子という女性がいないか調べてほしいんだ。武士の武に、ストーンの石、恵むに子どもの子だ」

「武石恵子だな。住所は？」

「一九八七年の住所だが、鎌倉《かまくら》市鎌倉山三丁目……」

「ほう、それはいいところにお住まいだな」

「ほかには情報はない。調べてもらえるか？　名警部どの」

「前回の無茶苦茶な依頼に比べるとずいぶんと簡単な話だな。いつまでに調べればいいんだ？」

「早ければ早いほどいいが、まぁ、今日中に教えてもらえれば助かる」

「これまたゆるやかな仰せで……六月のときは、午前一時半に電話してきて、あとから四時までに調べろってメールしてきたじゃないか」

諏訪はのどの奥で笑った。

「あんときは人質の生命が懸かってたんだ。今回は白骨死体の人物照会だからな」

「なんだよ、駐在のくせに白骨死体のお守りしてんのか」

「たまたま見つけてしまったんだよ」

「ははは、おまえは事件を呼ぶ男だな。まぁ、できるだけ早く答えを出すよ。だけど、うちのデータベースに載っていなかったらそれっきりだぞ」

「もちろんわかっているさ。じゃあ頼んだよ」

晴虎は電話を切った。

「この場は鑑識さんにまかせて、そろそろ報告に戻りたいんですが……」

江馬が遠慮がちに言った。

「そうだな。俺も引き上げるとしよう」

晴虎たちは岩室で作業中の鑑識係員たちに声を掛けた。

「いったん引き上げます。どうですか、状況は？」

「お疲れさまです。やっぱり横穴が切られていて、埋まっているのは全身遺体です」

高山係長が誇らしげに答えた。

「さすがは高山さんですね」

「見てください。肋骨《ろっこつ》まで掘り出しましたよ」

岩室のなかを覗き込むと、作業が進んで、横穴のかたちがわかるようになっていた。

さらに半分ほど土に埋もれたあばら骨が姿を現していた。

「こりゃあ……」

覗き込んだ江馬が言葉を呑《の》み込んだ。

「どうした？　江馬」

「いや、さっきも言いましたけれど、カタコンベみたいですね」

「地下墓地か……そうだな」

カタコンベとは、ヨーロッパの一部の国で死者を葬った洞窟《どうくつ》や岩屋、洞穴などの地下墓地を指す言葉である。

「凄惨《せいさん》な現場は見慣れていますけど、それとは違った不気味さがありますね。死者の谷というか……」

江馬は叙情《じょじょう》的なことを口にした。

晴虎たちは池畔の道に戻った。

「おい、捜一の詩人、帰るぞ。俺は自転車だが、クルマで来たのか」

「ええ、松田署のミニパト借りてきました」

「それならいいんだが」

二人は広場に下りていった。

ミニパトと鑑識バンが停まっているだけで、人影はなかった。

「ところで、のどが渇《かわ》いて仕方ないんですけど……このあたりに自販機ありませんか」

江馬は情けない顔をした。

「ニレの湯まで行かないとないな。俺の自転車の後を従《つ》いて来い」

「了解です」

マウンテンバイクとミニパトは貯水池を離れた。

ニレの湯の玄関前に着くと、左手すぐのところに自販機がある。

「おお、コーラ、コーラ」

ミニパトから下りると、江馬は叫びながら自販機へ駆け寄っていった。

管理人の曽根にあいさつしようと思っていたら、スマホが鳴動した。

画面を見ると、諏訪の名前が表示されている。

「おまえは運がいいぞ」

諏訪の陽気な声が響いた。

「見つかったか」

「ああ、載っていた。武石恵子は二〇〇五年の秋に失踪《しっそう》している」

「失踪だって？」

「そうだ、失踪当時の年齢は五二歳だ。家族はいないが被用者から行方《ゆくえ》不明者届……あ、当時は捜索願だな……捜索願が鎌倉署に提出されている」

平成二二年、つまり二〇一〇年の四月一日から「行方不明者発見活動に関する規則」が施行された。これに伴い、「家出人」は「行方不明者」に、「捜索願」は「行方不明者届」に呼び名が変わっている。

「捜索はきちんとされたのか」

「いや、特異行方不明者じゃないからな……型通りだろう」

諏訪はさえない声を出した。

「まぁ、そうだろうな」

特異行方不明者とは誘拐《ゆうかい》などの犯罪被害に遭《あ》っているおそれがあると思われる者、自殺や他殺の危険性のある者、本人一人だけでは生活を行って行くことが困難な高齢者や子どもなど、さらには事故に遭ったと思われる者をいう。こういったケースでは警察は真剣に捜索を行う。

だが、それ以外の行方不明者ではほとんど捜査らしい捜査をしない。

警察庁の統計によれば二〇一九年の行方不明者はのべ八万六九三三人である。そのうち認知症に関わる者がのべ一万七四七九人だった。

すべての行方不明者を真剣に捜索していては、警察の機能はパンクしてしまうのである。

なるほど、それで借金を返す者がいなくなって別荘は債権者の東洋銀行によって差し押さえられ売却されたのだ。

「一九八〇年代なら大ニュースになったんだろうけどな……」

諏訪の言葉の意味が晴虎にはわからなった。

「どういうことだ？」

「武石恵子は相川慶子なんだよ」

諏訪の言葉はちょっと衝撃的だった。

「え……むかし活躍していた美人女優か」

晴虎は彫りの深いエキゾチックな美貌《びぼう》を思い出していた。

「一九八〇年代は相当活躍していただろ。俺は別にファンじゃなかったけど『道なかばの秋』『江戸町恋物語』、初鹿野監督の『ブラウヒメルな気分』なんてすぐに思い浮かぶぞ。ただし、九〇年代に自殺未遂してから人気に翳《かげ》りが出て一九九五年には引退している。その後の消息は不明だったわけだが、まさか二〇〇五年に行方不明者になっているとはなぁ」

諏訪は詠嘆《えいたん》するような声を出した。

「生きていればいくつだ？」

「一九五三年五月三日生まれだから六七歳だ。竹下景子《たけしたけいこ》や島田陽子《しまだようこ》と同い年だ。ひとつ年下だと檀《だん》ふみとか松任谷由実《まつとうやゆみ》だな」

「そうかあの世代か」

団塊《だんかい》の世代の少し下の人々だ。

「すっかり忘れ去られた女優だ。ネットではわずかなサイトしかヒットしなかった。たいした情報は得られなかったよ」

「届人は誰なんだ」

「鎌倉の家に通っていたハウスキーパーの女性だ。相川慶子が二、三日出かけてくると言い残したまま帰ってこない、別荘に電話しても誰も出ないとの第一報を鎌倉署に入れた。ひと通りの捜査はしたようだが……」

「俺のシマで見つかった白骨が相川慶子である可能性は否定できないな」

ＤＮＡを鑑定すればはっきりする。もっとも相川慶子のＤＮＡ検体を採取できる物などはもう残されていない怖れはあるかもしれないが。

「だとすれば、自殺じゃないな」

諏訪は沈んだ声で言った。

「ああ、自殺死体が一人で土のなかに潜《もぐ》るはずはないからな」

落ち込みがちな気分を変えたくて晴虎はつまらない冗談を口にした。

「頑張って犯人を挙げてくれ」

まじめな声で諏訪は電話を切った。

顔を上げると、目の前に缶コーラを手にした江馬が立っていた。

「収穫があったみたいですね」

江馬は興味津々の顔で訊いてきた。

「あの白骨の主と思われる女性がわかった」

「ほ、本当ですか」

江馬は両眼《りょうめ》を大きく見開いた。

晴虎はいま諏訪から聞いた話を江馬に伝えた。

真剣な顔つきで江馬は聞いていた。

「で、これからどうしますか？」

「聞き込みに行きたいところが出てきた」

「え、どこですか？」

「すぐ下の北川館という旅館だ。江馬も一緒に来てほしいんだ」

「かまいませんが……」

江馬はあいまいな顔つきでうなずいた。

塩崎殺しでは必要のなかったロケ隊への聞き込みだが、業界人たちだけに相川慶子の失《しっ》踪《そう》について、なにかヒントになることを知っている者がいるかもしれない。

いつの間にか厚い雲が北川温泉を覆っていた。

ひと雨来そうな空模様である。


【3】


五分後、晴虎のマウンテンバイクとミニパトは北川館に到着した。

幸いにもロケバスなど五台の車両はそろって駐車場に並んでいる。

ロケ隊は戻ってきているようだ。

晴虎と江馬は北川館の掃《は》き清められた玄関に歩み寄った。

「すみません、武田ですが」

屋内に声を掛けると、仲居の土屋がお仕着せの和服姿で飛び出してきた。

「駐在さん、先日はお世話になりました」

土屋は満面に笑みをたたえて頭を下げた。

「昌佳くんと昌弘くん。元気にしてますか？」

「はい、もう元気いっぱいです。武田さん、今日は登山センターの秋山さんみたいなファッションなんですね。リュックまで背負っちゃって」

「はぁ、今日はちょっと都合で……ところで、女将《おかみ》さんにお話があるんですけど」

「いま呼んできます」

土屋が建物に入って程なく、雪枝が露草《つゆくさ》色に小花を散らした和服姿で現れた。

晴虎は江馬を紹介してから用件を切り出した。

「実はちょっとお願いがありまして。捜査の都合でロケ隊の方にお話を伺いたいんです」

「もしかすると、中川橋のことでしょうか」

雪枝は不安そうに訊いた。

「お耳に入っていましたか」

「ええ、いまのところ北川地区では騒ぎになっていないのでよかったのですけど」

「位置的にも遠いし、大きな騒ぎにはならないと思いますよ……それで、ロケ隊のなかでまずは初鹿野監督と工藤豊澄さんにお話を伺いたいのです」

相川慶子が初鹿野監督作品で女優としての地位を確立したのは有名な話だった。芸歴が長い工藤豊澄は共演経験もあるのではないかとも思われた。二五年も前に引退した女優のことだ。少なくとも四〇代以上の者でなければ、彼女の存在も知らない可能性が高い。

残念だが、中原さゆみから事情聴取しても意味はなさそうだ。

また、こうした大物はいまの機会を逃すと、アポを取るのが面倒になる。江馬はともあれ、刑事ではない晴虎自身が事情聴取することは不可能になってしまう。

晴虎は二人から自分の耳で話を聞いてみたいと思っていた。

「監督さんと工藤さんですね。いま、お部屋でご休憩中ですが……」

眉を寄せて雪枝はとまどいの色を見せた。

「お二人が、直接、事件に関係があるというのではないのです。被害者についてご存じのことがあったら伺いたいと思いましてね。お二人とも個室ですよね」

「そういうことなんですね。もちろんお二人は個室をご用意しております」

雪枝は明るい顔に戻って答えた。

「お二人のお部屋に直接、伺いたいのです」

なるべくなら、聞き込みをしていることをロケ隊の多くの人に知られたくはなかった。

「わかりました。ご都合を伺ってきますので、しばらくお待ちください」

頭を下げて雪枝は建物に消えた。

五分ほどして戻ってきた雪枝の顔は明るかった。

「初鹿野監督さんからお許しを頂きました。工藤さんはいまお風呂《ふろ》なんで後からお願いしてみます」

晴虎たちは雪枝に続いて北川館の建物内に入った。

ロビーには誰もおらず、晴虎たちは雪枝に続いて奥の階段から二階へ上がった。

二階の廊下のまん中あたりに出た。

北川館は河内川に面した西側に部屋が並んでおり、廊下の東側は林が見える窓が並んでいた。二階の部屋数は十ほどだろうか。廊下は隅々まで掃き清められていた。ところどころで高さ三〇センチほどの陶器でできた和風照明がほのかな灯りを放っている。

二階に上がってすぐの南の角部屋の前で雪枝は立ち止まった。「丹沢山」という室名表示が出ている。

「お客さまをご案内しました」

雪枝が声を掛けると、部屋のなかから「どうぞ」といういくぶんしわがれた声が響いた。

両膝をついて雪枝はふすまを開けた。

三畳くらいの次の間の向こうにふすまがあった。

「開けて入ってらっしゃい」

晴虎は次の間のふすまを開けた。

「お邪魔します」

浴衣《ゆかた》姿の初鹿野監督が、うちわを手にして窓辺の籐《とう》椅子に座っていた。

十二畳ほどの広い部屋で、まん中には七々子《ななこ》塗の立派な座卓が置かれ四つの座布団が敷かれていた。

晴虎は江馬の脇腹を肘でつついた。

「神奈川県警捜査一課の江馬と申します」

「丹沢湖駐在の武田です」

部屋の入口で二人は警察手帳を提示して頭を下げた。

「まぁ、座りなさい」

初鹿野監督はにこやかに座布団を指し示した。

晴虎たちは下座に座った。

「わたしはビール飲みながら話を聞くが、いいかね？」

「どうぞ、ご遠慮なく」

初鹿野監督はうなずいて窓辺の背の低い冷蔵庫からビールを出した。冷蔵庫の上に置いてあるレトロな樹脂製のフードケースからコップと栓抜きを取り出し栓を抜いてコップに注いだ。

両手にビールとコップを手にした初鹿野監督は床の間を背にして座った。

初鹿野監督は晴虎の顔を見ていきなりうなり声を上げた。

「いや、あんた。武田さんだったか。いい顔しとるね」

「はぁ……わたしですか」

「そうだとも、修羅場《しゅらば》を潜ってきた男の顔だよ。さらにやさしさを失ってない。こころの奥底に愛の炎が燃えている。あんたみたいな男のシャシンを撮ってみたいもんだな」

歌うように初鹿野監督は言った。

シャシンとは活動写真を指すのだろう。初鹿野監督は古色蒼然《そうぜん》たる言葉が似つかわしい風貌《ふうぼう》だ。真っ白な口ひげと顎ひげ。長く伸ばした白い髪。御屋形《おやかた》さまと呼びたくなるような貫禄《かんろく》だ。あるいは老いた剣豪……柳生石舟斎《やぎゆうせきしゆうさい》などを演じさせたらぴったりだ。

「お言葉痛み入ります」

なんと答えてよいのか、晴虎は答えに窮した。

「とても駐在さんには見えないが、本当かね？」

「ええ、ダム管理事務所近くの神尾田にあります丹沢湖駐在所員です」

「ほう、西丹沢を背負って立つ男か」

初鹿野監督は上機嫌に声を立てて笑った。

ロケ隊到着のときには気難しく見えたが、意外と気さくな人柄のようである。

「ある女優さんのことで伺いたいのですが……」

江馬が遠慮がちに切り出した。

「おお、君は刑事くんか」

初鹿野監督は江馬の顔をじっと見つめた。

「はい、そうです。神奈川県警本部から参りました」

「捜査一課と言えばエリートだが、実に刑事らしくない風貌だ」

おもしろそうに初鹿野監督は言った。

「そうですか？」

「うん、重臣の度重なる諫言《かんげん》に苦しんでいる若殿をやらせたらぴったりだな」

江馬も答えに窮している。

「はぁ、なるほど……」

「親戚筋《しんせき》に好きな姫がいるが、重臣たちは将軍家ゆかりの姫を輿《こし》入れさせようと画策している。自分の気持ちを押し通すこともできずに悶々《もんもん》としている。そんな顔だ」

初鹿野監督はのどを鳴らしてコップ半分くらいのビールをのどの奥に流し込んだ。

「さすがは名監督ですね」

江馬がお愛想を口にすると、初鹿野監督は顔の前で手を振った。

「わたしゃ名監督なんかじゃないよ。ただ、長年撮ってきただけだ。たまには当たることもある。それだけのことだ」

話が逸れてゆくので、晴虎は無理やり本題に戻した。

「監督は相川慶子という女優さんをご存じでしょうか」

「ああ、慶子ちゃんか……」

初鹿野監督はちょっと目を伏せて沈んだ声で言った。

「ご存じなんですね」

晴虎は身を乗り出した。

「ああ、別嬪《べっぴん》だったたな。清楚《せいそ》であるのに妖艶《ようえん》という矛盾した魅力を併《あわ》せ持っていた。男のこころに忍び入ってくるなんとも言えぬ色香を持っておった。何度か出てもらったよ。慶子ちゃんがどうかしたかね？」

「ある事件の被害者である可能性が高くなっておりまして」

江馬はあいまいに答えた。

「死体でも発見されたか」

初鹿野監督は鋭い目で江馬を見た。

「いや……その……」

「だが、捜査一課の刑事がわたしんとこに来るからには、そんな話だろう。駐在さんも一緒ということは、死体が丹沢湖にでも浮かんだのではないか」

つよい口調で初鹿野監督は江馬に尋ねた。

少しも疑っていたわけではないが、初鹿野監督は白骨死体とはまったくの無関係だ。晴虎は確信した。

この人物にいい加減なことを言っても無駄だと晴虎は思った。

「丹沢湖には浮かんでおりませんが、管内で正体不明の遺体が発見されました。ある事情から、二〇〇五年に失踪した相川慶子さんの遺体である可能性が出て参りました」

「そうか、一五年も前に行方不明になっていたのか……」

初鹿野監督は声を落とした。

相川慶子の失踪自体を知らなかったようだ。

「はい、それで、監督が相川さんについてご存じのことがありましたら伺いたいと思いまして。とくに最後にお会いになった頃のことを中心に伺えれば」

晴虎は静かに訊いた。

「八〇年代は大変に人気者だったんだがな……。悪い男に振り回されて、ボロボロになってな。挙げ句の果てに自宅の風呂でリストカットをした。危ないところをマネージャーに助けられたんだ」

「悪い男ですか？」

「あるフリーのプロデューサーだ。慶子ちゃんは本気だったんだ。その男に愛されていると思い込んでた。だが、その男は要するに慶子ちゃんを金のなる木としか思っていなかった。散々搾《しぼ》り上げたあげくに、若い女優と駆け落ちしてしまった」

「相川さんは大きく傷ついたんですね」

「そうだ、だが傷ついたのは彼女のこころだけではなかった。女優相川慶子の名前が大きく傷ついた。彼女は独身だったが、相手の男には女房子どもがいた不倫だった。そもそもマスメディアは慶子ちゃんが男を妻子から奪った悪女だと決めつけて報道した。さらに、自殺未遂事件をきっかけに、人気がどんどん落ちていった。慶子ちゃんは相次ぐ仕事のキャンセルでもう一回参ってしまってな。この業界を去った。才能もあったし、ほかの誰にもない魅力に満ちていた女優だったのだが」

淋《さび》しそうに言って初鹿野監督はコップの残りのビールを飲み干した。

「引退したのは一九九五年、つまり二五年前なのですが、その頃の相川慶子さんの経済状態はどうでしたか？」

「年に何億と稼いでいたからな。いくらあの男に搾り取られたからと言って、一生食うに困らないくらいの金を持っていたと思うな。もっとも収入がゼロなわけだから、派手に暮らせばあっという間に食い潰してしまったとは思うが……」

監督は二杯目のビールをコップに注《つ》いだ。

「その悪い男に捨てられた後に、相川慶子さんがつきあっていた男性などの噂は聞いていませんか？」

「さてな、わたしは聞いていないね。彼女が引退した頃はとにかく忙しくてな。自分の家に帰るのも年に一ヶ月やそこらだった。だから、悪いが引退した女優に関心を持っている暇はなかったよ」

初鹿野監督は苦笑しながら、コップに口をつけた。

「ずばり伺いますが、相川慶子さんを殺害した人物について心当たりはありませんか」

一番知りたかったことを晴虎は単刀直入に訊いた。

「ない」

初鹿野監督は言葉に力を込めて断言した。

「ありませんか」

晴虎は念を押した。

「彼女は本当はとても心根のやさしい子だった。だから自殺未遂などしたのだ。人に恨まれたり殺されたりするような女ではないよ」

　初鹿野監督はひげに白い泡をつけて答えた。

　目顔で追加の質問があるかを尋ねたが、江馬は小さく首を横に振った。

「貴重なお時間を頂戴《ちょうだい》しました」

「ありがとうございました」

　二人が礼を言うと初鹿野監督はにっこりと笑った。

「いや、ロケ中はよその人と喋る時間がないから楽しかったよ。ところで、武田さん。映画に出る気はないかね？」

　初鹿野監督の顔はまじめだった。

「お言葉はありがたいのですが……」

「そうか、その気はないか」

「はい、わたしは駐在の仕事が気に入っていますので」

「またいつか会おう」

「はい、ぜひ」

　晴虎と江馬は戸口で一礼して「丹沢山」の部屋を出た。

　階段のところで雪枝が待っていた。

「工藤豊澄さんがお部屋でお待ちになっています」

「ご案内頂けますか」

雪枝はうなずいて廊下を歩き始めた。

遠くから雷が鳴る音が低く轟《とどろ》く。

雨が降ってくるかもしれない。

反対側の角部屋まで進むと「河内川」という室名表示が出ていた。

廊下の突き当たりには緑地に白文字の避難口誘導灯が光っていた。

「女将でございます。お客さまをご案内しました」

雪枝が声を掛けると、室内で人の動く気配がした。

いきなりふすまが開いて黒いTシャツに短パン姿の工藤豊澄が顔を出した。

「いらっしゃいませ。さ、さ、入ってください」

工藤豊澄は愛想よく言うと、親指を後ろに立てて室内を指さした。

晴虎たちはあいさつを返して室内に入った。

「いやぁ、驚いたな。記者さんやリポーターなら珍しくないけど、警察の人とはね。ま、ま、座ってください」

快活に言いながら、工藤は下座に座った。

戸惑いつつも、晴虎と江馬は床の間側に座らざるを得なかった。

メイクを落とした工藤の顔は、昨日のロケ現場とは別人のように見えた。

苦渋に満ちた素封《そほうか》家のイメージはひとかけらもなく、どこか軽佻浮薄《けいちょうふはく》な男の雰囲気を漂わせていた。年齢も五歳くらいは若く見えた。

「あれぇ、駐在さんですよね。昨日お目に掛かった」

晴虎の顔を見て工藤は素《す》っ頓狂《とんきょう》な声を出した。

「はい、丹沢湖駐在の武田です。昨日はロケ現場《げんば》にお邪魔致しました」

晴虎は警察手帳を提示して頭を下げた。

「そうか、同じ字を書いて、警察ではゲンジョウでわたしらの業界ではゲンバですね」

工藤は声を立てて笑った。

思っていた以上に陽気な男であるようだ。

「わたしは本部捜査一課の江馬と申します」

江馬も警察手帳を提示した。

「わたしも捜査一課にはなんども所属しましたよ。警視庁ですがね」

「え……」

江馬は目を瞬いた。

「もっとも警部補役はなかったなぁ。たいていは脇役の巡査部長でした」

工藤はにっと笑った。

たいていの市民は警察官が訪れると、かなり緊張するものである。

警察手帳の身分証明書欄に記載された階級までを読み取る工藤はなかなかしたたかだ。

「おくつろぎのところ、申し訳ありません」

晴虎は形式的に詫《わ》びた。

「いや、撮影はほとんど終わりましたからね。いいんですよ。ところでなんで今日は私服なんです？　駐在さんも日によっては刑事になるんですか」

工藤は冗談めかして、太い眉を上げ下げした。

「そういうわけでもないんですが……」

晴虎は工藤が冗談を言い続けて自分のペースに持ち込もうとしていることに気づいていた。

とつぜんの警察官の来訪に少しも動揺していない。その点では、初鹿野監督も一緒だったが、工藤の場合には自分が優位に立とうとしている。

プロの刑事に対して無駄な努力なのだが、こういうタイプは嘘を吐《つ》くこともままある。

晴虎は警戒心を強め、工藤の観察に力を注ぐことにした。

「今日、こちらへ伺ったのは、ある女優さんについてご存じのことがあれば、伺いたかったからです」

江馬が口火を切った。

「女優ですか……」

工藤は無表情に答えた。

「はい、すでに引退なさっていますが、相川慶子さんという女優さんです」

江馬の質問に工藤ののどぼとけがピクリと動いた。

驚きを感じたなど感情的に動揺している場合に見られる反応だ。

「よく知っていました。近年は会っていないですよ。でも、相川さんの話をなぜ僕に聞きにおいでなんですか」

工藤は不思議そうに訊いた。

「映画・テレビ界で長くご活躍の工藤さんなら、同じ時期に活躍されていた相川さんのことをご存じだと思いまして」

江馬は如才なく答えた。

「でも、もう彼女が引退してずいぶん経ちますよね」

「はい、一九九五年、つまり二五年前には引退なさっています」

「そうでしょう。いまさら、なんで相川さんの話が出てくるんですか？　謎《なぞ》ですね」

工藤はいささか大げさなくらいに首を傾げた。

晴虎は少しずつ真実を突きつけてみるべきだと思って口を開いた。

「相川さんはいまから一五年前の二〇〇五年に失踪しており、いまだに発見されておりません」

「そうなんですか。行方不明ということも知りませんでした」

驚きの顔で工藤は晴虎を見た。

工藤の瞳《ひとみ》は左右に細かく振幅している。

緊張状態をあらわす身体のサインである。

「実は相川さんが失踪した頃に所有していた別荘がこの近くにあります。昨日のロケ現場だった貯水池下の広場の端に建っています」

晴虎は工藤の目を見据えて言った。

「へぇ、そんな別荘ありましたっけ」

これは工藤の失言である。いくらロケに意識が集中していても、あの別荘に気づかぬはずはない。

とぼけた声と裏腹に工藤の目には怒気が感じられた。

工藤がなにかを隠しているとしか晴虎には思えなかった。

ゆっくりと手帳を開いてペンを取り出した。

刑事がメモをとると、質問されていた相手は大変に緊張する。

なにをメモされているか気になって仕方がないのがふつうの人間だ。

実はたいしたことを書いていない刑事も少なくはない。

要は質問する相手にプレッシャーを掛けるための手段なのである。

「ロケバスが駐まっていたあの広場の池に向かって左手ですよ。お気づきになりませんでしたか」

皮肉な調子で晴虎は訊いた。

だが、演技力に秀でた俳優だけに、敵もさる者だった。

「ああそう言えばなにか建物がありましたね。それにしても相川さんの別荘だったなんて偶然ですね」

体勢を立て直したか、工藤はゆったりとした笑みを浮かべた。

「相川さんは一九八七年にあの別荘をお建てになっていましてね。失踪の翌年の二〇〇六年、抵当権を実行した東洋銀行の手によって第三者に譲渡されました。山北町の不動産登記を管轄するのは横浜地方法務局の西湘二宮支局なのですが、捜査員が二宮まで行って登記簿を閲覧《えつらん》して摑《つか》んできた事実です」

晴虎は捜査が進捗していることを匂《にお》わせたのだ。

「へぇ、刑事さんって大変なんですね。でも、なんでそんな話を僕にするんです？」

工藤はふたたび明るい声で訊いた。

なかなか手強《てごわ》い相手だ。

「別荘についてなにかご存じかなと思いましてね」

「知るわけないでしょう」

工藤の声は尖った。

「ご存じないですか」

「いまも言ったように、僕は昨日の広場に別荘があったことも知らなかったんですよ。招かれたこともありませんからね。まして相川さんが引退してから後に別荘が誰かの手に渡ったことなんてなんの関心もありませんよ」

工藤は吐き捨てるように言った。

ここは感情的になっても問題ないと工藤は判断したようだ。

たしかに知らないと言っていることを何度も尋ねられれば、誰だって腹を立てる。

「わかりました。工藤さんは相川慶子さん所有の別荘については何もご存じないと」

晴虎はペンを走らせながら念を押した。

「知りませんよ」

ふくれっ面をして工藤は答えた。

だが、これも演技かもしれない。

「相川さんとは長年会っていないとお話ししているのに、どうしてこんなおかしな質問をされるのか、それもくどく重ねて問われるのか、僕には理解できません。あまりに失礼ではないですか。僕にも考えがありますよ」

工藤は冷静な口調ではっきりと抗議を口にした。

江馬は黙って成り行きを見守っている。

急に激しい雨が降ってきた。

北川館の屋根に雨の当たる音が響いている。

ここまでの問答で、晴虎は工藤が相川慶子の死について、なんらかの事実を知っていると確信していた。刑事としての晴虎の長年の経験と勘が、工藤の態度に滲《にじ》む拭《ぬぐ》いきれない後ろ暗さを見出《みいだ》していたのだ。

となれば、さらに厳しく問い詰める必要がある。

「先日のロケのときにはお答えできなかったのですが……昨日、ここから河内川を二キロちょっと下った中川橋付近の丹沢湖で死体が揚がりましてね」

晴虎は工藤の目を見据えて塩崎の死の事実を突きつけた。

「し、死体ですか」

工藤は舌をもつれさせた。

これは誰でも驚いて当然だ。

「おそらくは撲殺された後で遺棄されたものと考えられます。つまりは殺人事件です。実はわたしはその殺人事件の捜査をしています。先日、北川貯水池のロケ現場にお邪魔したのもその関係です。だから、捜査一課の江馬も出張っているというわけです」

かたわらの江馬がかるくあごを引いた。

「ああ、なるほど」

「ところで、その死体こそ、工藤さんがお尋ねになっていた幽霊の正体ですよ」

工藤は目を瞬いた。

額に汗が噴き出ている。

北川貯水池のロケ現場で工藤が幽霊騒ぎについて尋ねてきたときに感じた違和感の正体が、いまこそはっきりと現れてきた。

「意味がわかりませんが……」

「被害者は小山町在住のSさんという方なんですがね。幽霊のふりをして誰かを脅かしていたらしいんです」

「馬鹿なことをする男だな……でもなんで僕にそんな話をするんですか?」

不服そうに工藤は訊いた。

「北川貯水池の幽霊にご興味がおありだったのでしょう?」

晴虎は工藤の目を覗き込んで訊いた。

「そりゃあね、幽霊話となりゃ興味はありますよ」

工藤は晴虎の視線を跳ね返すような勢いで答えた。

「どうやらSさんは、相川慶子さんの失踪事件とも関係がありそうなんですよ」

「へぇ……そりゃあびっくりだ」

工藤は型どおりの驚きの表情で答えた。

「わたしも驚いています。でも、どうしてあなたはSさんが男性だと知っているんですか?」

晴虎は工藤にフックをかました。

「え? どういうことですか?」

工藤は訊かれた言葉の意味がわかっていないような顔で答えた。

「あなたはいま『馬鹿なことをする男だな』と言いましたよね?」

晴虎は声の調子を上げて問い詰めた。

「北川館で噂を聞いたんですよ。あの池に何度か男の幽霊が出たって」

平然とした顔で工藤ははっきりと嘘を吐いた。

これも工藤の失言だ。雪枝をはじめ北川館の人々は丹沢湖に浮かんだ死体と北川貯水池の幽霊が同一人物の塩崎であることを知るはずがない。従って性別など知るよしもないはずだ。

「それはないはずですよ」

晴虎は厳しい口調で否定した。

「なんでですか？」

けげんな顔で工藤は訊いた。

「北川館をはじめ、近隣の住人で北川貯水池の幽霊が男だったことを知っている人はいないはずです」

語気をつよめて晴虎は問い詰めた。

「じゃあ僕の勘違いだ。なんとなくそう思ったんですよ」

だが、工藤はふたたび平静な表情を作った。

やはり俳優は手ごわい。

「一五年前の幽霊は、女の姿を演じていましたがね」

晴虎は工藤の目をまっすぐに見て言った。

「なんの話です？」

工藤の顔つきがいきなり無表情に変わった。

演技をするゆとりがなかったのだろう。ここは突っ込みどころだ。

「ああ、失礼。一五年前、相川慶子さんが失踪した直後にも、あの池畔に何度か幽霊が出没したんですよ。北川館でこの噂は聞きませんでしたか?」

晴虎はゆっくりと訊いた。

「いいえ、知りません」

平らかな声で工藤は答えた。

ふたたびするりと逃げられた。

「これはわたしの推理に過ぎないんですがね、Sさんは一五年前に現れた幽霊を演じた人物を脅迫するために、幽霊のふりをしていたように思うんですよ」

晴虎は新たな言葉で工藤を揺さぶった。

「武田さん、いい加減にして下さい。わけのわからない話ばかりしても、僕にはなにがなにやらさっぱりわかりませんよ」

工藤はうんざりしたような表情で答えた。

「ご不興を買ったようですが、もうひとつ大事なことをお伝えしますね」

晴虎は深刻な顔でゆっくりと言った。

「な、なんですか」

工藤はかるく身を仰け反らせた。

これは演技ではないようだ。

「昨日のロケ現場に大きな杉の木がありましたね」

「ええ、わたしと中原さんはあの杉の木をバックに撮影してましたからね」

「実はあの杉の木の背後の崖には岩室があります」

「え……」

工藤の瞳孔《どうこう》が少し開いた。

驚きの感情が呼び起こす反応である。

「自然の洞窟ではなく農業か林業用に人為的に掘られたものです。お気づきになりませんでしたか」

「そんなの知りませんよ。僕は池畔の道しか歩いていないんですから」

いくぶん早口で工藤は答えた。

「知らないですか」

「知りませんよ。わけわからない話ばかりされて不愉快ですよ。もういいですか？」

工藤は座布団から腰を浮かせ掛けた。

「まぁ、続きを聞いてください。岩室内には横穴がありましてね。そこになにが埋まっていたと思います？」

「さぁ？」

工藤の声はかすれた。

「白骨死体ですよ」

「は、白骨死体……」

工藤の顔がこわばった。

これは誰でも驚いて当然の場面である。

しかし、あのロケ現場のすぐ近くで白骨死体が出たからという驚きなのか、それとも白骨死体を警察が見つけてしまったことへの驚きなのか、二種類の答えが考えられる。

「そう、警察のほうで掘り出しましてね。DNA鑑定に廻すことになってます」

晴虎は工藤の目をつよい力で見据えた。

「DNA鑑定ですか」

工藤の声はかすれた。

「はい、そうすれば、我々の予想している人物の死体であるかどうかがはっきりします。もっとも、二週間以上は掛かりますがね」

晴虎はさらっとした口調で静かに言った。

「だ、誰の死体なのですか……」

「もちろん相川慶子さんですよ」

「そ、そんな……」

工藤は絶句した。

顔色もすっかり血の気を失っている。

「彼女が殺されただなんて」

工藤はうつむいて額を抑えた。

はっきりとした失言だ。晴虎は相川慶子が亡くなったと言ったが、殺されたとは言っていない。

「すみません、のどが渇いたんでコーラかなんか飲んでいいですか」

工藤は懇願《こんがん》するような口調で言った。

「どうぞ、ご遠慮なく」

晴虎の言葉にかるくあごを引いて立ち上がると、工藤は窓際の冷蔵庫に歩み寄った。

「あれ……なんだ、これ？」

調子はずれの声を出して、工藤は壁の電話を手に取った。

「あ、『河内川』の工藤ですけどね、冷蔵庫が調子悪いみたいなんですよ。女将さんに氷持って来てほしいんだけど」

内線電話を切ると、工藤は窓辺の籐椅子に腰掛けた。

落ち着きなく髪の毛や顔を触っている。

晴虎はしばらく工藤のするがままにさせておいた。

もうあとひと押しだ。

尋問を続ければ、工藤は真実を語り始めるという感触を晴虎は得ていた。

三分もしないうちに雪枝が氷の入ったアイスペールを手にして現れた。

「申し訳ございません」

雪枝は会釈して部屋に入ってきて、アイスペールを座卓に置いた。

「ああ女将さん、この冷蔵庫ちょっと見てくださいよ。ぜんぜん冷えないんだ」
工藤は立ち上がって雪枝へと振り返った。
「どうしちゃったのかしら」
雪枝は工藤のそばに寄って屈み込み、冷蔵庫のドアハンドルに手を掛けた。
そのときだった。
冷蔵庫の上のフードケースに工藤が手を掛けた。
工藤の身体が小さく震えている。
（なんだ？）
晴虎は違和感を覚えた。
次の瞬間、工藤はフードケースのふたを開け、キラリと光るものを手にした。
部屋に備えてある果物ナイフだ。
（まずいっ）
晴虎は立ち上がったが、ひと足遅かった。
「きゃあああっ」
雪枝の叫び声が響いた。
工藤は左手で雪枝の首に手をまわし、右手でナイフを突きつけた。
反射的に晴虎は立ち上がって、部屋の戸口を塞《ふさ》いだ。
江馬も同じような姿勢をとった。

「そこをどけっ」

せいいっぱいの力で工藤は声を張り上げた。

「工藤、馬鹿なマネはやめろっ」

大音声で晴虎は叫んだ。

「どけと言ってるんだ。言うこと聞かないとこの女の首を刺すぞっ」

工藤は鋭い声で言い放った。

晴虎はほぞを嚙《か》んだ。

まさか工藤がこんなかたちで自暴自棄になるとは思っていなかった。

工藤は晴虎の予想以上に自分の感情を抑えつけていたのだ。

感情が爆発して、理性を完全に失ったとしか思えない。

ナイフの刃は雪枝の首もとに当てられている。

引き切られたらおしまいだ。

雪枝が失血死する怖れはつよい。

工藤が冷静になるのを待つしかない。

「聞こえないのか。そこをどかないかっ」

ふたたび工藤はヒステリックに叫んだ。

背に腹は代えられず、晴虎は身体を後方へ退《しりぞ》けた。

江馬もこれに倣《なら》う。

工藤はこちらに顔を向けたまま、雪枝を引きずるようにして背中から戸口へと進んだ。

晴虎と江馬は一定の距離を保って後を追った。

廊下へ出た工藤はすぐのところにある非常扉を開けた。

雪枝を引きずったまま、工藤は扉の外へと消えた。

「行くぞ」

晴虎と江馬は扉から外へ出た。

外は横殴《よこなぐ》りの雨になっていた。

あっという間にずぶ濡れになった。

非常階段を下りきった工藤は雪枝を駐車場へと引きずっていた。

雪枝は顔を空に向けて苦しそうにして、痛ましい姿を見せている。

晴虎たちは旅館のスリッパを脱ぎ捨て、靴下で非常階段を駆け下りた。

銀色に塗られた鉄のステップがけたたましい音を立てた。

晴虎たちが地面に下りると、砂利を蹴立ててロケ隊の赤いムーブが出ていった。

鍵が挿《さ》しっぱなしだったのだろうか。

「ミニパトで追うぞ」

「了解っ」

二人はミニパトに飛び乗った。

「俺が運転する」

「頼みます」

晴虎はイグニッションを廻して外の道へと走り出た。

ムーブはすでにはるか前方を走っている。

だが、県道へ出るまではスピードを出すことはできない。地域のお年寄りがふらふらと出てくるかもしれないし、子どもが飛び出す怖れもある。

歯がゆい思いで、晴虎は県道への出口を目指した。

「おい、捜査本部に連絡を入れろ」

晴虎は江馬に指示した。

「そ、そうですね」

江馬は車内に備えられているPSW無線のトークスイッチを入れた。

「松田12よりPS、北川温泉で人質拐取《かいしゅ》事件発生。犯人は県道76号線を西丹沢登山センター方向へ逃走。現在、北川地内で追跡中。道路封鎖、および追跡の要ありと認む。さらに万が一に備えて救急車の出動を要請する。松田12よりPS、繰り返す……」

すぐに応答があった。

「PSより松田12。追跡を継続されたし。随時状況を報告せよ。繰り返す……」

それから管内のパトカーの交信が入れ乱れて入って来た。

ほとんどのパトカーが北川温泉を目指しているはずだ。

ただ、一〇キロ圏内を走行中の警察車両はいないだろう。到着には一〇分以上は掛かる。

下手《へた》をすると、二〇キロ圏内くらい離れないとパトカーがいないかもしれない。

まずは自分たちが対処するしかない。

歓迎ゲートのところをムーブは右に曲がった。

「しめたな。右へ曲がれば袋小路だ」

県道を遡《さかのぼ》ったところで、数キロ先の用木《ようき》沢出《ざわで》合《あい》で道路は終わっている。

どこへ逃げることもできないのだ。

「た、たしかに……」

逆に言えば、そんな判断もできないほど、工藤は興奮しているということだ。

雪枝の身が案じられてならない。

県道に入った。赤いムーブはカーブの向こうに消えて見えない。

雨は激しく降り続けている。

大粒の雨がフロントガラスに叩きつけるように当たっている。

晴虎は赤色回転灯とサイレンのスイッチをオンにした。

派手なサイレンの音が響き渡った。

アクセルを踏むソックスの足の裏に力を入れる。

このクルマはミニパトといっても軽自動車ではなくリッターカーである。車種はトヨタのパッソだった。正確には小型警ら車という。

恐ろしい速度でミニパトは県道を北上し始めた。

「うわっ、ぶつかりますよっ」

江馬が叫んだ。

「大丈夫だ。しっかり捕まってろ」

「もう、怖いなぁ」

ニレの湯が右の車窓に通り過ぎてゆく。

ここからしばらくはカーブ続きだ。

ムーブを視認することは難しいだろう。

比較的直線部分の多い西丹沢橋付近まで行けば、視認できると思っていた。

だが、西丹沢橋を渡っても、秋山のいる西丹沢登山センターを通り過ぎても一向に赤いムーブの姿は見えなかった。

緊急走行中のパトカーにも制限速度はある。交通機動隊などの交通取締用四輪車だけは例外だが、一般道と片側一車線の高速道路は八〇キロ、片側二車線以上の高速道路は通常一〇〇キロを超えることはできない。

さらにこの豪雨である。いくら晴虎でも八〇キロを出せるところは限られていた。

工藤はかなり無茶な運転をしているに違いない。

ステアリングを切り損ねて事故を起こさなければよいが……。

晴虎を大きな不安が襲った。

県道76号は登山センターから先は林道扱いになる。

人家はすっかり見えなくなり、いくつものキャンプ場を通り過ぎてゆく。
ついにミニパトは舗装路の終端部分である用木沢出合まで辿り着いた。
だが、ムーブの姿はなかった。
舗装路を真《ま》っ直《す》ぐ進むと白石沢《しらいしざわ》方向だが、すぐ先で車両通行止めになっている。
まさか途中の道路から河内川に転落したのではあるまいか……。
いや違う。
ムーブは右へ曲がったのだ。
右の未舗装路は用木沢公園橋まで続いて、数十メートルで自動車道路は終わっている。
晴虎は右へとステアリングを切った。
「いた！」
江馬が叫んだ。
右手に空色の変わった橋が見えてきた。
その手前で、左の林に突っ込むようにしてムーブは停まっていた。
晴虎はムーブのすぐ後ろにミニパトを停めた。
土砂降りの雨のなか晴虎たちは外へ出た。
ムーブのエンジンは廻っていたが、工藤たちの姿は見えない。
「どこへ行ったんだ……」
ちょっと見まわしたが、二人の姿は見えなかった。

「ここからは靴下で歩くというわけにはいかない。俺は靴を持っているから」

「そ、そうですね。わたしには歩けません」

江馬は気弱な声を出した。

「とりあえずクルマに入れ」

晴虎はふたたびミニパトに入ってザックからトレッキングシューズを取り出して手早く履いた。

「おまえは捜査本部や本署との無線係だ。なにかあったら俺はおまえの携帯に連絡する」

「了解です」

晴虎はレインウェアを羽織ってひとりで外へ出た。

沢の水音がごうごうと響いている。

嫌な予感がする。

すでに雨が降り始めてから一時間以上は経っている。

沢の水が増えている怖れがある。

西丹沢では雨が降ればまわりの山から一気に水が流れ込んできて、短時間で川が増水する。上流の山あいで降った雨が数多くの沢を伝わって山裾《やますそ》へ下り、河川に集まってくる。集まってきた雨水は、あっという間にふだんの何倍もの水量となって川を轟き下ってくるのである。

実際に西丹沢では、この河内川や東側の玄倉川で水難事故が発生し、たくさんの貴重な生命が失われているのだ。

六月の泰文の遭難で、晴虎はその恐ろしさを身をもって知った。

晴虎は登山道をゆっくりと歩き始めた。

この東海自然歩道は用木沢沿いに遡って犬越路《いぬごえじ》を経て、檜洞丸《ひのきぼらまる》や大室山《おおむろやま》への登山道に続いている。

まずは用木沢公園橋を渡る。十数段の階段を上ると踊り場があって、やや左に曲がってふたたび十数段を上る。ここから水平に沢を渡るアーチ橋となっている。

「ああっ」

水平部分まで歩みを進めた晴虎は思わず叫び声を上げた。

左手の用木沢に黒いTシャツに短パン姿の男がうつ伏せに倒れている。

工藤豊澄だ。

沢の右手に突き出ている平たい岩の上に工藤はいた。

まったく動かず、生死の別もわからない。

すでに沢の水量はふだんの何倍も増え、茶色い濁流《だくりゅう》が渦巻《うずま》いている。

「雪枝さんはどこだっ」

晴虎はあたり一面を見まわした。

露草色の和服姿が視界に飛び込んできた。

雪枝は左手の登山道脇に何本か固まって生えている木々の根に引っかかっていた。

こちらに身体の脇を向けた雪枝もピクリとも動かない。

いまの段階では生死不明だ。

ただ、高低差がないので、大きなダメージは受けていないはずだ。

とにかくまずは雪枝を救助しなければならない。

晴虎は橋を渡り終え、直角に左に曲がったところに設けられている急傾斜の階段を上っていった。この階段も橋と同じように空色に塗られた鉄の手すりが設けられている。

二人はこの階段から落ちたようだが、ふつうは手すりが守っているので落下することはないはずだ。

階段の木の床板にも雨水がざぁざぁと音を立てて流れ落ちている。

「女将さぁん」

雪枝を見上げて、晴虎は沢の音にも負けじと大声で叫んだ。

雪枝の身体がピクリと動いた。

続けて雪枝は、自分の引っかかっている木の枝を両の手でしっかり捕まえた。

晴虎の気持ちはパッと明るくなった。

一五段ほど上ったところで、雪枝が引っかかっている木の真上に出た。

高低差は七〇センチほどだった。

この場所なら、直接に雪枝の身体に触れて抱え上げることができる。

しかも仮に落ちてもすぐ下の木に引っかかってくれるはずだ。

「いま助けますから、そのまま枝をしっかり掴んで動かないで」

晴虎の声に雪枝は右横に顔を向けて声を出した。

「ありがとうございます」

「よかった」

晴虎は小躍りしたい気分だった。

しっかりした声が出せている。

「わたしがロープを出します。それを頼りにご自分で上ってこられますか」

「驚いたんでちょっとぼーっとしてしまっただけなんです。木の枝で腕をひっかいたくらいで、たいした怪我はしていません」

「頭などは打っていないですね」

「はい、大丈夫です」

和服なので引き上げるには工夫《くふう》が必要だ。

晴虎はザックをかたわらに置き、クライミングロープとグローブを取り出した。

ロープを、巻き結びでしっかりと手すりに結びつける。自在結びで長さを調節して、用意ができた。

「では掌を守るためにグローブをはめましょう」

晴虎は真下にいる雪枝に呼びかけて、ひとつずつ革グローブを渡した。

晴虎自身は軍手を両手にはめて、ロープを両手で持った。

「ロープを出しますよ」

「わかりました」

雪枝は両手でロープを摑んで登り始めた。

すぐに晴虎の手がしっかり届くところまで登ってきた。

「さぁ、ロープから片方ずつ手を離して手すり子という縦の棒を摑みましょう。まずは右手です」

雪枝は右手で手すり子を摑んだ。

「続けて左手で縦棒を摑みます」

雪枝は左手で手すり子を握った。

「今度は笠木《かさぎ》という横棒を摑みますよ。片手ずつです。まずは右手から」

雪枝は右手で笠木を摑んだ。

「右足を上げてこの階段の床の縁《ふち》に足を掛けます」

言われたとおりに雪枝は足を掛けた。

「続けて左手で笠木を摑み、左足を床の縁に掛けます」

雪枝は両手を手すりの笠木に掛け、両脚を階段に掛けることができた。

「もう大丈夫です」

言葉と同時に雪枝は手すりを乗り越えて、晴虎の立つ内側に立った。

「申し訳ありませんでした」

晴虎は深く身体を折った。

雪枝は目を大きく見開いて首を傾げた。

「どうして、助けてくださったのに……」

「わたしが工藤を追い詰めたばかりに、あの男は自棄《やけ》になってあなたを人質に取ったのです」

「いいえ、武田さんが謝ることではありません。武田さんはお仕事をきちんとなさっただけでしょう。悪いのはすべてあの人です」

「そう言って頂ければ救われます」

「工藤はここでわたしを刺そうとしました。もみ合っているうちに二人とも階段から外へ飛び出してしまったのです。許せない男です」

「そうでしたか」

「でも、助けてあげてください。川原まで落ちてしまって……あのままでは下手をすると流されてしまいます」

「もちろん助けます。工藤には自分の犯した罪をきちんと償《つぐな》ってもらわなければなりません」

晴虎はきっぱりと言った。

「よろしくお願いします。どんなことがあっても、まだうちのお客さんですから」

毅然《きぜん》とした態度で雪枝は言った。

この言葉に、晴虎は感じ入っていた。

旅館は宿泊客の生命身体には責任がある。

自分を拐取し傷つけようとした男であっても客には違いないということだ。

雪枝の職業意識は見上げたものだ。

「一人で歩けますか？」

「大丈夫です」

「雨がひどいです。下でパトカーが待っています」

「いいえ、わたし武田さんと一緒にいます」

「しかし……」

「工藤を救助するときにお役に立つかもしれませんから」

「そうですか、ではよろしくお願いします。とりあえず橋へ戻ります」

晴虎と雪枝は階段を下りていった。

橋上に立った晴虎は、下の川原を見ろした。

「おお、生きている」

平たい岩のまん中で工藤はへたり込んでいた。

「工藤、生きているなぁ」

晴虎は声を限りに叫んだ。

工藤は小さくうなずいた。

「怪我してるのか?」

「足の骨を折ったらしい。動けない」

泣き声半分で工藤は答えた。

自力で動けないとなると、工藤を吊《つ》り上げるしか救助する方法はない。

スリングは何本か持っているので、工藤の身体に巻く簡易ハーネスを作ることはできる。

だが、足場がない橋の下のことである。救助のために川原へ下りたら、道具を使わない限り、晴虎自身も上がってこられない。

電動の専用レスキューツールか、せめてハンドウィンチがなければ手も足も出なかった。

ジムニーパトであればレスキューツールを積んであるのだが、いまは修理工場だ。

サイレンの音は一向に聞こえてこない。応援のパトカーの到着には時間が掛かりそうだ。

雨は上がった。

だが、増水はワンテンポ遅れてやって来る。

恐ろしいのはむしろこれからだった。

晴虎は、用木沢の濁流をもう一度観察した。

水位はますます上がっている。

このまま放っておいたら、数十分後には工藤は濁流に呑《の》み込まれてしまう。

ここは秋山に頼るしかない。

登山センターからここまでは二キロだ。

秋山が装備を調《ととの》えて到着するまで一〇分と掛からないだろう。

晴虎はスマホを取り出した。

「はい、西丹沢登山センターです」

美輝の明るい声が耳もとで響いた。

「駐在の武田です」

「あ、先日はどうも」

「緊急事態なんだ。秋山さん頼みます」

「わ、わかりました」

すぐに秋山のはつらつとした声が聞こえた。

「武田さん、どうしたんです？」

「用木沢公園橋直下に落ちた人がいるんだ。要救助者はたぶん足を骨折していて動けない。助けてもらえないか」

「いますぐ行きます」

秋山の緊張した声が響いた。

「吊り上げなきゃならないんだ。そっちにレスキューシステムありましたっけ？」

「バッテリー作動する電動のがあります。ハーネスとかクライミングロープとかスリングも持って行きますよ」

晴虎はホッとした。

秋山はレスキューツールの使用法にも習熟しているに違いない。

「さすがは秋山さんだ。橋の入口にパトカーが停まっているから、そこにいる男を荷運び要員に使ってください」

「わかりました、でも一人で持ってけますよ」

「用木沢の水かさが上がってるんだ。それが心配です」

「飛んでいきます」

秋山は電話を切った。

「秋山さんが来てくださるんですね」

雪枝が明るい声を出した。

「ええ、必要な道具を持って来てくれます。心配しないで」

晴虎は雪枝を安心させようと明るい声を出した。

道具が来れば、工藤を吊り上げることは難しくはない。

だが、問題は水位である。

鉄砲水が起きたら一巻の終わりだ。

晴虎は橋の下を覗き込んだままだ。

工藤は相変わらず座り込んだままだ。

「もうすぐそこから助け出すからな」

晴虎は大きな声で励《はげ》ました。

続けて自分が懸垂下降《けんすい》をするための用意を始めた。

ここは足場がしっかりした橋上なので、滑落《かつらく》の心配はない。

自分で自分の身体を確保するセルフビレイの手順は省略できる。

ザックのなかに自分の懸垂下降用の道具は入れてあった。

晴虎はハーネスを左右の足から通してセットし、何工程ものロープワークを済ませて、懸垂下降の準備を整えた。

ちょうどそのとき、大型ザックを背負った登山服姿の秋山が現れた。

秋山は和服姿の雪枝を見て口をぽかんと開けた。

「女将さん……なんで？」

「いろいろありまして」

「お着物が泥だらけですよ」

「お気遣いありがとうございます」

雪枝はにっこり笑って答えたが、秋山が納得できたはずはなかった。

「どういたしまして。向こうから見えましたが、落ちた人は登山者ですか？」

いぶかしげに秋山は訊いた。

そもそもこんな場所から滑落する者はいない。

「いいえ、犯罪者です」

雪枝はまじめな声で答えた。

「え、冗談言ってないですよね？」

「本当です。さっきまでわたしの首にナイフ突きつけてた人なんです」

「そうなんですか……まぁ、道具出しましょう」

納得しないまま、秋山は作業に入った。

ザックからはさまざまな救助道具が飛び出してきた。

荷揚げ用の電動ウィンチとよく似たレスキューシステムが燦然《さんぜん》と輝いている。

秋山が見事なロープワークで、橋の手すりをアンカーにして、あっという間にレスキューシステムの用意を調えてくれた。

晴虎は工藤の分のハーネスを手にして、懸垂下降に入った。

高低差も一〇メートルほどだ。それほど緊張することなく、晴虎は工藤のかたわらに降り立った。

「た、助かった。このまま川に流されるんじゃないかって気が気じゃなくて」

半身を起こした工藤はペコペコと頭を下げた。

「急がないとそうなるぞ」

「本当か……」

工藤の声がかすれた。

晴虎は蛍光イエローの樹脂製ハーネスを工藤の前で掲げて見せた。

「このハーネスをパンツ穿《は》くような感じで両脚から入れるぞ。怪我が痛かったらちゃんと言うんだ」

「わかった」

ハーネスを装着する間、工藤は何度か顔をしかめたが、悲鳴は上げなかった。

続けて晴虎はレスキューシステムのカラビナに工藤のハーネスを接続した。

「秋山さん、上げてくださいっ」

「了解です」

秋山がレスキューシステムのスイッチを入れると、モーターが作動し始めた。

「うわっ」

身体が宙に浮いたことに驚いて、工藤は叫び声を上げた。

「橋に上がるまで、静かにしてろ」

晴虎は宙吊りの工藤に注意した。

じれったいほどゆっくりと工藤は上ってゆく。

やがて橋の高さに辿り着くと、秋山と雪枝が力を合わせて工藤の身体を手すりから橋板の上に抱え入れた。

工藤は橋上に寝かされた。

ここまで来れば、救急隊のストレッチャーに乗せることができる。

「武田さん、要救助者オーケーです。今度は武田さんですよ」

秋山がレスキューシステムのロープを下ろし始めた。

ゆっくりと下りてくるロープがもどかしい。

背後の川上から押し寄せる激流はさらに水位を上げている。

ロープがハーネスと接続できるギリギリまで下りてきた。晴虎は自分のハーネスにレスキューシステムのカラビナを接続した。

「秋山さん、上げてくれっ」

「了解」

モーターがうなって晴虎の身体は宙に浮いた。

「うわっ」

濁流がつま先を濡らし始めた。

水位はどんどんと上がっている。

「まずいぞっ」

一メールくらいまで上がったところで、同じくらいの高さで濁流が襲ってきた。

このままだと晴虎の身体は流されて濁流に呑み込まれてしまう。

晴虎はレスキューシステムのロープをしっかりつかんで両脚をできるだけ高く上げた。

両脚をロープに掛ける。

まるで猿のような恰好《かっこう》で背中を下にして晴虎は宙空を上がってゆく。

背中が水面ギリギリになった。

濁流のしぶきが背中を濡らす。

晴虎の額から首回りに汗が噴き出した。

だが、幸いなことに晴虎と濁流の水面の距離は離れ始めた。

晴虎はほっと息をついた。

しばらくして晴虎はロープから両脚を離し、通常の姿勢に戻ることができた。

「間一髪《かんいっぱつ》でしたね」

すぐ上で秋山が安堵《あんど》の声を出した。

晴虎は橋の手すりを勢いよく越えて、橋板に立った。

「お帰りなさい」

雪枝が手ぬぐいで晴虎の顔を拭《ふ》いてくれた。

「ただいま」

晴虎は雪枝に向かってにっこりと笑って答えた。

「馬鹿野郎は元気か？」

晴虎はかたわらに横たわっている工藤に声を掛けた。

「生きてます……」

工藤は息も絶え絶えに答えた。

遠くからいくつかのサイレンの音が響いてきた。

いつもは耳障りなその音が、晴虎には子守歌のように聞こえた。

第五章　聖域

【1】

救急車は工藤をいちばん近い玄倉の緑仁会西丹沢診療所に搬送した。山北町にも松田町にも救急搬送できる総合病院はない。設備が整った病院は遠すぎた。

晴虎と江馬は北川館で身体《からだ》を流して、雪枝に貸してもらったジャージに着替えて診療所を目指した。

「頭部と胸部、腹部もレントゲンを撮ったけどね、損傷はなさそうだよ」

板垣医師はのんきな調子で言った。

「じゃ、両脚だけか」

「そう、両脚大腿骨《だいたいこつ》の単純骨折だけね。当分は歩けないから、逃げることもできないだろうが」

「運がよかったな」

「高低差は一〇メートルくらいあったんだろう。斜面の転げ落ち方がよかったんだな。まぁ念のため、明日にでもうちの本院に移送して、ＣＴをとったほうがいいと思う」

本院は小田原市内にある。

「移送についてはは本部に連絡しとくよ」

「ああ、よろしく頼みます」

「面会してもかまわないね」

「どうぞ。整形外科の患者は口は回るからね。その分には困らないだろう」

板垣は静かに出ていった。

いつも冗談の絶えない板垣だが、いつになく口数が少なかった。

工藤のこれからの運命を考えて暗い気持ちになっているのだろう。

晴虎と江馬は、工藤の個室に向かった。

ドアの前のパイプ椅子《いす》に地域課の名前を知らない若い巡査が座っていた。

「お疲れさまです」

巡査は晴虎たちの顔を見ると立ち上がって身体を折った。

病室のドアを開けると、窓の外には緑色の丹沢湖が見えてなかなかいい景色だった。

すでに雨は完全に上がって、斜光線が湖面を輝かせていた。

両脚をギプスで固定された工藤がベッドに横たわっていた。

「武田さん……」

工藤は晴虎の顔を見て言葉を詰まらせた。

「両脚だけで済んでよかったな」

「はい……ありがとうございました」

蚊《か》の鳴くような声で工藤は礼を述べた。

おあつらえ向きにベッドから一メートルほど離れて二客のパイプ椅子が置かれていた。板垣が気を使って用意してくれていたのかもしれない。

晴虎と江馬は並んで椅子に座った。

江馬はICレコーダーを取り出し、ノートをひろげた。

「録音してもかまわないか」

「ええ、かまいませんとも。こうなった以上は、もう往生際《おうじょうぎわ》の悪いことはしません。どこへも逃げられないしね」

自嘲《じちょう》気味に工藤は答えた。

「すべての事情を聞かせてもらおうか」

晴虎はゆっくりと口火を切った。

「もうわかっているでしょうけれど、貯水池裏の岩室《いわむろ》から出たという白骨死体は、相川慶子……武石恵子のものです。殺してあそこに埋めたのは僕です。それから、塩崎を殺して中川橋から丹沢湖に突き落としたのも僕です」

あきらめきったように、工藤は平らかな声で答えた。

「なぜ、二人の人間を手に掛けたんだ？」

晴虎は静かに訊《き》いた。

「まずは、恵子のことから話します。僕と恵子はある時期、恋人同士でした」

工藤は記憶を辿《たど》るような目つきになった。

「やはりそうだったんだね」

「ええ、それも二度です」

「どういうことなんだ？」

「最初に恵子に出会ったのは、僕がまだ藤沢《ふじさわ》市内の県立高校二年生のときでした。一九八五年のことです。出会いはまったく偶然だったんです。その頃、僕は鎌倉市の腰越《こしごえ》一丁目というところに住んでいました。で、部活は剣道部だったんですけど、ある秋の日、部活で遅くなって帰るときに、恵子とおかしな出会いをしたんです」

工藤はのどの奥で笑った。

「どんな出会いだったんだ？」

「僕の家は江ノ電《えのでん》の鎌倉高校前駅裏の高台にありました。あの駅はいまはなんとかの聖地とかなってますけど、当時はただのマイナーな駅でした。駅の裏っ側に古い墓地がひろがってるの知ってますか」

「ああ、江ノ電にはよく乗るからな」

妻の沙也香も父も母も鎌倉は極楽寺《ごくらくじ》のはずれにある海の見える寺の墓地に眠っている。

沙也香の月命日には極楽寺駅から歩いて墓参りに行くことが多い。

「腰越共同墓地っていうんですけど、駅から僕の家に行くにはあの墓地の西側にあるやたら長い階段を上っていくんです。で、その日も七時過ぎかな。暗くなってから、墓地の横を歩いていたら妙なうめき声が聞こえるんです。全身に水を浴びせられたようなってたとえがありますけど、僕も背中に鳥肌が立ちました。でも、あの年頃《としごろ》の男って強がるじゃないですか。おまけに剣道部だったから、俺《おれ》はサムライだ。幽霊だったら退治してやるくらいな気分でした。それで墓場に入っていったら、女がひとりうずくまってうめいてるんですよ。近づいてみると、酒臭いのなんの。ただの酔っ払い女だったんですね。その頃流行《はや》ってたスタジャンにジーンズだったんだけど、なんだかすごい美人なんですよ。だけど、苦しみ方がふつうじゃない。勇気を出して背中さすったんだけど、ゲロゲロ吐いちゃって……ヤバイと思ったから、駅まで走って戻って電話ボックスから一一九番通報したんです。そしたら、なんの因果か、僕が弟だと間違えられて一緒に救急車に乗せられまして、大仏の近くの鎌倉病院ってとこまで行く羽目《はめ》になりました。これが恵子との出会いです。彼女はその頃、人気の絶頂だったんですよ。あまりに忙しくて精神的に追い詰められていた。それで、病気だって嘘《うそ》ついて仕事を放《ほう》り出して、昼から墓場で海見て酒飲んでたのがその日だったんです。で、翌日には本人からお礼の電話が掛かってきて、鎌倉で会うことになりました。彼女は鎌倉山ってとこに住んでたんです。で、その彼女の家に行って……まぁ、そのつきあうことになったんです」

工藤はあいまいに笑った。つまりその日から男女の関係になったという意味だろう。

「高校生の君がか？」

「ええ、僕が一七歳、恵子は三二歳でした」

「一五歳違いといっても、高校生にとっての三二歳はずいぶんと歳上《としうえ》だろうな」

「そう、とてつもない歳上です。まさに大人の女ですよ。僕の知らない世界をいくらでも知っている。しかも彼女はただの女じゃない。大人気女優です。僕は本当に夢中になりました。彼女のためなら生命なんてちっとも惜《お》しくないと本気で思い続ける毎日でしたね」

晴虎は気づいていた。恵子の話を始めてから、工藤の口調は変わった。

歳上の女に甘えている若者のような稚拙《ちせつ》な喋《しゃべ》り方が続いている。無意識に高校生の演技をしているのだろうか。そうだとしたら、役者とは不思議な生き物だ。

「鎌倉山の家には通いのおばあさんしかいませんでした。広い家だからマネージャーなんかが来るときには隠れる部屋はいくらでもありました。僕は彼女が会ってくれるときには夜中にも家を抜け出して原チャリで会いに行きました。本当に夢のような毎日でした。そんな変則的で無理のある暮らしでしたが、都内の中堅私立大学の経済学部に合格しました。そうなると、親の目が届かないから、彼女の家に入り浸《びた》りです」

「恵子さんが北川貯水池の別荘を建てたのはその頃かな？」

「はい、僕が大学に入った年です。彼女はあの別荘を半分僕の合格祝いのつもりで建ててくれたんです。それで、しょっちゅうふたりで遊びに行ってました。あんな奥まった場所なんで、世間から隠れて愛の日々を過ごすには最高でした。春は池畔にお弁当を持っていってお花見です。夏なら蛍《ほたる》が舞い飛ぶ庭でビール飲んだり、秋は池畔で月見しながら夜釣りなんかしたりして、冬は庭に置いたアウトドアストーブの前で日本酒飲みました。近所に家がないから大音量で音楽掛けてふたりで踊ったり。本当に楽しい想《おも》い出ばかりでした。後年、彼女はあの別荘で過ごした日々が人生で最高に幸せだったって言ってましたね。恵子はあの別荘を『ふたりの聖域』と呼んでいたのです」

工藤の声が沈んだ。

偶然とは恐ろしい。相川慶子と少年たちが同じ聖域という言葉であの別荘を表現していたとは……。

「そのうちにどういうわけか、恵子が僕に役者になれって言い出したんです」

「そうか、俳優を目指したのは彼女の奨《すす》めだったのか」

「ルックスもスタイルもいいし、表現力も備えているから絶対に成功するって言ってくれて。僕もその気になったんで、オーディション受けまくって。恵子がいろんなアドバイスくれました。オーディションに受かるためのさまざまな技術についても繰り返し教えてくれたんです。彼女のおかげで、スターライトプロモーションってとこのオーディションに受かって大学三年のときからテレビに出始めました」

「トレンディドラマでも主役級をつとめてたんだよな」

「ええ、二〇歳からの七年くらいはすごく順調でした。実は蔭《かげ》で恵子がいろんなプロデューサーとかにさりげなく推薦《すいせん》してくれていたんです。それで年々人気も上がっていきました。ところが、二六歳のときに僕が新人タレントと浮気しちゃったんです。タレントって言うかグラビアアイドルですね。一八歳の娘《こ》で若い肉体の魔力に負けたわけです」

工藤は少しも悪びれずに言った。

「それで恵子に追い出されました。当時、彼女は四一歳になっていて、自分の魅力が衰えてきていることを気に病んでたんで、僕の浮気はどうしても許せなかったみたいです。恵子の後ろ盾《うしろだて》を失ったせいでもないんでしょうが、二七歳くらいから僕の人気がどんどん落ちてきて……一時期は飲食店のバイトしないと食ってけない状態になりました。グラドルはさっさとほかの男優に乗り換えましたよ」

工藤は自嘲的に笑った。

「その頃から、彼女の人生にも影が差したんだね。初鹿野監督から聞いたよ」

「ええ、僕と別れてから窪田《くぼた》廉英《きよひで》っていうろくでもないプロデューサーとつきあって、いい加減な投資話などで金を騙《だま》し取られたりして……初鹿野監督から聞いたなら、彼女が自殺未遂して結局は引退する羽目になったことも知ってますよね」

「ああ、一九九五年のことだそうだね」

「そうです。でも、それでも彼女は数億の資産は持ってたんで、別荘も手放さなかったんですよ」

「なるほど、あなたはそれからどうしてたんだ?」

「それでも芸能界があきらめきれなくて、ドラマの端役などを受けて地味に活動していました。そんな頃に、偶然にも渋谷で飲んでたときに恵子と再会したんです。あれは……二〇〇二年の春でしたか。すでに彼女も五〇前のいい年になっていました。それでもまだじゆうぶんに魅力的だったのです。で、僕たちはあの貯水池の別荘でたびたび逢《あ》い引きするようになりました」

「そうか、それが二度目のつきあいか」

淋《さび》しそうに工藤はうなずいた。

「恵子は二人の聖域が戻ってきたと大はしゃぎでした。ところが、彼女は妙な女性整体師に取り込まれて資産をどんどん巻き上げられていったのです。またもインチキ投資話でした。懲《こ》りてないのが信じられませんでした。僕は真っ向から反対したのに少しも耳を傾けなくて、すっかり嫌気が差してしまいました。ちょうどその頃です。『特捜ルーキー２００３』っていう連続ドラマで、主演の村木《むらき》正剛《まさたか》の先輩刑事役をもらったんですよ。それでブレイクして。仕事が入りまくってきたんです」

「性格俳優として名を成したというわけだね」

「おかげさまで昨日まではね……今日からはただの犯罪者ですが」

工藤は暗い顔で言葉を継いだ。

「僕が仕事で当たってくると、恵子が荒れ始めて……その頃は完全にもうアルコール依存症に罹《かか》っていたんだと思います。酔っ払うと些細《ささい》な口げんかから大ごとになって物を投げつけてくるようなこともしょっちゅうで。僕も仕事に影響を与えたくないから、彼女のところには寄りつかなくなりました。そう、二〇〇三年の暮れくらいからまったく会ってないですね」

「それで、なぜ、相川さんとトラブルになったんだ？」

「二〇〇五年の十五夜の日です。そう忘れもしない、一〇月一七日ですよ。夜中に彼女から電話が掛かってきました。別荘にいるけど、これから死ぬって脅《おど》すんです。そのようすが狂言じゃなさそうなんで、さすがに心配になって北川の別荘にクルマ飛ばしました。たまたま次の日がオフだったのがいけなかった……」

工藤は唇を嚙《か》んだ。

「別荘に行ってみると、彼女はやっぱりひどく酔ってて、涙ながらにむかしみたいに池畔でお月見しようって言い出すんですよ。すっかり年とって人気女優の面影《おもかげ》もなくなった恵子を見てて、なんだか悲しくなっちゃってね。ふたりで池畔に行きました。幸いにも釣り人もいない静かな夜でした。空には雲もほとんどなくよく晴れていて、十五夜の月がそれはきれいでした。最初のうちは池畔に腰掛けてふたりで仲よく月を見てました」

工藤は眉《まゆ》を寄せてふたたび口を開いた。

「そしたら彼女、すごくつらそうに、銀行預金が一〇〇〇万しか残ってないって言うんですよ。インチキ投資で根こそぎむしり取られてたんです。引退してからも月に二〇〇万は使ってきた恵子です。仕事は一切ないし、生きていけるわけはありません。それで僕に結婚してくれって迫るんですよ。僕は腹を立てました。投資話のことはあれだけ反対してたのにまったく聞きはしなかったし、酔うと荒れて僕を罵倒《ばとう》して暴力を振るってくる。だから出ていったのに、金がなくなったから面倒を見ろなんて勝手すぎます」

工藤は口を尖《とが》らせた。

「それにいま相川慶子なんかと結婚したら、せっかくうまく回り始めた役者人生が台なしになる。もちろん僕は断りました。すると、恵子は高校生の頃から自分が散々面倒を見たから役者らしい顔していられるんじゃないか、恩知らずって口汚くなじるんです。それでも僕は我慢していました。ところが、恵子は結婚してくれないなら、ふたりのことをマスメディアにすべてバラしてやる。役者生命を絶ってやるって脅し始めるんです。僕たちは取っ組み合いの喧嘩《けんか》になりました。ところが、恵子はナイフを持ってたんです。果物ナイフみたいな小さいヤツでしたけど……興奮してわけがわからなくなって恵子はナイフで僕の腹を刺しました」

工藤は言葉を切ってわずかの間、沈黙した。

やがてゆっくりと工藤は言った。

「怖かったんです。殺されるかと思って本当に怖かった。必死でナイフを取り上げたあと、痛みと恐怖と怒りで、僕は彼女の首を締め上げていたんです。気づいたときには恵子は死んでいました……」

工藤のかたちのよい瞳《ひとみ》がいきなり潤《うる》んだ。

涙は頰《ほお》を伝わってベッドのリネンにしみを作った。

「なるほど相川さんが亡くなった経緯はよくわかった」

これは殺人罪ではなく傷害致死罪に当たる事案のようにも思われる。この一件だけだったら、まだ罪は軽かったろう。

「それで死体の始末に困ったんだな？」

「そうです。一時期僕は、元警視庁捜査一課の刑事さんだった方が監修しているドラマにも出ていました。この方から警察がどんなに綿密な捜査を行うかを聞いていたんです。池に死体を投げ込んでもいつかは浮かぶことも教わっていました。もちろんその場に死体を残しておいたらいつかは捕まると思っていました。それであの岩室《いわむろ》や横穴のことも知っていたんで、恵子の死体を引きずって埋めました」

工藤はしんみりとした顔で答えた。

「その後もたびたび北川へ来て幽霊のマネごとをやったというわけか」

一五年前に北川貯水池に出た幽霊は工藤以外にあり得ない。

「いや、あれは幽霊のつもりではありませんでした。恵子の死に気づく人が出て来たときに、北川の池に身投げしたという印象を作るつもりだったんです。たとえば、池の水を抜いて掻《か》い掘りなどをしたときに遺体が出なかったとしてもよかったんです。恵子は、いったんあきらめたけど、どこかで自殺をしていると周囲に思わせたかったわけです」

「なるほど、そういう印象を持つ人もいるかもしれないな」

工藤は晴虎と江馬の顔を交互に見て宣言するように言った。

「これが僕と相川慶子こと武石恵子に関するすべてのことです」

話し終えた工藤の顔はすっきりとしているように見えた。

罪を告白した人間のこうした表情を、晴虎は刑事時代に何度も見てきた。

「ではなぜ、塩崎さんを殺したんだ？」

晴虎は次の課題に移った。

「今回のロケ地を事務所から聞いたときに、できれば断りたかった。僕にとってはあの廃別荘も貯水池も何度も夢に出てくる恐ろしい場所だったのです。あの池に月が映っている夢を見て飛び起きたことも何度もあります。でも、いまが盛りの中原さゆみと僕が共演する文芸大作です。しかも天下の初鹿野監督がメガホンを取るんですよ。初鹿野監督は映画界のレジェンドと言ってもいい。ご年齢を考えると最後の監督作品になるかもしれない。断れるはずがありません。それで北川館さんがロケ宿になって八月三日の月曜日から泊まったわけです。僕は別荘のほうには近づかなかったけど、やっぱり落ち着かなくて寝つかれなかったんです。仕方がなく夜遅くに河内川沿いを散歩してたんですよ。そしたらあの男が現れたんだ」

「塩崎六郎さんだね」

「そうです。吊《つ》り橋のあたりで暗がりからいきなり現れたんです。それで、いきなり僕を脅しました」

「なんて言って脅したんだ？」

「『あんた工藤豊澄さんだろ？　あんたが埋めた死体をそこの上の池の裏山で見つけたんだけどね……』その言葉を聞いたときの僕の絶望がわかりますか？」

「さぞかし恐ろしかっただろうな」

「奈落の底に落ちるってあのことですよ。たとえでなく肉体的にめまいに襲われましたから」

「しかし、なぜ塩崎さんはそんなことに気づいていたのかな？」

「あいつは、かつて塩崎は、新松田駅前で客待ちするタクシーの運転手でした。で、僕もうかつだったんですが、二度ほど新松田駅から別荘までタクシーを使ったことがあるんです。二〇〇三年の春頃です。ブレイクする前ですね。酒を飲んでいて自分のクルマが運転できなかったときです。その頃は新宿《しんじゅく》に住んでましたから小田急には乗りやすかったんです。ところが、塩崎は僕が工藤豊澄だって気づいてしまったみたいです」

「新松田駅から北川地区までは二〇キロ以上あるからな。インサイドミラーで観察する時間も長かったろう」

「おまけに、塩崎は恵子も三回は乗せたことがあったそうです。これまた相川慶子だと気づいていたんですよ。恵子が失踪《しっそう》したとされたときに、三流の週刊芸能誌が『かつての大人気女優、相川慶子が失踪。失墜《しっつい》した地位を悲観して人知れず生命を絶ったか』なんて記事を載せたことがあったらしいんです。僕も見てないんですが、塩崎はたまたま見ていた。それでぼんやりと僕と恵子とあの別荘、恵子の失踪ということが頭に入ってたということです。ところが、塩崎はなんだか変な宝探しをしていて、偶然にも恵子の遺体を掘り当ててしまったんです。この話は貯水池前の広場に停《と》めたヤツのクルマのなかで聞かされました」

「なるほど、それだけの要素が集まれば、わたしでもあなたが殺したとの結論を疑うかもしれない」

苦しげに工藤はうなずいた。

「塩崎は、半分はヤマ勘で僕が恵子を殺したんじゃないかと疑っていたみたいです。塩崎が幽霊のマネをしていたのも、どこかで一五年前の話を聞きつけたらしくて。それから、最近の幽霊騒ぎにも刺激を受けたんですね。ヤツはそんなことをして僕を脅すつもりだったんですよ。それで、山北町にロケが入ることをニレの湯で聞いて、僕を待ち構えていたというわけです。自分のクルマを北川温泉の駐車場の端に停めて僕がひとりで出て来るのを気長に待っていたそうですが、最初のひと言への反応で、僕の仕業《しわざ》だと確信したそうです」

「カマを掛けてきたというわけか」

「ええ、まんまと罠《わな》にはまってしまいました」

工藤は小さく顔をしかめた。

「で、塩崎はどんな要求をしたんだ？」

「キャッシュで五〇〇万。それくらいは簡単に払えますよ。でも、あいつは金をよこさなければ恐れながらと警察に駆け込むと脅しました。こういう輩《やから》は一度金を払うと、ダニみたいに食いついて何度でも脅迫してくる。過去にそんな経験をしていたので、殺してしまうのが間違いないと思いました。それで、外でタバコを吸おうと誘い出し、ヤツの頭をそこらに落ちていた石で殴りました。死んじまったのか生きていたかはわかりません。僕は塩崎をあいつのクルマに乗せて中川橋まで運んで丹沢湖に落としたってわけです。そのとき、ヤツのカバンやらスマホやら財布やらスコップを一緒に投げ込みました。その後、塩崎のクルマを貯水池の駐車場に戻してキーは池に捨てました。それで北川館に戻ってふとんかぶって寝てしまったというわけです」

塩崎も脅迫などという愚《おろ》かな挙に出なければ、生命を失うこともなかったかもしれない。もちろん自業自得などではないが、人を陥れることで金を得ようとすれば必ず損が立つ。

「では、犯行当日の火曜日はあの岩室に入ってはいないということか？」

「ええ、二度と近づきたくありませんから」

「白骨が埋め戻してあったのは？」

「塩崎が誰《だれ》かの目から隠そうとしていったんは埋め戻したのだと思います。塩崎を殺したのはこんな経緯です」

塩崎殺しについて、工藤は後悔しているようには見えなかった。

「すべての事情が明らかになったな」

工藤は小さくうなずいた。

「はい……ご迷惑をお掛けしました」

「あなたは相川慶子さんと、もっとずっとよい関係が築けたはずだ。もちろん、あなただけの努力では無理だっただろう。だが、ふたりが別なかたちで歩み寄れば、もっと幸せな今日があったかもしれない」

「鎌倉高校前で最初に会った一七歳の夜からいままでを思い返すと、ふたりは、いったいどこでボタンを掛け違ってしまったんだろうと……」

工藤の瞳からふたたび涙があふれ出した。

やがて工藤は声を上げて泣き始めた。

まるで一七歳の少年のように。

晴虎は黙って工藤を泣かせておいた。

「お見苦しいところをお目に掛けました」

工藤が頬を染めてあごを引いた。

「ところで、北川館の女将《おかみ》さんには何ひとつ罪はないぞ」

少し厳しい調子で晴虎は言った。

「はい、僕のいちばんの間違いは今日のことです。なぜあんなことをしたのか、いままでは僕にもわかりません。悪事がバレるという恐怖のために、僕はおかしくなっていたのです。女将さんにはただただ謝るしかありません。たいしたお怪我《けが》がなかったと、こちらの先生に伺いました。それがせめてもの救いです」

「女将さんはね、崖から救い出したときにこう言ったんだ。『助けてあげてください』『どんなことがあっても、まだうちのお客さんですから』ってね」

「そんな……」

工藤は絶句した。

それきり工藤は口をつぐんだ。

「江馬、なにかあるか？」

「いえ……すべてわかりました」

江馬はノートを閉じた。

「また同じことを聞かれることがあるかもしれない。供述が食い違うと不利になる。どの捜査官にも検察官にも真実を話すことだ」

「肝に銘じます」

「供述録取書というのを作ったらまた来ますので、そのときには署名をしてもらいます。一日も早くベッドから起き上がれることを祈ってますよ」

江馬がやさしい気遣《きづか》いを見せた。

この男は初鹿野監督の言葉通り、多分に刑事らしくないところがある。

晴虎と江馬は立ち上がって、病室を出て行った。

「ありがとうございました」

背後から工藤の声が追いかけてきた。

すべての話を聞いて、晴虎はやりきれない思いでいっぱいだった。

誰もがうらやむ地位にいた輝くふたりが、どうしてこんなに淋しく悲しい末路を辿らねばならなかったのだろう。

刑事はこういった感傷に浸るべきではない。

犯罪者に感情移入していては仕事にならない。

だが、晴虎は刑事ではなかった。

板垣医師にあいさつして診療所の外に出ると、丹沢湖の湖面が紅《あか》く染まっていた。

【2】

入道雲が真っ赤に染まっていた燃えるような夕映えは消えていった。

あたりには薄青い闇《やみ》の帳《とばり》がひろがり始めた。

昼の暑さは残るが、日没頃からずいぶんと涼しくなってきた。

北川貯水池の西の空に細い三日月が輝いている。

晴虎の前には白シャツにグレーパンツの制服を着た三人の少年が立っていた。

下条信彦、仁科盛雄、土屋昌佳の三人であることは言うまでもない。

「武田さん、ありがとう」

信彦が深く身体を折った。

「俺たちのために来てくれたんだね」

盛雄は甲高い声を震わせた。

「でも大丈夫なの？」

昌佳は不安そうな声で訊いた。

「いいか、わたしは知らない。今日ここで君たちがどんなことをするかなんて、なにも知らないんだ、いいね？」

晴虎はわざとまじめな声で答えた。

犯人は逮捕され、三つの事件の謎《なぞ》は解明された。

だが、まだ誰も起訴に到ってはおらず、捜査は継続中だった。

起訴されるまで、事件は警察の手を離れてはいないのだ。

青柳と安西は松田署に勾留《こうりゅう》中だった。

晴虎に対する殺人未遂以下の罪だけでも大変な取調が必要だった。室賀係長たち松田署の刑事課強行犯係が中心となって立件への準備を進めている。

あの莫大《ばくだい》な金塊は脱税のために用意したものだった。つまりは財産隠しである。こちらは本部の捜査二課が中心に捜査を続行中である。

七月二八日に中川橋のバス停付近でパンク修理を手伝ったときに、晴虎にいたずらの可能性を指摘されて安西はいくぶん感情的になっていた。パンクに器物損壊の疑いが掛かって警察が乗り出してくることを安西は嫌っていたためだろう。

お盆明けから始まる予定だった改修工事は中止になった。

それゆえ、目の前にはいままでと変わらぬ廃別荘が屹立《きつりつ》していた。

むろん庭にも新たな人の手は入っていなかった。

工藤は海岸通の県警本部に勾留されている。

江馬は継続して追加捜査に当たっている。工藤の供述は得られたが、すべて裏をとらなければならないのだ。

北川貯水池は工藤による陰惨な事件があった現場だった。

スキャンダラスな報道で少年たちも知っているはずだ。

だが、三人とも工藤豊澄の名も相川慶子の名も口には出さなかった。

それでもまだ、彼らのこころの聖域は壊れていないのだ。

だから、今夜ここに三人は集まったのだ。

ふわっと風が吹いて、あたりの木々をざわざわと揺らした。

盛雄がちょっとうわずった声で叫んだ。

「あ、先輩っ」

霞家旅館のほうから小さな橋を渡って明るいブルーのキャップをかぶった一人の小柄な少女がゆっくりと歩いてきた。

白い半袖《はんそで》ブラウスにグレー地二色チェックのスカートを穿《は》いている。

三人の少年と同じ向原中学校の制服姿だ。

少年たちはいっせいに少女に駆け寄っていった。

笑いさざめく若々しい声が広場を明るく包んだ。

晴虎は嬉《うれ》しく思いつつも苦笑した。

誰かに聞こえると面倒だ。

もう少しトーンを落としてくれればいいのに……。

やがて少女を三人の少年が囲むかたちで、中学生たちは晴虎へと歩み寄ってきた。

「紹介するね、丹沢湖駐在所の武田さん」

盛雄が声を弾《はず》ませた。

「俺たち世話になってるんすよ」

昌佳がまるい声で言った。

「すごい人なんだ」

信彦の顔はまじめだった。

「はじめまして向原中学三年二組の城所《きどころ》優奈です」

少女はぺこりと頭を下げた。

「はじめまして武田です。無事に退院できてよかったね」

「ありがとうございます。退院して五日です。もうふつうに過ごせるようになりました」

少女はさわやかに笑った。

細面の小顔に大きな黒い瞳を持つ愛くるしい少女だった。

少年たちの女神にふさわしい透明感のある容貌《ようぼう》に、晴虎は驚いていた。

彼らが夢中になるのも無理はなかった。

長い髪と大きめのキャップが不釣り合いな気がした。

もしかすると、脳外科手術の痕《あと》を隠すためにかぶっているのかもしれない。

「城所さんがマウスピースの技術を教えてくれたことを彼らはとても感謝しているんだよ」

晴虎の言葉に、優奈は右頰に片えくぼを作って微笑《ほほえ》んだ。

「この子たち、とっても一所懸命だったんです。だから、少しでも上手《うま》くなって欲しいなって思って……」

「あなたの手術のことをとても心配していた。だから、今日は三人ともすごく嬉しいんじゃないかな」

「いい後輩を持ちました」

中学生らしく一年違いでもお姉さんぶっているところが可愛《かわい》らしい。

「そうだね、城所さんのことをずっと尊敬していて……愛している。いい後輩たちだよ」

三人はいっせいにうつむいてモジモジとしている。

「嬉しい」

優奈は三人に向き直って明るい声を出した。

「ありがとう。みんな大好きだよ」

三人は真赤になってそれぞれにそっぽを向いた。

ややあって信彦が優奈に言った。

「武田さんが、練習に励んで、退院してきた優奈先輩に素晴らしい演奏を聴かせてやれって励ましてくれたんだ」

「だから俺たち、毎日部活の後もバスが来る時間まで練習したんだよ」

昌佳が言葉に力を込めた。

「まだ、じゅうぶんじゃないけどね……退院のお祝い」

盛雄は恥ずかしそうに言葉を出した。

「それじゃあ、夜釣りの人なんかが来ないうちに……」

晴虎は広場を見渡しながら促した。

「はぁい」

三人の少年たちは声をそろえて答えた。

盛雄が先導して建物の右横の通路へと入っていった。

「こっちこっち」

住居侵入罪の現行犯である。

晴虎は身体の向きを変えた。

広場に入ってくる人間がいないか見張っているのだ。

誰かにいざ質問されたら、なんとか弁解しようと思っていた。

もっとも制服警官が立哨《りっしょう》していれば、それ以上質問してくる人間は、青柳たちくらいしかいないだろう。

もちろん少年たちとは今夜一回切りとの約束をしている。

聖域で過ごす彼らの最後の機会だ。

背後で歓声が上がった。

笑い声と楽しそうな話し声が響いている。

晴虎は身体をこわばらせた。

騒いでほしくはなかった。

もっとも建物に近づく人はいない。森のアオバズクやタヌキたちしか気づかないだろう。

三分ほど静かな時間が続いた。

やがて、チューニングの不協和音が響いてきた。

トランペットとトロンボーン、ユーフォニアムの三管のチューニングの音がそろった。

一瞬、静寂が漂った。

信彦のトランペットが静かな旋律《せんりつ》を吹き始めた。

(沙也香の好きだった曲だ……)

スタジオジブリの『千《せん》と千《ち》尋《ひろ》の神隠し』のなかの『あの夏へ』という曲だった。

沙也香はこのアニメも大好きだった。

ふたりで何度もDVDを視《み》た。

彼らのどんな思いが籠《こ》もっているのか。

病魔という湯婆婆《ゆばーば》に捕らえられ、神隠しに遭《あ》ってしまった優奈が、無事に戻ってくることを祈ってこの曲を選んだのだろうか。

理由は聞くまいと思っていた。

彼らの想いは優奈に伝わればそれでいいのだ。

どんな編曲になっているのか、主旋律はトランペット、トロンボーン、ユーフォニアムの順で次々に交替していった。

主旋律を吹いていない者はオブリガートにまわってメロディーを支えている。まるであの三人組のようだった。

決して上手くはない。

音も揺れるし、ときにリズムを外す。

だが、たとえようもなくあたたかく響くアンサンブルだった。

彼らに許された聖域の滞在時間はあと何小節なのだろう。

やわらかなメロディがいつまでも終わってほしくないと晴虎は思っていた。

少女と三人の少年の短い宴《うたげ》を終えて駐在所に戻ったときには、あたりはすっかり真っ暗になっていた。

晴虎は駐在所の郵便ポストから三通の郵便物を取り出した。

執務室の机の上で、晴虎は一通ずつ確かめていった。

ダイレクトメールのほかに届く手紙は少ない。

一通目はイェヴァァー・ピルスナーなどを購入している大手ショッピングサイトのセール

いのショッピングモールに入っているジュエリーショップからの顧客あてセールのハガキだった。

二通目はかつて、沙也香の誕生日プレゼントにピアスを買ったことがある、みなとみらのお知らせだった。

沙也香が生きていた頃の暮らしを思い出させるこうしたハガキはつらかった。

郵便物は三月まで住んでいた横浜のアパートからこちらへ転送しているので仕方ない。

晴虎は二枚の葉書を瞬時にゴミ箱に放り込んだ。

（これは？）

三通目は白い西洋封筒だった。

ハガキが入る洋形二号というサイズのものである。

やはり横浜の住所から転送されてきたものだった。

四角い奇妙な文字で晴虎の名前と横浜の住所が書いてある。

裏を返すと差出人の名前はなかった。

嫌な予感を抱えつつ、晴虎はペーパーナイフで封を切った。

ハガキ大の厚手の白い紙が入っていた。

プリントアウトされた文字で書かれた一行が、晴虎の目に飛び込んできた。

——紗也香さんの死は事故なんかじゃない

「なんだと……」
晴虎の声はかすれた。
胸の鼓動が激しくなった。
頭の後ろが刺されたように痛くなる。
イタズラにしては悪質だ。
だが、イタズラであってくれたらと晴虎は願った。
少なくともこの手紙の差出人は、沙也香が不慮の事故で死んだことを知っている。
いったい何者なのか。
手紙を手にしたまま、晴虎はぼう然と座り続けていた。
丹沢湖の湖面を渡る風がわずかに開けた窓から忍びこんできた。
駐在所は夜の森の匂《にお》いで満たされていった。

Haruki Bunko
ハルキ文庫

な 13-8

SIS《エスアイエス》 丹沢《たんざわ》湖駐在《こちゅうざい》 武田《たけだ》晴虎《はるとら》Ⅱ 聖域《せいいき》

著者　鳴神響一《なるかみきょういち》

2021年11月18日第一刷発行

発行者　角川春樹

発行所　株式会社角川春樹事務所
〒102-0074 東京都千代田区九段南2-1-30 イタリア文化会館

電話　03(3263)5247(編集)
03(3263)5881(営業)

印刷・製本　中央精版印刷株式会社

フォーマット・デザイン　芦澤泰偉
表紙イラストレーション　門坂 流

ISBN978-4-7584-4445-3 C0193 ©2021 Narukami Kyoichi Printed in Japan
http://www.kadokawaharuki.co.jp/[営業]
fanmail@kadokawaharuki.co.jp[編集]　ご意見・ご感想をお寄せください。